幻の札幌五輪を夢見たカーリングガールズ

氷上の花光らしむ

智本光隆

郁朋社

氷上の花光らしむ　―幻の札幌五輪を夢見たカーリングガールズ―／目次

一エンド

「カーリングと中庸なる少女」

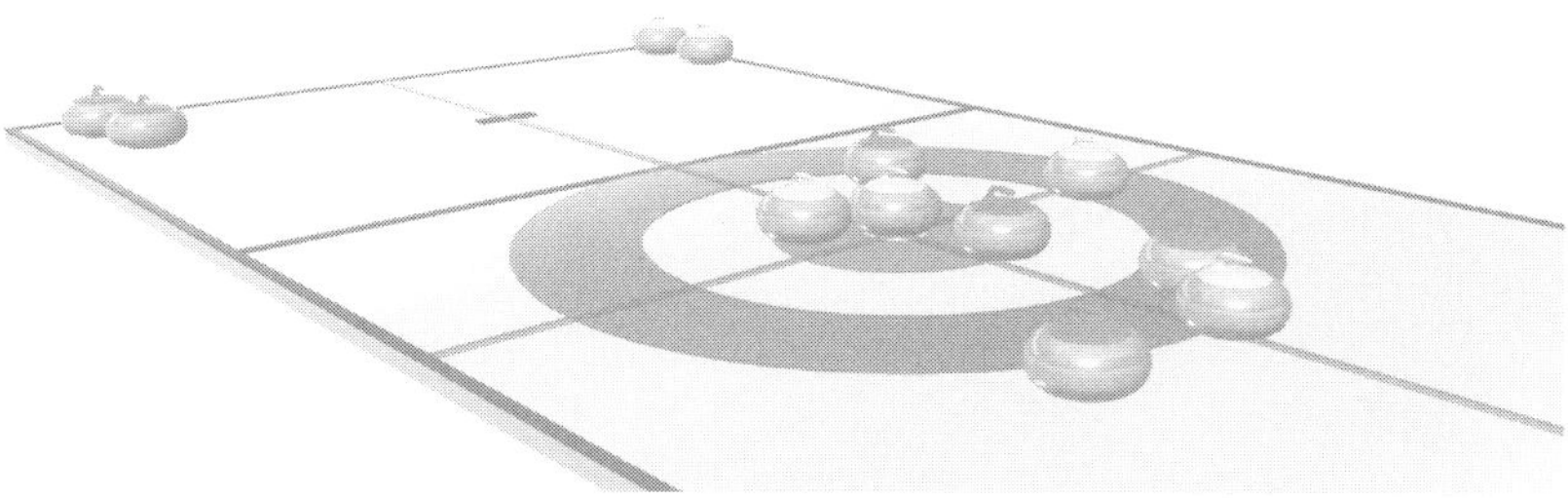

I

「あと二十個かな」

桜乃《さくらの》は「ふう」と小さく息をついた。

「湯《ゆ》の花饅頭《はなまんじゅう》」はあらかじめ丸めておいた餡を、手早く皮生地で包む。こうして作られる手のひらに乗る大きさの饅頭は、蒸かすと餡は黒、そして皮は艶のある茶色になる。今や日本中に溢れているこの温泉饅頭は、伊香保《いかほ》温泉が元祖だった。茶色の皮も黒糖を使って温泉の湯色に似せたため、湯の花饅頭の別名が広まった。

伊香保には湯の花饅頭を扱う店が何軒もあるが、どこの店でも餡や皮の黒糖の配分に工夫を凝らすため、それが微妙な味の違いを生み出していた。

「桜乃、もういいから支度なさいな」

ちょうど最後の一つを包み終えたところで、母親の志摩《しま》がまるで見えているかのように、店の方から声をかけた。

「は～い」

桜乃は返事をして三角巾を外して割烹着を脱ぎ、手を洗って仕込み場から上がった。

二階の自分の部屋に戻り、手早く着物から紺のセーラー服に着替える。一階にまた下りると、母が用意しておいてくれた朝食が卓袱台《ちゃぶだい》の上にある。この時間、父と母は開店準備に追われているので、店が休みでもない限り家族揃って一緒に朝食を取ることは子供の頃からあまりない。少し寂しいが、それも商売人の家ゆえである。

桜乃はちらりと自分の隣の席に並べられた、茶碗と箸に目をやった。その席の主は今はこの家におらず、所謂「陰膳《かげぜん》」だ。母は朝晩の食卓に欠かさずこれを用意していた。

「桜乃、時間はいいの」

「いけない」

また聞こえた母の声に桜乃は急いでとうふの味噌汁、白米、アジの干物、白菜の漬物をお腹へと収める。

朝食を終えて洗面所で髪を軽く梳《と》かして前髪をピンで留める。『少女の友』に載っていた「耳隠し」の髪型だけは、どんなに急いでいても慎重に整えるのが桜乃の流儀だ。それに髪が刎《は》ねていたとなったら、女学生としては一大事になる。

最後に食事中は外してあった白いタイを締め、鏡に映る自分の顔を確認した。

「うん、今日もいい調子」

通学鞄を手にして、居間から短い廊下を通り店へと下りる。

「行ってまいります」

店内に備えられた神棚に手を合わせると、桜乃は店の入り口から外に出た。

「寒うぃ。でも、いいお天気」

一瞬だけ身を縮めたが、秋晴れの高い空を見上げて桜乃は思わず笑顔になった。

今日はまだ平日だが、紅葉は来週には見頃を終えそうだ。この天気なら伊香保に上ってくるお客さんもきっと多い。今朝は昨日より数が三十個多かったが、きっと父の読みに間違いはない。

店の前では蒸し器が白い煙を上げている。「銘菓湯の花饅頭 星花亭《せいかてい》」の店舗兼桜乃の家の前は、伊香保名物である三百十五段の大石段で、その左右のあちこちで同じように蒸気が吹き上がる。この時期が今年最後の書入れ時と、どこの店でも気合を入れているのだろう。

「忘れ物はない？ 電車長いんだからお手洗いはちゃんと済ませたの？」

「お母さん、わたしは今年はもう三年生でそろそろ十五歳よ」

蒸し器の加減を見ている母に向かって桜乃は口を尖らせた。父は裏にでも行っているのか姿が見えないので、聞こえるように「行ってまいります！」と大声で告げた。

時間が迫っていたので、桜乃は小走りに石段を駆け下りた。スカートの裾が乱れたが気にしてはいられない。帰ったら母からのお小言が待っているかもしれないが。

温泉旅館、射的屋、居酒屋、土産物屋、絵葉書屋が並ぶ石段を下り、そこから続く坂道を走る。ここ数日で一気に色づいた紅葉は目にもあざやかで、秋の清涼な冷気が心地良い。走れば一度冷えた体を自然と暖める。

伊香保温泉は『万葉集《まんようしゅう》』に九首の歌を残す、関東でも由緒ある温泉だ。高名な僧侶にも、勇ましい戦国武者にも愛され、江戸時代になると湯屋が建ち並んで温泉街が形作られた。明治、大正と元号も移り変わり、昭和となった今でも赤茶色の独特の湯は、多くの湯治客を癒し続けていた。

木造の駅舎が見えた。伊香保軌道線——通称・伊香保電車の伊香保駅ではもう電車は発車寸前のはずだ。これが伊香保からの始発だが、逃すと次は一時間後。乗り遅れた瞬間に遅刻が確定する。

「おはようございます！」

改札で毎朝会う小太りの駅員に挨拶すると「あと三十秒だぞ」と、これもいつもの返事。

桜乃は走る速度を上げる。

プラットホームの階段を駆け上がると、上が白、下が湯の花饅頭と同じ茶色の電車が止まっている。

桜乃が後部ドアから駆け込むと、後ろで車掌が扉を閉めた。

発車のベルが鳴ると、電車は鈍い振動と共に動き出した。

「三塁走者、捕手のタッチを掻い潜って無事生還。毎朝、見事なもんだな桜乃ちゃん」

「えへへ。一点先制す、です」

目の前に座ったこちらも毎朝の顔なじみの、近所に住む中年の会社員が笑う。桜乃も苦笑いして、さっき整えたばかりの髪を手櫛で直したが、電車中の乗客が——運転手の背中まで笑っているのでさすがにちょっと恥ずかしい。ここは座席に腰を下ろして大人しくしていることにした。

伊香保駅を出発すると電車は坂を下っていく。

「まったく、今年の紅葉は綺麗だが早いな」

「こう寒けりゃあ、十一月には榛名湖に氷が張るかもしれませんね」

乗客同士の世間話の間も、道の両脇を彩る紅葉が風を受けてはらはらと舞い散る。

山を一気に下り渋川《しぶかわ》の町へと入ると、車窓からの景色はいかにも「路面電車」らしい雑然としたものに変わる。国鉄と相乗りしている渋川駅では伊香保から乗ってきた乗客の大半が降り、それに倍する人数が乗り込むので、桜乃もお尻をずらして席を詰めなければならない。少々くたびれた作業服を着た工場員、桜乃と同じ年頃の工女たちの姿も毎朝見慣れた光景だった。

電車は東へ走り利根《とね》川にかかる鉄橋を渡る。「利根は坂東《ばんどう》一の川」と知られた大河の両岸は切り立った崖だ。

鉄橋を渡ると今度は田圃の一本道を進む。稲刈りもすっかり終わり、今日のような晴れた日は左の車窓から赤城《あかぎ》山が、右には下ってきたばかりの榛名《はるな》山が見えた。

(ここから見える榛名山は好き)

山の中で見るのと、離れて見るのでは山はまた違った顔を見せてくれる。

(今日は頂きが光って見えないかな)

桜乃はこの車窓から見る榛名山がお気に入りだった。

Ⅱ

前橋の街に近づくと次第に田畑が消えて、道の左右に自転車や、歩く人の姿が増えてきた。

前橋は江戸の世では前橋藩十七万石の城下町だったが、幕末の横浜開港以来、製糸業によって北関東随一の都市として繁栄した。車窓から見える赤レンガ造りの糸倉庫と製糸工場の煙突は、前橋繁栄の象徴である。

電車が止まるたび、次々と乗客が下車していく。国道の沿線には大きな製糸工場がいくつもあるので、工女たちもみんな降りていった。

電車はなおも進み前橋の中心街へと入っていく。

前橋郵便局の交差点を大きく左にカーブすると、側に建つこの町の名所の高楼「鐘撞堂《かねつきどう》」から、八時を告げる鐘の音が鳴り響く。今日も電車は定刻通りに動いているようだ。

県庁から続くこの通りは、新聞社や銀行のビルディングが建ち並ぶ、北関東でも指折りのメインストリートだ。

「聞いたか？　冬季オリンピックの開催が我が国に決まったそうだぞ」

新聞社の前を通る時に、目の前に座っていた詰襟姿の学生ふたりがそんな話を始めた。制服の着こなしからして、どうやら「硬派」「バンカラ」な中学生らしい。

桜乃も窓の外を見ると、先日まで「後楽園スタヂアム開場」と垂れ幕のあった新聞社の壁には、「冬季五輪開催へ」と大きな文字が揺れている。

「オリンピックは三年後に東京でやると去年決まっただろう？」

「いや、それとは別だ。スキーやスケートの世界一を決める『冬のオリンピック』も日本でやるというのだ。日光や長野が開催候補地だという話だぞ」

「だが、昨年は帝都不祥事事件が起こったばかりではないか。そのような時にオリンピックなど不謹慎だ。それにスポーツなど所詮は軟弱な遊びではないか」

「あら、いいではありませんか」

桜乃は咄嗟に口にした。

「わたしはスポーツが遊びとも思えません。それに帝都不祥事事件の青年将校も、銃弾よりも球技に打ち込めばあんな惨事にはならなかったはずです」

「貴様ぁ。女学生の分際で男の話に口を挟むとはなんだ。その制服は明治高女の……」

中学生たちの威嚇するような目を、澄まし顔で受け流して桜乃は席を立った。次は「商工会議所前」と車掌の声がした。下車する停車場だった。

ステップを降りると風が顔を撫でる。伊香保の山に比べればまだ秋の陽だまりの暖かさを感じる風に、桜乃は少し頬を緩めた。

昭和十二年十月――明治はすでに遠くなり、大正デモクラシーも一昔前の話になった。一世を風靡したモダンボーイ、モダンガールの姿も最近では街から消えた。

前年には雪の東京を鮮血に染めた帝都不祥事事件――二・二六事件で日本中が揺れた。

一月に広田弘毅《ひろたこうき》内閣、五月に林銑十郎《はやしせんじゅうろう》内閣が相次いで総辞職。

六月に近衛文麿《このえふみまろ》内閣が成立。

七月、盧溝橋《ろこうきょう》事件勃発。日本と中華民国は戦闘状態に突入した。「日華事変」（日中戦争）の始まりである。

八月、「挙国一致《きょこくいっち》」「尽忠報国《じんちゅうほうこく》」「堅忍持久《けんにんじきゅう》」を謳った「国民精神総動員」が閣議決定。

昭和モダンの残滓は消え、軍靴の音が響き始めた時代。それはまるで散る定めにあると知りながら、残る紅葉の美しさを誰もが惜しむかのように。

（冬のオリンピックだっけ？）

桜乃はさっきの中学生たちの会話を思い出した。

（つい口を出しちゃった）

悪い癖だとは自覚していたが、兄が中学まで野球をやっていたので「スポーツは遊び」と言われてちょっと腹が立った。あのふたりは見ず知らずの女学生の口出しに、さぞかし頭にきたに違いない。

（三年後には東京でオリンピックが開かれるけど、冬のオリンピックもあるんだ）

昨年、日本がオリンピックの誘致に成功したのは桜乃も知っていた。昭和十五年には東京でアジア初のオリンピックが開かれる。そして当時――夏季オリンピックの開催国には、優先的に冬季オリンピックの開催権が与えられていた。

（スキーやスケートのオリンピックってどんなのだろう？）

伊香保で生まれ育ち、榛名湖で幼い頃からよく遊んだ桜乃にとって、氷の上の競技は身近なものだった。空想を膨らませつつ学校への道を歩いた。

Ⅲ

明治高等女学校は私立女学校としては県下で有数の歴史を誇っていた。

元は明治二十九年に開校した和裁学校である。当時、県下にはアメリカンボード設立のミッション系女学校こそあったが、日本人による……ましてや女性校長の手による女学校など前代未聞の出来事だった。

当初は生徒集めにも苦労したと聞くが、日露戦争での学校の生徒たちによる奉仕活動が認められ、前橋駅近くの一等地と、元号から「明治裁縫学校」の名を許可された。そして十年前、学校は「明治高等女学校」となった。現在は桜乃の通う本科の他に、元の裁縫科である技芸科、更に師範科の三科から成り、生徒数は三百人を超え、入学希望者は県内に留まらず関東一円や長野、新潟にも広まった。近年は「明治高女」の通称と、紺色のセーラー服で知られていた。

明治末から大正にかけて東京では洋風校舎の女学校が数多く建てられた。だが、明治高女は至って質素な木造二階建て校舎だ。

桜乃が本科三年藤組の教室に入ると、クラスの雰囲気はどことなく沈んで感じる。桜乃もその理由を知っているので、「みんな、ちょっとイライラしてるな」と気にしつつ、窓際の自分の机に鞄を置いた。

「おはようございます、桜乃ちゃん」

その声に後ろの席を振り向くと、親友の里見《さとみ》かすみがやわらかく微笑している。

それは桜乃も「羨ましいなぁ」と常々思う、黒曜石を思わせる瞳に、艶やかで豊かな髪。その髪にはここのところお気に入りだという、紺色のリボンを結んでいた。手にしているのはファンだという吉屋《よしや》信子《のぶこ》の小説で『からたちの花』だ。

「かすみ、ごきげんよう」

「どうしたんですの？　そんな女学生みたいな挨拶をなさって」

「わたしも一応は花の女学生ですので」

胸に両手を当てておしとやかに言ってみたが、お転婆《てんば》な自分には似合っていない自覚はもちろんある。

裁縫女学校の気風を残すこの学校は礼儀、挨拶にこそうるさく言われるが、東京で流行りの洒落た挨拶は取り入れていない。校訓も女学校によくある「良妻賢母」とかではなく、「誠実　礼節　勤労」の三つを掲げていた。

「電車で生意気な中学生相手に女学生らしくない真似をしたので、少々埋め合わせをいたしませんと」

「わたくしに埋め合わせてどうするんですの？」

かすみはまた微笑したが、それはそこだけ春風が吹いたようで、同じ女の桜乃から見てもとてもとても可愛らしい。

桜乃とかすみが友達になったのはこの学校に入学して、同じクラスになった時だ。今年も同じクラスになれて、今は席も前後なのでこうして朝からおしゃべりできることが楽しい。

「なにかねぇ、オリンピックの話をしていた中学生が電車にいたんだけど……」

「東京でやるというオリンピック？」

「そうじゃなくて、冬のオリンピックを日本でやるんだって。ま……女のわたしたちには関係のない話かな」

桜乃はため息をついた。

オリンピックには三大会前のアムステルダム五輪に、陸上の人見絹枝《ひとみきぬえ》が日本人女子として初出場して銀メダルを獲得した。前回のベルリン五輪では競泳の前畑秀子《まえはたひでこ》が平泳ぎ二百メートルに出場し、N

HK河西三省《かさいさんせい》アナウンサーの「前畑がんばれ」の実況に日本中がラジオに釘づけになった。桜乃も「がんばれ！　がんばれ！」とラジオの前で応援したものだ。

前畑は見事に日本女子初の金メダルを獲得したが、それでも市井の女学生からすると、オリンピックは「ラジオの向こうの話」「新聞に載っている話」でしかなかった。

「なんだか良くわかりませんけど」

かすみは頬に手を当てて小首を傾げる。そんな仕草もいちいち可愛らしい彼女は立ち上がると、そのまま教卓の前まで歩いていった。

学業優秀なかすみはこの三年藤組の級長だ。どこのクラスでも一限前には級長が教卓の横に立って、その日の予定や連絡事項の説明をする。かすみが前に立っているのに気がついた生徒たちは、めいめいが自分の席に着いた。それを見計らったようにかすみは両手をすっと上げて、

「はい、おジャンでございます」

真顔で柏手を打ったので、クラス全員が一斉に笑い出した。

女子学習院で始まり、今や全国の女学校に広まっている挨拶だが、終業の時のもので朝から使う級長はまずいない。クラスメイトからも「里見さん、まだ朝よ」と突っ込みが入ったり、調子に乗って拍手をする生徒もいた。重かったクラスの空気はいつの間にか和んでいた。

かすみはこんな感じでクラスメイトの機微を心得ていた。今日のようにクラスの空気が重いと思えば冗談で和ませ、緩んでいると思えばそれとなく箍《たが》を締めることも忘れない。

拍手が収まるとかすみは教室中を見回して、改めて口を開いた。

「一つ皆さんに連絡があります。今朝、結木《ゆうき》校長先生よりお話がありこのクラスの新しい英語の先生が決まりましたわ」

「それは本当ですか！」

ちょっと高揚した声をして、副級長の小田菜穂子《おだなほこ》が立ち上がった。

「はい。来月にはご着任されるそうです」

かすみが言うとクラスメイトからは歓声が上がり、また拍手が起こった。

この三年藤組を始め、いくつかのクラスで英語を受け持っていた教師が急病で辞職したのは七月のことだった。急なことで後任の手配が追いつかず、他クラスの教師が掛け持ちで教えていたが、どうしても授業の内容に偏りが出ると生徒の間から不満が出た。クラスの中には東京女子高等師範学校や日本女子大学への進学を目指す生徒もおり、受験に不安を覚える生徒は日毎に増えた。発言した菜穂子などはその急先鋒だ。

この状況に生徒の有志が行動を起こし、ついに校長に「早期の新教師決定を求む」と申し入れをするに至った。他の女学校ならこうした生徒の行動は嫌われるものだが、明治高女の校風はこれを「心意気良し」とするところがあった。

「新任の先生がどんな方か里見さんはもうご存じですの？」

「はい。大まかにですがどんな方かは校長先生に伺いました」

「男性の先生ですか？」

「いえ、光の君ではないようです。わたくしも残念ですわ」

文学好きのかすみらしく『源氏物語』に例えて、頬に手を添えため息までついたのでクラス中が笑いに包まれた。

「新しい先生は以前は横浜の女学校で教鞭を取られていた女性の方で、お国はスコットランドだと聞いています」

「スコットランド？」

「大英帝国の北半分ですわね」

スコットランドと言われても大半の生徒には馴染みの薄い国である。ヨーロッパの覇権を握る大英帝国（イギリス）は四つの国から成る連合国家で、その内の一つがスコットランド……桜乃も漠然とその程度の知識があるだけだった。

「先生のお名前はミカエラ・ローレン・グレイ先生とおっしゃられるそうです。スコットランドのグラスゴーという都市のお生まれとか」

かすみがそこまで説明すると始業の鐘が鳴った。「続きはまた放課後にしましょう」と、かすみは足早に自分の席に戻った。

Ⅳ

桜乃はあまり興味はなかったがクラスは一日中、新任のスコットランド人女性英語教師の話題で持ち切りになった。

「外国人の女性ってわたくしはお会いしたことがないわ。どんな方かしらね」

「きっとあれよ、マレーネ・ディートリヒのような美人に違いないわ」

「イギリスの方でしょ？　小公女のミンチン女史みたいだったら、やぁよね」

休み時間のたびに生徒たちは集まっては噂し合っていた。

午後の授業は裁縫だった。元が裁縫学校だけに明治高女では裁縫の授業数は他校よりも多い。ただでさえ眠い午後なので、桜乃は針で自分の指を三回も刺してしまった。

授業が終わり、掃除もつつがなく終了した。この時間は校長が抜き打ちで教室を見回ることがあるので気が抜けないが、幸いにして今日はやって来なかった。

桜乃とかすみは揃って学校を出た。本科、技芸科、師範科では授業内容も違い、終了時間も別々だ。まだ授業中の他の科の邪魔にならないように、敷地内を歩く生徒たちは私語を慎んでいたが、校門から一歩出ると誰もが「ねえねえ」と、連れ合う友達と会話を始めるのがいつもの風景だった。

いつもの光景といえばもう一つ。下校する女学生を見物に他校の男子学生が校門付近に集まっていた。彼らには「お目当て」がいるらしく、その生徒が出てくるまで呆れるほど根気よく待つ。かすみなどかなりの「ファン」がおり、いつも隣を歩く桜乃は自分を素通りする視線を感じざるを得ない。

とはいえ、そこは誰も彼も「女学生の嗜み」として、「興味ございません」というお澄まし顔で通り過ぎるだけだが。

「ねえ、どこかに寄っていこうよ」

今日も無事に男子学生の包囲網を抜けると、桜乃はかすみに言った。

「じゃあ、キリン食堂に行きましょうか」

「いいね、行きましょう行きましょう」

かすみは級長を務める優等生だが融通の利く性格だ。それに明治高女では他の女学校と違い、学校帰りの寄り道には比較的寛容だった。

ふたりがやって来たのは学校から歩いて五分ほどの距離の、商工会議所の二階にある「キリン食堂」という洋食屋だった。学校からほど近いため、夕方のこの時間は明治高女の生徒たちがよく立ち寄っていた。

満席のこともめずらしくない店だが、この日はお客は座席の半分を埋める程度。桜乃とかすみは窓際のテーブル席に向かい合って腰を下ろした。

「わたくしはダージリン・ティーをお願いします」

「あ、わたしも同じで。ダージリン二つ！」

桜乃は手を挙げて厨房に向かって直接注文をした。それから通学鞄の奥から小箱を取り出す。中には四つ、星花亭の湯の花饅頭が入っていた。

「さあ、食べて食べて」

「わあ、もしかして今日はあるかなって、授業中から期待していたの」

それを品よく口にして、かすみは顔をほころばせた。

「うん、今日も桜乃ちゃんのおうちのお饅頭はおいしいわ」

「形がちょっと歪だけどね。皮もめくれているし」

「あら、味は変わらないわよ。星花亭のお饅頭が伊香保一だってうちの家族もみんな言っているわ。いいなぁ、これが毎日食べられるなんて」

「毎日食べていたら太るよ」

桜乃も笑って今朝一番で、自分で皮包みをした饅頭を口に入れた。

湯の花饅頭は皮包みが終わった順に蒸かすのだが、どうしても皮の厚みがありすぎたり、逆に薄すぎたりと売り物にならないものが出る。それを家を出る直前に、お弁当とは別にたまに持ってくるのだ。あまりあってはいけないことだが、大量に出すぎてクラスの全員に「今日は大奉仕！」と配って、すぐに露見して先生から大目玉を食らったこともあった。

「ん～……やっぱ皮が薄いわ。今朝はちょっと寝坊して急いでたからなぁ」

「最近、すっかり職人さんみたいですわね」

「それは星花亭の娘ですから。手伝うようになって一年近くだしね」

桜乃がそう言うと、かすみは小さく笑った。その笑顔がいつもの優しく、暖かいものと違って、どことなく寂しそうに見えた。親友の微妙な変化に桜乃は「あれ？」と思ったが、その時にはもうかすみの表情は元に戻っていた。

「こら、あんたたち。本当は持ち込まれたものをそんなに堂々と食べられたら困るんだけどねぇ」

頭の上から声がしたと思ったら、目の前にティーカップが置かれた。

「はい、ダージリン二つね」

「あ、お春さん。今日もいい香りね」

「昨日、横浜から届いた新しい茶葉だからね。それはそうと、食べるんならもう少し遠慮して食べな」

「ごめんなさい」

桜乃は謝ったがペロリと舌を出した。

お春さんこと春江はこのキリン食堂の女給だ。一見すると、ここの女主人と見紛うほどの貫禄があり、夜は酒を出すこの店で酔客を一喝することも珍しくない。口の悪い常連客からは「キリン食堂のやり手婆」と軽口を叩かれているが、本人は一向に気にしていない。

「そういえば、お志摩ちゃんは元気かい」

「うん。今は紅葉の季節だからお店を留守にできなくって。来月は湯の花饅頭を届けにくると思います」

「そうかい、伊香保は忙しい季節だったねぇ」

他のお客が「お〜い、お春さん注文」と呼んだので、「ゆっくりしていきな」と春江はそちらの方へ歩いていった。

「そういえば、桜乃ちゃんのお母様とお春さんはお友達でしたわね」

「うん。わたしのお母さんは前橋生まれだから」

香ばしい茶葉の香りが鼻孔をくすぐる。「コーヒーは苦くて苦手」な女学生にも、ここの紅茶は人気だ。桜乃がカップを口に運ぶと、甘くて味まで香ばしい。

「結婚前は前橋公園の側の茶店でふたりとも働いていて。お母さんは結婚する時に辞めて、お春さんも何年かして結婚したんだけど、今度はキリン食堂に働きに出るようになって」

そんな縁もあり、星花亭では月に一度はキリン食堂に湯の花饅頭を届けて、店のメニューにもなっていた。桜乃も伊香保電車を使って運ぶのを手伝うので、店に出来損ないの饅頭を持ち込んでも小言で済んでいるのはそのためだった。

表のドアについている鈴が「ちりんちりん」と鳴った。入ってきたのは作業服の若い男だった。

「弁当を頼みたいんだが」

「はい、お弁当ね」

春江が返事をした。この店は弁当も人気だった。

「数が多い上に急で済まないんだが、中島飛行機の新工場まで竹弁当を二十個。七時に」

「竹を二十ね。はいはい、確かに」

春江の返事を聞いて作業服の男は「頼んだよ」と、急ぎ足でまたドアから出ていった。桜乃の横を通った時、少し機械油の臭いがした。

「中島飛行機……」

その社名に桜乃はとっさに顔を背けてしまった。あまり聞きたい名ではないと思っていると、かすみが、「そういえばね」と言ってカップを置いた。

「桜乃ちゃん、今朝のお話はなんでしたの？　オリンピックがどうとか」

「ああ、あれはね」

桜乃もカップを置いた。

「今朝、電車の中で硬派を気取ったっぽい中学生が、冬のオリンピックの話をしていたの。なんでも、スキーやスケートのオリンピックがあるんだって」

「あら、聞いたことありましてよ」

「ほんとに？」

普段はスポーツに興味なんてないかすみだけに、桜乃は意外だった。

「ええ、大正の終わりの頃にシャモニーって町で第一回大会が開かれたって」

「しゃもじ？　聞いたことない町ね」

「フランスとスイスの国境の小さな町らしいですわ」

「わかんないわよ。外国歴史も外国地理も五年生まで習わないし」

「去年、ドイツのガルミッシュ・パルテンキルヒェンって街で第四回大会が開かれたと聞きましたわ。

桜乃ちゃんはフィギュアスケートってご存じ？」

「うん。冬の榛名湖で練習している選手を見たことあるわ。氷の上で踊ったりジャンプしたり」

「稲田悦子《いなだえつこ》さんっていう小学六年生の選手が出場して、十位に入賞したそうですわ。なんでも胸にカーネーションの花をつけて演技して、ヒトラー総督と握手もしたって」

「六年生って……わたしたちよりも年下じゃない」

桜乃は驚いた。六年生ということもそうだが、そんな女子選手がいたことも初耳だった。

「その稲田さんって子も人見絹枝さんみたいに六尺さんだったり、前畑秀子さんみたいにイルカよりも速かったりするのかな？」

「前畑さんがイルカより速かったかは存じませんけど……」

かすみは小首を傾げた。「六尺さん」とは人見絹枝の高身長を揶揄してつけられたあだ名であるが、実際は――長身には違いないが五尺六寸（百七十センチ）くらいだったらしいが――

「でも、なんでオリンピックって冬と夏で分かれているのかな？」

「あら、夏には雪も降らないし氷も張らないからじゃありませんの？」

「そんな単純な理由？　いや、案外そうかも……」

桜乃は噴き出しそうになったが、またカップを手にした。

「でね、それを日本でやることに決まったって、その中学生たちが話していたの。スキーにスケートに……他にもなにかあるみたいだけど」

「確かスキージャンプにアイスホッケー、クロスカントリースキーに……そうそう、ボブスレーってソリのレースとかもあるそうですわよ」

「かすみ、やけに詳しくない？」

「実はつい先日、うちのお店にいらした波宜亭《はぎてい》先生から教えていただきましたの」

「あの先生、スポーツに興味なんてあったんだ。詩の他はてっきり下手の横好きのマンドリンくらいかと思っていたのに」

その先生の「気障な横顔」を桜乃が思い浮かべていると、またドアベルが鳴った。

ドアが開き、木綿の着物を着た桜乃たちよりも少し年上の少女が入ってきた。髪は桜乃の「耳隠し」よりもまだ短く断髪して、日焼けした顔だけみれば男子のようにさえ見える。

その少女は席につくでもなく、厨房に一直線に進んだ。

「母さん」

「おや、一華《いちか》。いいって言ったのに来たのかい」

厨房から春江が顔を出した。

「そうも行かないよ。運ぶのはどれ？」

桜乃もあまり女学生ぽいしゃべり方はしないが、それこそ男子のような口調で一華は春江に訊ねた。

「そこの米俵を一つにその木箱。あんたはどっちか一つ持っていってくれればいいから」

「いいよ。私が両方持っていく」

ちょうど厨房の入り口のところには、米俵が一俵と木箱が置いてあった。木箱には一升瓶が全部で五本入っていた。

「一華さん」

桜乃は側まで行って声をかけた。彼女のことは知っていた。羽川《はねがわ》一華という技芸科の三年生だ。ただし、本科の桜乃やかすみは尋常小学校を卒業して、直接明治高女に入学したが、技芸科と師範科は高等小学校の二年間を経てから入学する。学年は同じ三年生でも、彼女の方が桜乃たちより二つ年上になった。

学校では本科と技芸科は校舎が別なので、顔を合わせる機会は少ない。桜乃が一華のことを知っているのは、彼女が春江の娘だからだった。

「それどうするんですか？」

「ああ、ちょっとお店のお米が余ってね。それならとあたしの家にもらったんだよ」

説明したのは春江だった。

新米が出回るこの季節は昨年のものは古米となって流通する。キリン食堂は料理人の方針で、古米は使用しなかった。

「それとこっちは酢と調味料……あと酒も少しあるかね。暮れと正月も近いしねぇ」

「これを一華さんがひとりで運ぶんですか？」

米俵一俵は約六十キロ、そして木箱は一升瓶五本なら十五キロで計七十五キロ……と桜乃は暗算した。とても女学生の細腕で運べるとは思えなかった。

「そうだ、わたしも手伝います」

桜乃は腕まくりをする仕草をした。

「確か家は……そうそう、製糸工場の少し北の方ですよね？　わたしも帰りはあっちだから伊香保電車でふたりで運べば早いし」

「どいて、邪魔だ」

一華は桜乃を押しのけた。右手でひょいっと、本当に軽々とした仕草で米俵を肩に担ぐと、左手で木箱を持ち上げる。そのまま開けっ放しにしてあるドアから出ていってしまった。

「すごい……新島八重《にいじまやえ》さんみたいですわね」

かすみが驚いた声をした。

会津戦争で名を馳せ、後に新島襄《じょう》夫人となった八重は、十三歳で米俵を担いだ女傑だったらしい。

桜乃も唖然としたものの、同時に「なによ、あの態度」とも思った。せっかくの親切心を跳ねつけられては、正直言って面白くない。

「ごめんね。不愛想な娘でねぇ」

代わりに春江が謝った。

「後で叱っとくわ。さあ、ふたりとも席に戻りな。お詫びにシベリアでもサービスするから」

春江は、桜乃とかすみの背を押して席へ促した。

誰がかけたのか店の蓄音機からレコードが流れる。今年一番のヒット曲と巷で評判の、淡谷《あわや》のり子の『雨のブルース』だった。

〈雨よ降れ振れ　悩みを流すまで〉

憂鬱な歌詞とメロディーだがどこか心地良い。桜乃は一華がまだ気になったものの、シベリアの誘惑に負けてテーブルに戻った。

V

日暮れが迫ると職場帰りの役人、会社員、工場員たちがキリン食堂に押し寄せる。彼らの目的は紅茶やシベリアではなく、食事と酒だ。その一団が座席を占領する前に、店を出るのが桜乃とかすみのいつもの行動だった。

ふたりは商工会議所の横の坂を下った。この道は横幅が八間《はつけん》（十四・五八メートル）あるので、「八間道路」の通称で呼ばれている。その途中で道路を左に折れると、街並みは雑多ながら華やかな一角に入る。このあたりは街一番の繁華街で「帝国館」「第一大和」など何軒も映画館があるが、その側にある「海成堂書店《かいせいどう》」がかすみの家だった。

店は慶応創業だそうで、店主であるかすみの父は武者小路実篤《むしやのこうじさねあつ》や柳宗悦《やなぎむねよし》とも交流があった。店構えは大きくないが、外国語の原書から、日本文学まで品ぞろえが良いと評判の店だ。

店の前には黒猫がいた。かすみの家の飼い猫ではないそうだが、このあたりでよく見かける猫だ。桜乃が前に頭を撫でてやろうとしたら、「そんな気にならない」という顔で通り過ぎていってしまい、いまいち可愛くない。

「あ、菜穂子さん」

桜乃は、海成堂書店の店先で菜穂子とばったり会った。

「あら、おふたりも今お帰り？」

「めずらしいね。外で会うなんて」

菜穂子は実家が新潟県の十日町《とおかまち》だった。一年生の時から親元を離れて学校の寄宿舎で生活しているが、勉強熱心なので日頃は授業が終われば街で会うことは滅多にない。

それに菜穂子も成績優秀だが、かすみにはいつも少しだけ敵わなかった。それで級長を取られたと、かすみに対する態度はちょっと余所余所《よそよそ》しい。桜乃としては親友と級友には仲良くしてもらいたいのだが。

「菜穂子さんはうちのお店でなにかお探し？　よろしければお手伝いいたしましょうか」

かすみの方はなにも含むところもなく、にこにこと接するのでこういう時は菜穂子はむしろ居心地が悪そうで、「大したことではないの」と両手を振った。

「ちょっと英語の辞書を探しているのだけれど中々いいのがなくって」

「ああ、それでしたらお待ちになって」

かすみは店の奉公人に、「わたくしがご案内するわ」と言って店の中に入っていくと、棚の本の背表紙を目で追っている。何度も遊びにきているのでわかるが、かすみは店頭のものから、裏の倉庫の在庫まで本という本がすべて頭に入っているらしい。

かすみは棚から辞書を何冊か抜き取るとすぐに戻ってきた。

「こちらなどいかがかしら？　中学の学生さんが使うものだけど、使いやすいって評判よ」

「それも良いとは思うけど、単語の数がもう少し多い方がいいわ」

「なら、こちらは一高の受験に使うものだけれど……」

ふたりは辞書を広げて話し込んでいる。桜乃も後ろからちらりと見たが、授業以上の英語力を求めていないのでご縁のなさそうな辞書ばかりだ。

(かすみもつき合いのいい子よね)

親友を菜穂子に取られてしまったので店の中をぶらぶらしていると、あとひとり三つ編みで制服姿の先客がいた。

「こんにちは。え〜と……師範科の長岡香子《ながおかたかこ》さん？」

顔が桜乃の方を向いた時、丸縁眼鏡の奥の目が光った……ような気がした。

師範科三年の長岡香子は学校一の才女として、本科にまでその名が轟いている。香子は眼鏡の縁に手をやった。

「貴女は……本科の市野井《いちのい》さんでしたか？」

「はい、そうですが」

「こんにちは、ですが」

「はい……あの、もうこんばんはの方がよろしかったでしょうか？」

「さあ、ですが『こんにちは』とは江戸の滑稽本、『当世真々乃川《とうせいままのかわ》』が初見の言葉です。『こんばんは』も洒落本が初出。どちらもあまり良い語源ではありません」

「だ、だったらやっぱり『ごきげんよう』とかの方が女学生らしくて良いですか？」

「『ごきげんよう』とは御所言葉で、女官が天子様、皇后様への挨拶に使います。東京の女学校で多用されているようですが、本来は私たち女学生が使うに適した言葉とするには一考が必要でしょう」

「は、はあ……」

菜穂子くらいなら桜乃も仲良くできるのだが、この学校一の才女のことは少々苦手だった。別に言動に居丈高な様子や、人を見下した態度があるわけでもないが、豊富すぎる知識と些細なことでも妥協しない性格を前にすると、どう対処して良いのかわからない。

「え〜と……長岡さんは確か菜穂子さんと寄宿舎で同部屋でしたよね」

こういう時は世間話に限ると思い、桜乃は話題を変えた。

「前に菜穂子さんから聞きました。でも、お買い物につき合ってくるなんて、おふたりは仲がいいんですね」

軽く聞いたのだが、香子の眼鏡の奥で怜悧な目がまた光った。

「私は他の女学生のように連れ立って御不浄《ごふじょう》にいくような真似は好みませんよ」

「あ、いえ……そういうこと聞いたのではなくって」

「彼女とは不仲ではありませんが、私は私でこの書店に所用があります」

それきり、香子は桜乃と会話をする気はないようで、手にした本に目を落としている。

「どうしました。伊香保星花亭の看板娘さんもお手上げですか？」

急に声がしたので、桜乃がそちらを見ると店内の古い洋風椅子に座り、マンドリンを手にした洋装の男が笑っていた。

「波宜亭先生、居たんですか」

「居たんですかとは失敬ですね。僕は始終暇な人間です。最近は歳のせいか出歩くのも億劫なので、四六時中ここにいるものですよ」

突然、パン！　と本を閉じる音がした。

「私は先に帰ります。市野井さん、貴女から小田さんにお伝え願えないでしょうか」

香子は本を棚に戻すと、さっさと店から出ていってしまった。

「長岡さん！　ちょっと……」

「止めておきなさい」

マンドリンの鳴る音がした。

「彼女の不機嫌の原因は僕が店にいたからですよ。彼女のような性格の人は、僕のような人間の存在が許せないのは大概に慣れたものです」

波宜亭先生はそう言い、マンドリンで何やら奏で始めた。

波宜亭先生――この町では誰もが知る詩人であるが、桜乃としては理解するにも語るのにも面倒臭い人物である。元々、開業医の息子として生まれたが、少年時代から芸術や音楽を好んで成長した。中学の頃に詩歌に興味を示し、学校に行くと家を出ては郊外の草原などで寝転んで一日を過ごした。結局、中学は落第の上に卒業したが、その後は熊本五高、岡山六高、慶應義塾大学予科と転校するも落第の末にすべて中退。それもどこ吹く風で東京と前橋を行ったりきたりしながら、日々を作詩に費やし、時に趣味でマンドリンを奏でて暮らすこの男に、世間の風は必ずしも暖かくはない。「馬鹿息子」「マンドリン狂い」などと後ろ指を指されながらも飄々と生きてきた男だが、五十を過ぎてからは足腰も弱まったのか、ここ数年は地元で「万葉集の研究」などをしていた。

地元の評判は芳しくないが、かすみの父は昔から波宜亭先生の熱心な支援者のひとりだった。最近はここで本を探したり、マンドリンを奏でている姿をよく見かけた。

「波宜亭先生はいろいろ言われているけど、いい人だとわたしは思うのに」

桜乃は香子の態度が納得いかなかった。

「僕が彼女の父親ならあのような男の妻にはなるなと、助言の一つもするでしょうよ。桜乃さんはどうですか？　このマンドリンと詩の他にこれといった特技もない」

「マンドリンもそうですけど、わたしは波宜亭先生の詩のなにが凄いのか良くわかりません。もうちょっと、素直に伊香保や榛名を褒める詩だったら素敵なのに」

「いい人」とたった今言った同じ口で、桜乃が悪びれもせずに言うと、波宜亭先生もさすがに苦笑いした。元々、医者である波宜亭先生の父は若い頃は伊香保の診療所の医者だった。今でも波宜亭先生の家族は、夏になると伊香保で余暇を過ごしていた。

「そうそう、忘れるところでした」

桜乃は鞄の中から小箱を取り出した。

「はい、これは先生の分ね。落とさないでくださいよ」

小箱を開けると湯の花饅頭が一つだけ残っていた。どうせここに波宜亭先生がいると思ってとっておいたのだ。それを手に取った波宜亭先生は、「これはいい」と笑顔を見せた。

「僕はこの饅頭が好きですよ。まるで桜乃さんのようで」

「どういう意味ですか？」

「食い足らず食い飽きず。中庸そのもののようです」

「悪うございましたね。どこにでもいるような平凡な娘で」

桜乃は舌を出したが、これは春江にそうしたのと違って「あかんべい」の意味だ。波宜亭先生は若い頃は美男と言われただけあって、五十を過ぎても面差しは美しい。でも、この物言いで人生においても相当の損をしていた。

小箱をしまってそろそろ帰ろうか……とか思っていると、桜乃は本棚の前になにか落ちているのに気づいた。

「先程のお嬢さんが本を戻した時に落ちましたかね」

波宜亭先生は湯の花饅頭を、小さく千切って口に入れた。

「棚の上の方にあったようです。これを食べた後で良ければ僕が戻しましょうか？」

「わたしの背丈でも充分に届くのでご懸念なく。それよりもこれは英語……？」

拾ったその本の表紙を見て英語の本なのはわかったが、綴りが少し違うような気がした。波宜亭先生にも見せたところ「ふむ」と、物めずらしそうな顔をした。

「それはどうやらスコットランドで編纂されたもののようですね」

「スコットランド？」

昼間、学校で聞いた国名に桜乃は表紙に目を凝らした。

「あの国は同じ連邦国家でありながら、イングランドの英語とは口語も書記も少々異なります。その国の本がどうしてここにあるのかまでは僕にはわかり兼ねますが」

「波宜亭先生って落第を繰り返したってお話なのに、英語はわかるんですか？」

「君は僕に平然と失礼なことを言う」

「あ、ごめんなさい」

「ですが、陰口を言う者よりもずっと好ましい。確かに僕は方々の学校から『学業に望みなし』と言われた劣等生でしたが、異国に興味がないわけではありません。フランスへもイギリスへも行きたいと思っています」

「そうなんですか？」

「ええ、ただ僕にはかの国々があまりに遠いだけで」

そう笑った波宜亭先生の顔は、皮肉めいてなにより「気障」そのもので、これも不人気の原因だ。さっき湯の花饅頭を手に取った時の素直な笑顔を見せれば、嫌う人もずっと減るのにと桜乃はいつも思っていた。

「それはスポーツのルールブックの原書です。『Olympic Games』とありますが……ふむ、どうやら冬のオリンピックのようだ」

「冬のオリンピックの？」

「競技名は『Curling』。日本語で発音するならばカーリングとするのが適当でしょうかね」

「カーリング」

桜乃もその本の表紙の英文の綴りを読んでみた。冬の競技と聞いてもそれがどんなものなのか、雪の上でやるのか氷の上か、団体競技なのか個人競技なのかもわからない。

刹那、胸の鼓動を感じた。桜乃はなにかに突き動かされるように、その本の一ページ目を開いた。

二エンド
「遠く冬の湖に光を感んずる日」

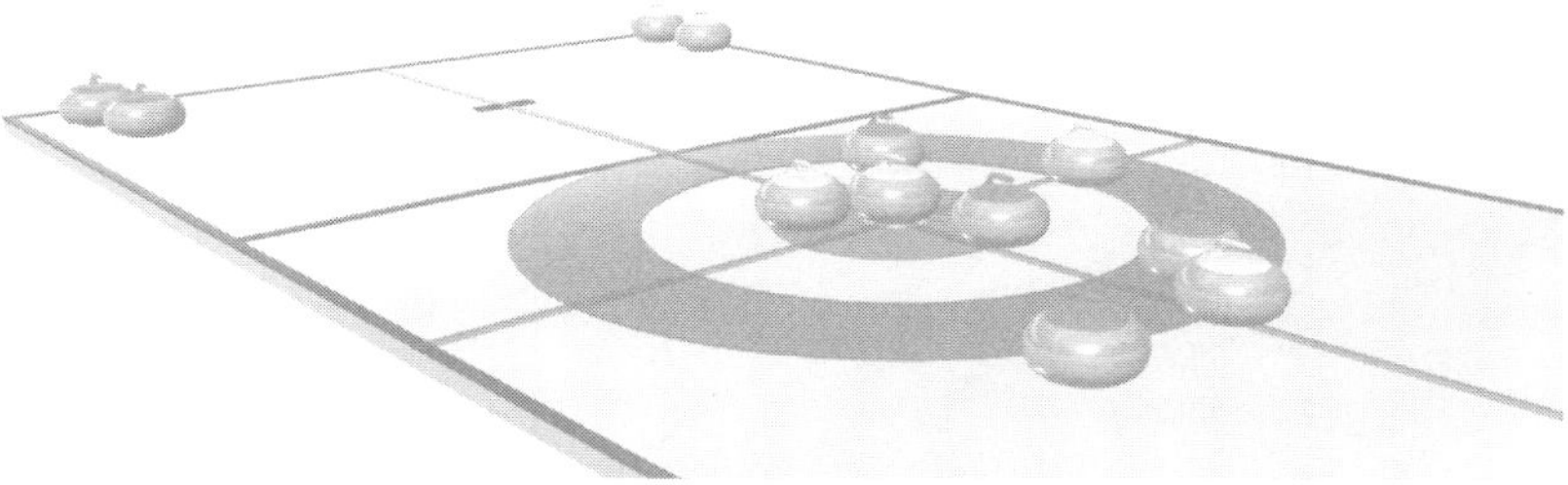

I

十一月になると榛名湖に今年はじめて氷が張った。

そして半月もしない内に、広大な湖の端から端まですべて氷に覆われてしまった。いつもの年なら全面結氷は早くても十二月半ばなので、今年は一月近くも早かった。

伊香保では紅葉の季節が終わるとめっきりと人気がなくなる。

日曜日の朝、桜乃は昼少し前に家を出た。和装か洋装か迷ったが、白のブラウスに赤の格子柄のスカートを合わせて、通学用の紺のコートを羽織った。

「う……和装の方が暖かかったかなぁ」

風の冷たさに早くもちょっと後悔したが戻るのも面倒だ。店に回ると父の正彦《まさひこ》がひとりでいた。

「あれ、お母さんは？」

「御用邸の掃除の手伝いだ」

近所でも無口な職人で通っている父は、いつも短く答える。

伊香保御用邸は避暑から紅葉の季節までは、皇族や宮家が競うように集まって警備だけでも物々しいが、この時期はめっきり閑散とした。そんな時期に伊香保総出で大掃除をするのも例年のことだった。

「しっかり運べ」

笑顔一つ見せずに、父は桜乃に風呂敷包みを手渡した。

桜乃は家を出ると通学とは反対方向の、伊香保ケーブル鉄道の駅に向かった。伊香保電車の駅と区別して、こちらは「新伊香保駅」と命名されていた。駅員に挨拶して乗り込むと、こちらも季節外れとあって乗客は桜乃ひとりだけだ。

伊香保ケーブル鉄道は昭和四年に開業した新しい観光線だ。伊香保温泉から榛名山のヤセオネ峠を登る二千九十メートルの路線は、京都の愛宕山《あたごさん》鉄道には及ばないが、「関東一のケーブル鉄道」の異名を取っていた。

桜乃はケーブルカーが動き出すと、コートのポケットから取り出した一冊の本を開いた。この本を見つけたあとでかすみの父に見せたところ、「どうせ買い手のない本だ。持っていっていいぞ」と言われたのでありがたく頂戴した。

「カーリング……」

それはカーリングという競技のルールブックだった。本の後半には競技の詳しい説明もあるので、競技指南書でもあるらしい。原文はもちろん英語……それもスコットランド英語だ。桜乃の英語の成績は中より少し下くらい……つい先日まで、授業以上の英語力はいらないと思っていたが、こうなるとかすみや菜穂子のような語学力が欲しくなる。それでも大苦戦の末、なんとか単語を拾って意味くらいは取れた。

この本には簡単なものだが挿絵もついていたので、競技の内容の把握に大いに役立った。

「カーリングとは氷の上で石を投げる陣取り合戦のようなもの」

それが桜乃の感想だった。スポーツというよりは囲碁や将棋に似ているような気もした。挿絵だけみれば、おはじきのような気もする。「石を投げる」といっても、氷の上を「滑らせる」という方が適当だろう。

ルールブックには様々なことが書いてあったが、桜乃がもっとも気に入ったのは序文の一節だった。

「カーラーは不正に勝つなら負けを選ぶ」

「カーラーはみずから不正を申告する」

「カーラーは常に高潔であるべし」

苦労して訳したその三つの文を声に出してみる。「カーラー」とはカーリングを競技する選手のことだとルールブックにあった。

ケーブルカーは榛名山駅についた。

ここから少し歩いて榛名湖へと向かう。すっかり紅葉も散った落ち葉の山道を風呂敷包みを手に歩くと、ようやく榛名湖畔に出た。

「わぁ、本当に今年はもう全部凍ったんだぁ」

わずかひと月前はまだ紅葉が峰々を染めていた。一面に白い氷が張る様子に、桜乃は思わず歓声を上げた。これで晴天なら湖畔の榛名富士と合わせて大パノラマだが、生憎と今日は曇り空だ。少し残念に思って榛名富士を見ると、山の頂は早くも薄っすらと白くなっていた。

「峰に粉雪けぶる日も……ね」

ふと、桜乃は波宜亭先生の詩「榛名富士」の一節を諳んじてみた。

天気の崩れは夕方からとケーブルカーの駅で聞いたが、桜乃は先を急ぐことにした。目的の場所は榛名湖畔にある「湖畔亭《こはんてい》」だ。その名の通り、湖畔に唯一立つ鄙びた宿屋だった。

「星花亭です。お届けに上がりました」

桜乃が玄関で声をかけると、顔なじみの老女将が「おや、桜乃ちゃんかい」と奥から出てきた。

「お疲れ様だね。急ですまないねぇ」

「いえいえ、波宜亭先生の勝手は今に始まったことじゃありませんから」

先日、いつものように学校帰りに海成堂書店に立ち寄った桜乃は、また店内でマンドリンを奏でていた波宜亭先生から、「次の日曜日、榛名湖の湖畔亭に湯の花饅頭を届けてもらえませんか」と頼まれた。なんでもその日、波宜亭先生の旧知の人が東京から来るという。

「僕も行きたいのですが近頃の足腰では覚束ない。では、なにか差し入れでもしようかと思いましてね」

桜乃は普段は父母に無断で注文を受けたりはしないが、他ならぬ波宜亭先生の要望である。正彦に伝えると、「おまえの受けた注文だ。おまえが届けろ」と言われた。数は二十個とそれほど多くなかったが、この日は朝からせっせと餡を皮で包み、指定の時間に榛名湖まで上がってきた。

「それで、波宜亭先生の旧知の方ってどんな方です？」

自由気ままに生きているような波宜亭先生が気を使う相手が誰なのか、桜乃は少しばかり気になった。

「誰って聞いてないのかい？　佐藤惣之助《さとうそうのすけ》先生だよ」

「なんだぁ」

桜乃は少しがっかりした。

佐藤惣之助は波宜亭先生の妹・愛子《あいこ》の夫だ。作詞家であり、作曲家の古関裕而《こせきゆうじ》と組んだ大阪タイガースの歌——後に六甲おろしと呼ばれる——がよく知られていた。

佐藤惣之助なら伊香保にも良く来るのでめずらしくもないと思っていると、老女将は急に声をひそめた。

「それがねえ、佐藤先生が女性をお連れなんだよ。それもおふたりも」

「波宜亭先生の妹さんじゃなくって？」

「ひとりはそうさ。だけどもうひとりはちょっと驚いたね」

「高峰三枝子《たかみねみえこ》が来たとか？　それで榛名湖とこの宿の歌を歌ってくれるとか」

「はは、あたしが生きている内にこの宿が舞台の歌の一つも聞きたいもんだぃねえ」

黒船来航の三年前に生まれという、今年で八十七歳の老女将は歯の残り少ない口を開いて笑う。この三年後の昭和十五年——高峰三枝子による『湖畔の宿』が空前の大ヒットとなるが——

「まあ、美人は美人だよ。今、ひとりで散歩にお出になったから、湖の周りにでもいるんじゃないかい。気になるなら見回してご覧よ。きっとすぐに見つかるから」

言い方が意味深で気になったが、桜乃は湖畔亭を出ると湖へと下りた。

Ⅱ

湖のほとりに立つと凍てついた湖面を抜けていく風に体が震えた。

榛名湖は全面結氷すると、県内のみならず東京や関東各地の大学や中学のスケート部の練習や、スケートを楽しむ観光客でここ数年は賑わう。ただ、今年は結氷が予想以上に早かったために、スケート客の姿はまだない。ちらほらと、氷に穴を空けてワカサギ釣りをする人が見えるくらいだ。

(あれ……？)

桜乃は氷の上に四人が固まっているのを見つけた。

最初はスケート客かと思ったが、この辺りではまず見ないスキー用外套《マント》に学帽という出で立ちだ。

彼らは手に箒《ほうき》を持ち、そして足元には湯の花饅頭にちょっと似た形の平たい石が幾つもあった。もっとも大きさは直径で三十センチはあるが。

(あれって……)

桜乃は目を凝らして確信した。

(間違いないわ。あれはカーリングのストーン)

嬉しくなって、桜乃は小走りに氷の上へと下りた。足元は通学にも履いている短靴《ブーツ》だが、子供の頃から遊んで過ごした榛名湖の氷上である。転ぶこともなく、一直線に駆けた。

「あ、あの……」

「女がなんの用だ！」

突然、四人の真ん中の男が怒鳴った。

「あ、ごめんなさい。わたしは伊香保の星花亭の娘で市野井桜乃と言います」

「ふん、商売人の娘か」

男にしては背がやや低く痩せて長髪で……先日の中学生が「硬派」なら、こちらは「軟派」という学生だ。右手で箒を、そして左手にはビール瓶を握っている。彼らの足元にはバケツがあり、そこにビール瓶が何本も入っていた。

「この帝文館《ていぶんかん》大学の仁木《にき》になにか用事か？」

仁木というのがどうやら名前らしい。桜乃はその大学名を聞いたことはあったが、あまりいい印象のある大学ではない。東京帝国大学や早稲田、慶応などには入れない、華族や富裕者の子息の通う大学だ。どうやら「軟派」の下に「不良」がつく大学生らしいが、今は彼らのやっていることに興味があった。

「あの、その足元にあるのはカーリングのストーンですか？」

「どうして、貴様のような田舎娘がカーリングを知っている？」

仁木は訝しげに眉をひそめた。

「あの、わたしはカーリングに興味があって」

「これは先のガルミッシュ・パルテンキルヒェン五輪へ参加した選手団が持ち帰ったものだ」

「稲田悦子さんが参加したっていう……でも、オリンピックでストーンって」

「今度の冬のオリンピックは日本で開かれる。そのため、我々は帝文館大学カーリング部を新たに創部し、オリンピックを目指して練習に励んでいるところだ」

「カーリングがオリンピックの種目になるんですか？」

「なにも知らぬ田舎娘だな」

大学生の四人は、一斉に大声で笑った。

「昭和十五年の冬のオリンピックは我が国と決まり、場所は日光か軽井沢か札幌かと言われている。カーリングは第一回のシャンモニー大会から種目となり、日本大会でも競技として採用されると早や決まった」

「オリンピックの競技にカーリングが？」

桜乃には初めて聞く話の連続だった。

「これも知らぬだろうから教えてやろう」

仁木は得意気に、まるで人を見下したような薄ら笑いを浮かべた。どうもその顔はネズミを連想させる。愛嬌があるのではなく、下品でという意味で。

「すでに我らのような東京の大学や中学などがチームを作り、昨年は山中湖で第一回大会が開かれ我らは三位に入った。今年も大会があれば今度こそ優勝は我が校となろうな」

その笑い顔のまま、ビール瓶をラッパ飲みした。

「話は終わりだ。邪魔だから失せよ」

仁木はまるで犬猫でも追い払うように桜乃に手を振った。仕方なく桜乃は少し離れた場所から彼らの練習を見ていることにした。

（この人たちって……）

すぐにわかったことは、彼らが酔っているということだった。氷の上に乗る前からビールを飲んでいたのだろうが、練習中も瓶をほとんど手から離すことがない。

一応、彼らもルールは理解しているらしい。だが、石——カーリングではこれを「ストーン」と呼ぶが——を投げる姿には真剣さはなく、外れてもゲラゲラ笑って、箒で氷を叩く。それは桜乃の兄が野球をする時などとは、まったく違うスポーツの姿だった。

（これはスポーツじゃない）

桜乃は落胆した。ただし、それはカーリングという競技に対してではなかった。

（この人たちはスポーツマンなんかじゃない）

その時、ストーンとストーンがぶつかって弾かれた一つが、桜乃の足元に滑ってきた。

咄嗟に体が動いた。

右足を前にして右手でストーン上部の突起（ハンドル）を握る。左足をぐっと前に出して低い姿勢のまま、ストーンを押しながら氷を蹴る。

あのルールブックに書いてあったことが頭に浮かぶ。体が氷の上を滑ると冷気が顔に触れた。

（ショット）

桜乃は力一杯ストーンを投げた。

ストーンは氷の上を滑り、大学生四人の足元にあったストーンに命中した。弾かれたストーンが別のストーンにまた当たる。「不意打ち」を食らった大学生たちは足元で弾け飛ぶストーンを避け切れず、氷の上に無様にひっくり返った。

（しまった、やっちゃった）

桜乃は内心で思ったが、もう遅い。

「なにをするかぁ！」

仁木は怒鳴ると、ビール瓶を桜乃に投げつけた。桜乃がそれをひょいっとかわしたので余計に頭に血が上ったらしい。四人は赤ら顔で桜乃へ突進してきた。

桜乃は腹をくくった。そうすると自然に心も落ち着いてくるものだ。

「黙りなさい。さっきから見ていれば」

大学生は四人で、しかも桜乃より五、六歳は上の二十歳前後の男子だ。正直言えば怖かったがこうなってしまっては仕方ない。桜乃は声を張り上げた。

「東京の大学の方かなにか存じませんが、見過ごせない恥ずべき行いばかり。ここ神山たる榛名の、龍神の住まう湖の御氷を汚すことは許されません。そして、先程からの振る舞いはスポーツマンに非ざる行為！　カーリングではカーラーとは高潔であれと教えているはずです」

桜乃は相手の非を並べたが、これで向こうが引き下がるわけもない。

「この小娘が！　貴様にスポーツのなにがわかるか」

「黙れ！　小便臭い田舎娘の分際で！」

「誇りある帝文館生の我らを愚弄するとは許さんぞ！」

女学生に叱られて、平然としていられる大学生などいない。口々に桜乃を罵倒すると、ついには手にしていたビール瓶を、至近距離から投げつけるべく振り上げる。この距離なら今度はかわす術がなく、桜乃は思わず目を瞑った。

「Curlers prefer to lose rather than to win unfairly. They will be the first to divulge the breach. Curlers prefer honourable conduct.（カーラーは不正に勝つなら負けを選ぶ。カーラーはみずから不正を申告する。カーラーは常に高潔であるべし）」

突然、桜乃の後ろから声がした。それはルールブックにある「カーリング精神」を諳んじる声だった。

「そこのYaung lady……お嬢サンの言う通りです。アナタたちの行いは間違っていますよ」

桜乃が振り向くと女性がひとり立っている。身長は百七十センチを超えたほど。桜乃がこれまで出会った女性では誰よりも背が高い。噂に聞く人見絹枝もこのくらいの身長なのかとふと思った。

その女性はクロッシェという釣り鐘型の帽子に、ファーのついたロングコート。所謂「モガ」ことモダン・ガールファッションだ。でも、街でたまに見かけたのと大きく違うのは、その女性の長い髪が金色であるということと、帽子の下の瞳の色が青だということだった。

「外国人の女性……」

桜乃は息をするのも忘れてその姿に見とれた。

前橋の製糸会社には時々外国人が仕事でやって来る。その中には伊香保温泉まで足を延ばす人も少なくないが、外国人女性というのはさすがに少ない。桜乃もここまで間近で見たのは初めてだった。

その金髪の女性は桜乃に向かって、これも外国人特有の白い歯を見せて笑った。女学生の間では「お行儀が悪い」とされる笑い方だったが、それはとても自信に満ち溢れている。滑るはずの氷の上を姿勢を崩すこともなく歩くと、四人の大学生と向かい合った。

四人の態度が急に大人しくなる。相手は女といえども外国人であり、しかも彼女はこの中の誰よりも背が高い。金髪の女性は颯爽として、彼らを見回した。

「あまりに大声がして、散歩の途中に足を止めてしまいました。アナタたちの行為はカーラーとしても、スポーツマンとしても正しいものではありません」

「ど、どこの外国人か知らんが……」

仁木は委縮した様子になった。

「これは我々の問題である。どこぞの田舎娘にあんな口を利かれては男子の面目が立たん」

「アナタが紳士であるならば、そしてスポーツを愛する者なら尚更、礼節を弁えて当然と思いませんか？」

些か発音に違和感があるものの、流暢な日本語に大学生たちは黙った。仲間のひとりが「おい……」と仁木に小声で囁いた。

「失礼をした」

仁木は桜乃の顔を一瞥すると、背を向ける。他の三人もそれに続いた。

「小娘と異人の女が」

それは四人の誰の発した声だったのか。でも、桜乃の耳にはっきりと届いた。

「お待ちください！」

桜乃が大声を出すと、氷の上から去りかけた四人はまた振り返った。

「まだ、なにかあるのか？」

「はい。わたしは口先だけで謝られても嬉しくもありません」

「なにを言うか」

「それに貴方方が無礼を働いたのはこの榛名湖の神々に対して。なにより、カーリングというスポーツを行う者とも思えない悪しき振る舞いです。まず、それを謝罪するべきです」

「この小娘！」

四人は今にも殴りかからんばかりの形相だが、桜乃は彼らの顔から視線を外さなかった。

「面白いことを言いますね。確かにその通りだとワタシも思います」

嬉しそうに手を叩いた金髪の女性は、桜乃の顔に目を向けた。

「ですが、ワタシも日本に住んでもう長くなりますが、良い国ですが残念なことはこの国ではアナタのような意見を聞く男性が、決して多くはないとワタシも知っています」

「それはわたしも承知しています」

「その通りだ。我らは小娘如きに死んでも頭は下げぬ」

仁木は胸を反った。

「では、こうしたらいかがですか？」

金髪の女性はポンと一つ手を打った。

「アナタたちは大学のカーリング部だそうですね」

「いかにもそうだが？」

「彼女もカーリングに興味があるようです。お嬢サン、アナタのお名前は？」

「明治高等女学校三年、市野井桜乃です」

桜乃が答えると、金髪の女性はちょっと驚いた表情をしたがすぐに頷いた。

「ではミス・サクラノ。貴女もカーリングのチームを作って、彼らと試合をして勝敗を決めるのはどうですか？」

「男と女がスポーツで勝負などとなにを言うか」

仁木は鼻で笑ったが、金髪の女性は首を横に振った。

「他のスポーツならそうでしょう。ですが、カーリングは氷上のチェスと呼ばれていて、腕力だけでは勝負は決まりません。ワタシの母国のスコットランドでは、男性のチームが女性だけのチームに負けることだってあります」

「だからと言って……」

「わかりました」

桜乃は大学生の言葉を遮った。

「わたしはこの勝負を受けます。ご心配いただかなくともこの土地の女で、東京の軟派学生に後れを取る者などおりません」

「貴様ぁ……」

「それとも、女学生から勝負を挑まれてお逃げになりますか？」

桜乃はわざと小首を傾げて、挑発的な言い方をした。

「無論、我らは挑まれた勝負を拒みはしない。良いだろう。スポーツとは女子供の遊戯ではないことを、この帝文館大学の仁木直常《なおつね》が教えてくれよう」

四人を代表して仁木は、威圧するように声を張った。

「では決まりました。以後の連絡はここに居合わせたのもなにかの縁です。このワタシが務めさせていただきましょう」

金髪の女性は仁木から連絡先を聞いた。四人はもう一度、桜乃の顔をにらみつけると、氷から上がってケーブルカーの山頂駅の方へ去っていった。

「さて、ワタシが提案してしまってこんなことを言うのも変ですがよろしかったですか？」

それを見送って、金髪の女性は桜乃に話しかけた。

「構いません。わたしはカーリングというスポーツに興味があったところです」

話の流れで大学生チームと勝負することになってしまったが、もうこうなったら乗りかかった船でしかなかった。

「ところで、アナタのカーリングの経験はどのくらいですか？」

「先日、ルールを知ったばかりです」

「勝利への自信は？」

「神のみぞ知る……でしょうか。異国人の貴女とわたしたちの神は違うかもしれませんけれど」

「それは困りましたね。ですが、その心意気は良しとしましょう」

肩を竦めつつ、金髪の女性はどこか楽しそうにしている。桜乃はずっと気になっていることがあった。

「あの、ところで貴女は？」

「ワタシはミカエラ・ローレン・グレイと言います」

その名前はどこかで聞いた覚えがあり、桜乃は内心で首を傾げた。

「今日は友人のアイコの招待でこの榛名湖を訪れました。とても美しい湖ですね」

「アイコ……それって波宜亭先生の妹さんの愛子さん？」

「彼女のお兄様は素晴らしいPoets（詩人）です。ワタシは来日して十一年になりますが、日本語を理解できるようになるにつれ、そのFeelings（感覚）の素晴らしさに気づくことが増えました」

「素晴らしい……ですか」

少なくとも桜乃の知る限り、波宜亭先生をここまで手放しで褒めた人はいない。それが外国人の女性であるということが、どうにも変な感じがした。あの先生なので、これを聞いても素直に喜ばないかもしれないが。

「この地で教職を引き受けたのも彼と交流を深めることが目的の一つでしたが、また別の楽しみができたようです」

「教職って……あの、ミカエラさんはもしかして」

「ミアで結構ですよ」

外国人はファーストネームに愛称を使うと英語の授業で聞いたことがあった。ミアは笑顔のまま、桜乃に向かって右手を差し出す。これもシェイクハンドという外国の作法だ。

「今度からアナタの通う学校で教鞭を取ります。よろしくお願いします、ミス・サクラノ」

その手は白く細く、そして爪の先まで見とれてしまうほど綺麗だった。毎日、饅頭の皮包みをしているので、桜乃の方は生憎と「白魚のような」とは言えず、なんだか恥ずかしくなった。ミアはそんな桜乃の手を強く握った。

「では、ワタシもアナタの勝負に助力いたしましょう」

「ミア先生はカーリングをご存じなんですか？」

「カーリングは我が母国、スコットランドの国技です。上手い……というわけではありませんが、ストーンの投げ方やスイープのコツくらいなら教えられます」

「コーチしていただけるんですか！」

桜乃は嬉しくて手を強く握り返した。「コーチ」なんて言葉は普通の女学生は馴染みがないだろうが、兄が野球選手だった桜乃にはお馴染みの言葉だ。

「アナタが望むならそうしましょう。ところでミス・サクラノ」

「はい」

「アナタがカーリングをやりたいという思いも、あの大学生チームとの勝負の約束もわかりました。ですが、アナタには急いでやらなければならないことがありますね」

「練習でしたら今からすぐにでも……」

「カーリングにはリード、セカンド、サード、フォーススキップの四つのポジションがあります。アナタの他にあと三人のメンバーの心当たりはありますか？」

「あ……」

それをすっかり忘れていた桜乃は、ミアの手を握ったまま二の句が継げなかった。

Ⅲ

「……という訳で」

翌日の月曜日、桜乃は授業が終わると教室を出ようとするクラスメイトを「ちょっと待って」と、席に戻るように促した。クラスの全員が「何事かしら？」という顔をしている前で、桜乃はこれまでの経緯を説明した。

「わたくし市野井桜乃はカーリングチームを結成しようと思います。つきましては、我がクラスから共に戦う同志をここに募りたいと思います」

黒板にカーリングのルールを絵図入りで描いて熱弁を振るったが、クラスメイトたちの反応はまるで芳しくない。隣の子とひそひそ話をしたり、困り顔をしているのが大半だった。

「桜乃さんには申し訳ありませんけれど、参加するのはちょっと……」

ひとりが席を立つと、他の生徒たちも次々と立ち上がった。

「お話はわかったのですがまずは家の許可を取りませんと」

「学業に影響が出ては行けません。女学校に通わせてもらっている身ですので」

「氷の上で行う競技なのでしょう？　女は腰を冷やすと子を宿し難くなると聞きますし」

「黒板の絵ですとおはじきみたいですけど、大きな石なんて女の力で動かせますの？」

「わたくしは運動は苦手なのでお力添えは……」

「だ、大丈夫よ。ほら、何年か前に明治神宮競技大会で群馬県女子師範学校のチームが籠球《バスケットボール》で大活躍して話題になったじゃない。わたしたちにだって……」

「他校は他校ですわよ」

そう言ったのはやはり席から立ち上がった、副級長の菜穂子だった。

桜乃としては密かに菜穂子に期待していた。彼女は責任感が強いし、それに運動の授業もかなり優秀だ。その菜穂子が教室を出ていくと、他の生徒たちも桜乃を気にしつつ出ていってしまった。

「う……わたしって人望ないわ」

桜乃は本気で落ち込んだ。

「そんなことないですわよ。本当に人望がなければ誰も最初から話を聞かないでしょうし」

そんな中で、教室に残ってくれたのはかすみひとりだった。

「そうですわね……桜乃ちゃんのお話もちょっとわかりにくかったかもしれませんわ。新しい競技をわたくしたちで始めるということは、逆に言えば不安が募ります。想像できないものにはみんな慎重になるものです」

「そういうかすみはどうなの？」

「わたくしはもちろん参加させていただきますわ」

かすみはそれが当然とばかりの顔をした。

「本当に？」

「ええ。チーム四人のひとりとして。もちろん、桜乃ちゃんがよろしければですけど」

かすみはお世辞にも運動は得意ではない。あまり期待していなかったので、桜乃は彼女の両手を握って喜んだ。

「ありがとう！　うん、持つべきものは親友であり腹心の友だわ」

「親友と思っていただけて光栄ですわ。でも、わたくしにはわたくしなりの参加理由がありますの」

桜乃は「かすみなりの理由」が気になったが、問う前にかすみがまた口を開いた。

「それで桜乃ちゃん、あとふたりのチームメンバーの心当たりはありますの？」

「それねぇ……菜穂子さんにははっきり断られたし、他のみんなの反応も良くないし」

「菜穂子さんは勉強熱心でお家の期待も大きいと聞きます。他のことに時間は割けないと思ったんでしょう。でも、わたくしは菜穂子さんでひとり思い当たりました」

「思い当たる人？」

桜乃は首を捻るが、すぐに誰の顔も出てこない。

「この競技は運動もそうですけど、戦術の巧みな人も必要じゃなくって？」

「氷の上の陣取り合戦だからね。でも成績のいい子なら、もうかすみがいるじゃない」

「あら、わたくしよりも成績のいい子なんて学校には他にもいますわよ。それに必要なのは学校の成績よりも、戦術を練れる人、軍師になれる存在ですわ」

「軍師と言われてもうちは女学校よ」

「山本勘助《やまもとかんすけ》や諸葛孔明《しょかつこうめい》のような女子だって世の中にはいるでしょう。パルミラ帝国のゼノビア女王は、女性ながら戦士女王と称えられた方と言いますし」

「かすみ、歴史の話は今度またゆっくり。今はカーリングの話ね」

書店の娘だけあってかすみは国語と歴史は特に得意だが、国史から三国志を飛び越して、古代ローマの帝国にまで話が流れそうになったので、桜乃は軌道修正した。

「カーリングは『氷上のチェス』と呼ばれているとさっきおっしゃっていましたわね」

かすみは確認するように言った。

「うん。日本風に言えば氷上の将棋なんだろうけど」

「菜穂子さんから前に聞きました。寄宿舎の生徒の間で将棋大会をしたことがあって、それに優勝した生徒がいたそうですわ。菜穂子さんもまったく相手にならなかったって」

「へー、わたしも菜穂子さんと休み時間に将棋指したことあるけど、彼女だってうちのクラスで一番強いよ」

女学校では将棋などしていると先生からいい顔はされないが、明治高女では時々、校内で将棋が流行するのも校風ゆえである。父も兄も将棋好きな桜乃は小さい頃からたまに将棋を指すので、菜穂子に勝った相手の棋力は想像できた。

「で、その大軍師様はどこのお方？」

「菜穂子さんと寄宿舎で同部屋の師範科三年の」

「長岡香子さん」

桜乃は丸縁眼鏡の香子の顔を思い浮かべた。海成堂書店で数回会った彼女は、学校の廊下などで会えば挨拶くらい交わすが、親しく口を利いたことなどなかった。

「以前、師範科が運動の授業をしているのが偶然窓から見えましたの。彼女、運動も苦手ではないようですわよ」

かすみが熱心に香子を推すので、桜乃はメンバーに彼女を説得しようと決めた。

Ⅳ

「お断りします」

師範科の授業が終わる時間に、桜乃はかすみとふたりで寄宿舎の前で香子を待ち構えた。彼女は話こそ聞いてくれたが、説明が終わるなり間髪入れずに断りの言葉を発した。

「な、長岡さん。もうちょっと考えてくれてもよろしいんじゃ……」

「考えるまでもありません。貴女たちは学校をなんと心得ています」

「なんとって……」

「この明治高女は畏くも明治大帝より『明治』の名を許された神聖なる学び舎。ここに集う以上は女といえども学徒。学徒とは学業を社会より託された臣民です。自覚をお持ちなさい」

「学業を疎かにするつもりなんてありません。わたしは……」

「とにかく、私に声をかけるだけ無駄な行動です」

取り付く島もない……とはこのことである。元々、師範科は教職を目指している生徒が通うが、それだけにみんな勉強熱心だ。特に香子は卒業後は、日本女子大学や東京女子高等師範学校の研究科への進学も噂されている、学校きっての才女だった。

さっさと寄宿舎の中に入っていってしまった香子の背中を、桜乃は見送るしかなかった。

「お、女といえども学徒って……なんか武士みたいな方ね」

「あら、知りませんでした？」

かすみが隣で口を開いた。

「長岡さんのお家は清和源氏の流れを組み、新田義貞《にったよしさだ》公に従って鎌倉攻めでは一軍の大将となり、御一新前は前橋藩から二百石を頂いていた士族のお家柄ですって」

「セイワゲンジですか……蛍の種類じゃないよね」

「それで、長岡さんのお祖父様は藩の川越詰めでいらしたのですが、徳川を見限るのを潔しとせずに、彰義隊《しょうぎたい》に参加されて上野戦争で落命されたそうです。なんでも藩でも屈指の剣術家だったそうで、長岡さんご自身も薙刀《なぎなた》を嗜まれるそうですわ」

その話を聞いて桜乃は「うわぁ…」と思った。

「それでわかったわ。あれは士族というより武士ね。ジス・イズ・武士の娘」

川越は明治維新の前は前橋藩の領地だったところだ。結木校長も前橋藩士の娘なので、その縁でこの学校は川越からの入学者が多い。寄宿舎にもけっこうな数が生活していた。

維新から七十年を経て、最近は士族だの平民だのというものに拘りを持つ人間は減っていた。この学校に通う桜乃たちは維新を潜り抜けた人間からみれば、もう孫や曾孫の世代だ。その中で香子のきびきびとした所作や言動は、武士の娘そのものだった。

「長岡さんは諦めた方がいいでしょうか？」

「ん～……いや、ちょっと保留にしておこうよ」

桜乃は少し考えて言った。

「なんていうか……わたしの勘だけど向いている気がする」

「長岡さんがカーリングにですの？」

「カーリング精神にある『カーラーは常に高潔であるべし』って、あの人のためにあるような言葉じゃない？」

はっきり断られたものの、香子の持つ意志の強さ、誇りの高さはスポーツ向きだと桜乃は思った。

V

学校から出た桜乃とかすみは、いつものようにキリン食堂の窓際のテーブルに向かい合って腰かけた。

「長岡さんが入ってくれたとしてもメンバーはあとひとり必要」

「そうですわねぇ」

かすみは頬に手を当てた。

ここまで来る道すがらも、そしてテーブルについてからもふたりで何人かの名前を出した。でも、そもそも女学生でスポーツをしている人間なんてごく少数派だ。一応、明治高女にも体操、卓球、排球《バレーボール》、籠球などの活動をしている生徒はいる。香子のように薙刀の心得のある士族の娘もいた。

「でも、他のスポーツをやっている子を引き抜くわけにもいかないし。それ以外の生徒となると……う～ん」

「桜乃ちゃんが必要と思うのは他にどんな特徴の方ですの？」

「長岡さんが戦術を引き受けてくれるなら、あとはスイープかな」

「氷の表面を箒で掃くことですわね」

「そう。そうするとこうやって……」

テーブルの上に自分とかすみのティーカップと、さっきかすみとふたりで奮発して頼んだプリンのお皿を置いて、ストーンに見立てて「テイクアウト」をやってみた。ここを先生に見られたら、「お行儀が悪いですよ」と目くじらを立てられること間違いない。

「だから、腕力と体力がある子がいいんだけど、そんな女子なんて……」

ドアベルが鳴る。入ってきた女性を見て、男性客の多い店内からはどよめきとも、歓声ともつかないものが上がる。女性客も驚いたのかみんな目を丸くしていた。

「どうですか、ミス・サクラノ」

注目を浴びて入ってきたのはミアだった。ミアは今朝の全校朝礼で、新任の英語教師として紹介された。外国人ながら卓越した日本語、そしてこの美貌で早くも生徒たちの憧れの的になっていた。

彼女はかすみの隣に座ると、「Black Tea」と紅茶を注文した。ほどなくして運ばれてきた紅茶の香りに、ミアは顔をほころばせた。

「素晴らしいです。まさかこの土地で本物の紅茶に出会えるとは思いませんでした。さすがはマエバシはヨーロッパでも知られた日本の都市ですね」

「あら、前橋がそんなにヨーロッパで有名なんですか？」

かすみの疑問にミアは頷いた。

「ミス・カスミ、マエバシの生糸は社交界の貴婦人がドレスをつくるのにとても評判がいいのです。名のある生糸取引者でマエバシの名を知らないことなどありません」

「製糸工場の工女さんや蚕を育てる農家の人たちに聞かせてあげたい話ね」

「それで、ミス・サクラノ。メンバーは集まりましたか？」

「わたしと先生のお隣のかすみは決まり、あとひとりは交渉中です。最後のひとりはメンバーの絞り込み中です」

明らかに見栄を張った桜乃の回答に、かすみは「あらまぁ」という顔をした。でも、学校に赴任したばかりのミアはまだ生徒をよく知らないので、ここはかすみとふたりでがんばってメンバー集めをしなければならない。

「結構です」

ミアは頷いた。

「では、次は道具の話をしましょう」

「道具、ですか」

「カーリングの練習には試合と同じ道具が必要です。まずはブルーム、そしてストーン」

「ブルームは……つまり西洋箒ですよね。製糸工場で使うものが雑貨屋さんで売っていたからなんとかなるとして、問題はストーン……」

「それはわたくしも気になっていましたの。桜乃ちゃんはその大学生たちが使っていたストーンを見たのでしょう？」

まだ、ストーンを見たことのないかすみは興味深そうな顔をした。

「うん。あの仁木って大学生はオリンピックに出場した選手団が、ドイツから持ち帰ってきたものだとか言っていたけど」

「手に入りませんの？」

「わたしたちのおこづかいで……きっとどうにもならないよね」

「そうですわね。二円くらいでは借りるのもむずかしいでしょうね」

「えーかすみって二円ももらってるの？　わたしよりもちょっと多いじゃない。いいなぁ」

ミアが笑って「話が逸れていませんか」と言ったので、桜乃は咳払いの真似をした。

「とにかく、実物は見たしルールブックで大きさもわかるけど」

「でしたら、利根川の河原にある石で代用できませんの？」

「それは少し難しいでしょうね」

ミアがふたりの会話を遮った。

「カーリングのストーンはスコットランドのアルサクレイグ島のエイルサイトという特殊な石を使用しています」

「エ、エイルサイト……？」

桜乃には聞いたこともない石だった。かすみが鞄から辞書を取り出して手早く引いたが、小首を傾げたので海成堂書店の辞書にも乗っていないらしい。

「それにカーリングのストーンは裏側は均等に削ります。自然石でそこまでの石を見つけるのは困難でしょう」

「ああもう、学校の廊下で代わりにヤカンでも投げて練習しようかしら」

桜乃は投げやりな気分でテーブルに突っ伏した。それを見てミアはまた笑った。

「ストーンについてはワタシから頼んでおきましょう。横浜にカーリングをするスコットランドやカナダの人間が住んでいます」

「横浜ですか？」

横浜には幕末の開港以来、外国人が多く暮らして異国のような街並みの一角がある。そこではカーリングをプレーする外国人も多いとミアは言った。

「その中でどなたか一セット融通してくれるかもしれません」

「本当ですか、ミア先生！」

桜乃はパッと顔を上げた。

「ええ。ですが、すぐにというわけには行きません。今すぐ練習する道具はやっぱり必要ですね。とりあえずは河原の石でも仕方ないでしょう」

「それはもう、河原に行って直径三十センチ、高さ十一センチの石を探します。もう見つかるまで探します。あとは……」

またドアベルが鳴った。

入ってきたのは明治高女の生徒だが、制服ではなく着物姿だ。友達同士で連れ立っているでもなく、ひとりでさっさと店内を歩く。桜乃はその姿を目で追った。

「かすみ……わたしがさっき話したあとひとりのメンバーの条件って覚えてる」

「腕力と体力のある女子というお話ですの？」

「うん。見つかった」

真っ直ぐに厨房へと向かっていく羽川一華の背を、桜乃はすぐに追いかけた。

Ⅵ

「くだらない」

厨房に入る手前で一華を捉まえて、桜乃はカーリングについて説明しようとした。だが、話の半ばで返ってきたのは、香子よりもなお強烈な拒絶の言葉だった。

「私に本科のお嬢さんたちと遊んでいる暇なんてない」

「ちょ、ちょっと一華さん。遊びじゃないですし、あともうちょっと考えてくれても」

「私は将来の食い扶持のために技芸科に通っている。おまえたちとつき合えるか」

相変わらず男子のような口調に、桜乃は押し負けそうになった。一華はミアほどではないが、百六十センチをかなり越える女子には珍しい長身だ。間近にすると、精悍な顔立ちのせいもあり威圧感さえある。

「こら、一華。ちょっとは桜乃ちゃんの話も聞いておやりよ」

途中で厨房から出てきた春江が助け舟を出してくれなければ、勢いで振り切られていたところだった。

「わたしは遊びで始めようというんじゃありません。四人でチームを組んで東京の大学生チームに勝ちたいんです。その後は大会にも出てみたいと思っています」

「説明を全部聞かずに遊びと決めつけたことは謝る」

一華は意外にも素直に言った。

「だけど、私に暇がないのは確かだ。それは母さんだってわかっているだろう」

春江は「そりゃあねぇ……」と眉をひそめたが、娘の言葉は否定しなかった。

一華の家は町の郊外にある養蚕農家だ。所謂「五反百姓」で米作、そして副業に養蚕というこの地方の典型的な農家だった。

家族は母の春江、そして父と祖母、兄弟姉妹は一華が長女で一番上、その下に妹ふたり、それに尋常小学校に上がったばかりの弟がいる。七人の家族が暮らしていくのは農業と養蚕だけでは大変らしく、春江は農閑期にはこうして街に出て女給として働き、生活の足しにしていた。

「私は高等小学校を出たら本当は製糸工場に働きに出るはずだった。それを明治高女の技芸科に通わせてもらっているだけでも、感謝しないと罰が当たる。早く卒業して麻屋《あさや》百貨店に勤めるのが私の目標だ。家には妹も弟もいる。弟は賢い子だ。先生は中学はもちろん、一高から東京帝国大学にだって入れると言っている。私が稼いで通わせてやるつもりだ」

「一華さんが弟さんを大学まで出してあげるんですか？」

桜乃は驚いたが兄弟の中に男の子がいれば、姉は働いて上の学校に通わせて官吏や学者や軍人にする。めずらしい話でもない。

「でも、それじゃあ一華さんの将来の夢はなんなんですか？」

「そんなもの……本科のお嬢さんにはわからないだろうよ」

そう言った一華の表情が、少し強張ったように見えた。それはすぐに消えると、春江に「今日はなにもない？　だったら私は帰るから」とドアから出ていってしまった。

「あたしもね、あの子になにも無理をすることはないって言ってるんだけどね」

春江は、まだドアベルの揺れている扉を見ながらため息をついた。

「あの子だって尋常小学校の成績は良かったから、本科でも師範科でも入ることができた。でも、自分は姉だ、下の子たちを学校に行かせてやると言ってね。明治高女の技芸科はほら……学費が安いだろう」

それは桜乃も知っていた。結木校長が幼くして両親を亡くし、奉公人から立身したために、貧しい家庭の女子にも進学の道をと、技芸科の授業料は他校のそれの半分ほどだ。卒業後も百貨店を始め、呉服屋、洋服屋、料理屋などに働き口を世話していた。

「あたしもついあの子に甘えているからね。母親としちゃあ不甲斐ない話だけど」

「すみませんお春さん。わたしは一華さんの気持ちをまるで考えていませんでした」

「いや、あたしは桜乃ちゃんがあの子を誘ってやってくれて嬉しかったよ」

「え?」

意外な言葉に桜乃は驚いた。

「あの子は明治高女に入ってから友達も作らず、家でもずっと農作業や養蚕の手伝いだ。制服もいらないと言ったし、娘らしいこともなにもやろうとしない。せめて、こんな髪くらいさせてやりたいんだけどね」

春江は、桜乃の髪を優しく撫でつけた。母の志摩よりも一回り大きい「百姓の手」をしていた。

「だから、あたしもあの子に桜乃ちゃんみたいに夢中になれるものを持ってほしい。女学校を卒業すれば、女の人生はおのずと限られた道しかないだろう。せめてその間だけでも夢中になれるなにかを見つけてほしいってね」

「お春さん……」

「それにあたしゃあ、あの子の稼ぎを当てにするほどまだ歳を取っちゃいないよ。娘たちもあたしの稼ぎで女学校くらい行かせてみせる。下の子は今のところ先生は褒めているけど……頭悪けりゃあの子を奉公に出すかねぇ」

「それって酷い」

春江の威勢の良い言葉に、桜乃はつい釣られて笑った。

三エンド

「この新道の停車場に立ちて」

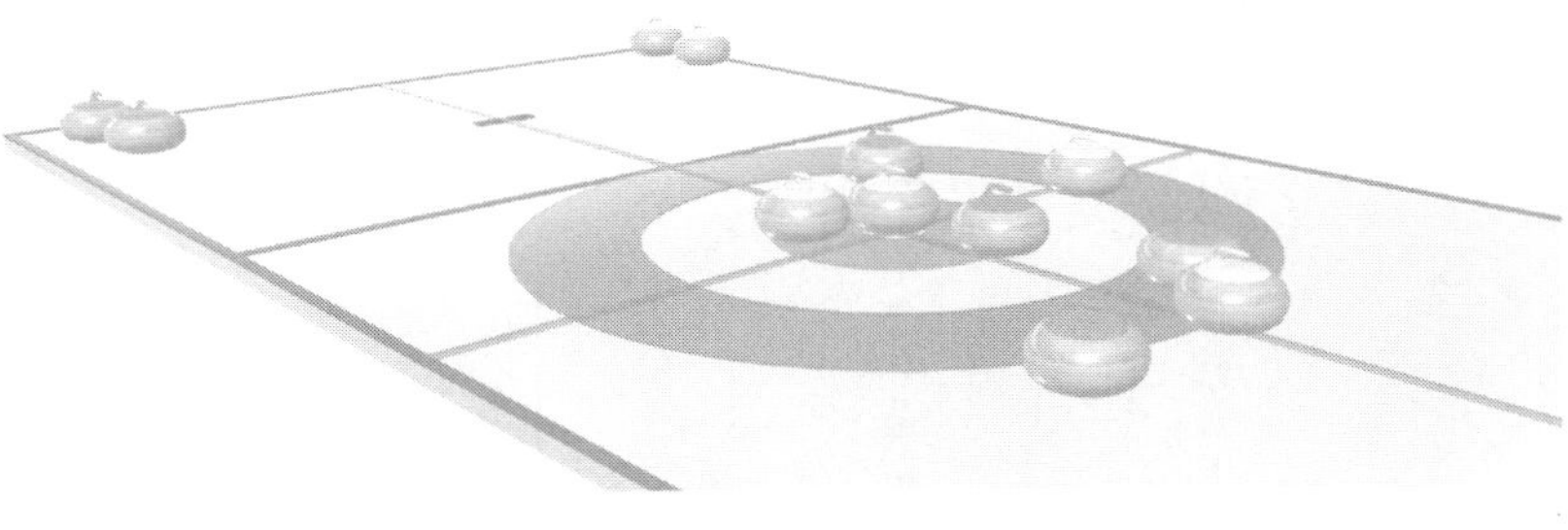

I

暦はあと三日で師走となる日曜日を迎えた。

学校が休みのこの日、桜乃はわざわざ制服を着て母の志摩とふたりで前橋の街に出てきた。この時期から年末にかけては、毎年のように店のご贔屓筋《ひいき》、取引先相手に挨拶に回る。以前は母の後ろをただ付いて歩くだけだったが、去年からはふたりで手分けして回っていた。

キリン食堂からスタートして白井屋旅館《しろいや》、鈴木万年筆店、野中興行、三界堂楽器店《さんかいどう》など……星花亭の贔屓はこの町に多い。伊香保の温泉饅頭店としては新顔だが、これも前橋生まれの志摩の二十年余の地道な営業努力の成果と、この歳になって桜乃も理解できるようになった。

とはいえ、桜乃がひとりで回らせてもらえる所はまだそんなに多くない。午前中には訪問予定先はすべて回ってしまった。

(さてと、これからどうしようかな)

志摩からは予定が終われば後は好きにして良いと言われていたので、かすみを誘って出かけようかな……そう思って海成堂書店に行ったところ、「あら、かすみなら朝から出かけましたけど、一緒じゃありませんの?」と、かすみの母の喜代子《きよこ》に怪訝な顔をされた。

(そういえば、河原にストーンの代用品を探しに行くって言っていたような)

かすみは桜乃が驚くほど、カーリングに対して熱心さを見せていた。箒もそうそうに人数分を用意して、「誰がメンバーになってもいいようにしないと」と、ルールブックの和訳にも乗り出していた。

かすみと合流しようかと考えたが、利根川の河原はとてつもなく広い。どこに行けば会えるのか見当もつかなかった。

桜乃の足は自然と街の中央にある麻屋百貨店に向いた。元は老舗の呉服店で、三年前に地上三階建ての百貨店に生まれ変わった。呉服店、それに洋服店は店の花形で、一華のようにここを目標とする明治高女の生徒は多い。

桜乃は階段を屋上へと昇った。

屋上は東京上野の松坂屋を模したというが、滑り台やシーソーの他に、町の名物でもある観覧車がある。開店の時は桜乃も母に連れてきてもらい、「絶対に乗りたい」と長蛇の列を前に駄々をこねて、母を困らせたことがあった。

あれから三年が経ったが観覧車はまだまだ人気で、今も十人くらいの子供たちが列を作っている。桜乃も密かにまだ観覧車に乗りたいのだが、この女学校の制服を着ていると、その行動を自分でも「子供っぽい」と思ってしまう。

「子供かぁ……」

桜乃は屋上から広がる景色を眺めて呟いた。

三階建ての麻屋百貨店より高い建物は前橋にはまだない。南をみれば桜乃の通う明治高女、その更に先には赤いレンガ作りの国鉄前橋駅。

西には鐘撞堂、そして九年前に完成した旧前橋城跡に建つ洋風の群馬県庁が目を引く。その向こうには利根川が雄大に流れる。

北に目を向ければ右に赤城山、左に榛名山。

通学の時に毎日見ているが、ここから見える赤城山は雄大で、富士山よりも長い裾野と多くの人々に愛されていた。対して左に見える榛名山はどちらかといえばなだらかで、稜線は女性的だ。目で見えるわけもないが、あの山の中には伊香保があり桜乃の家もある。父はこの時刻も黙々と湯の花饅頭作りに精を出しているはずだ。

「中庸だったっけ」

桜乃は以前、波宜亭先生に「伊香保は先生にとってどんなところですか?」と訊《き》いたことがあった。

「常識的ですね」

そう波宜亭先生はあの気障な顔で笑った。

「それは赤城や軽井沢のような高原的風景でもなく、反対に塩原のようにアカデミックな風景でもありません。山あり、谷あり、滝あり……そんな風景を好む人にはあまり好かれない。ですが、常識的な範囲で良い温泉です。中庸と言って良いでしょう」

それが今になって自分のことを言われたような気がした。成績も特別に良くはなく、料理も裁縫も得意とは言い難い。容姿だって十人並みだ。クラスではほんの少しだけ目立つがその程度の存在、それが桜乃だ。

(そんなわたしでも、できると思ったんだけどな)

遠く山を見つめていると、不意に後ろに人の気配がした。

「桜乃か」

「え？」

振り向くとそこには男性がふたり立っていた。ひとりは中島飛行機の作業服を着ているが、それは桜乃のよく知っている顔だった。

「タカ兄ちゃん……？」

そこにいたのは桜乃の兄、市野井隆浩《たかひろ》だった。

隆浩は桜乃の八歳年上の兄だ。子供の頃から学業、運動ともに優秀で、特に尋常小学校時代に始めた野球では投手として活躍した。その活躍は県下の野球関係者の間では評判となり、野球の名門である桐生中学校へ進学した。

隆浩は昭和六年の全国中等学校優勝野球大会——夏の甲子園大会に桐生中のエースとして出場。二回戦で福岡中に完封勝利すると、準々決勝では四国の強豪・松山商と激突した。

松山商の強打者・景浦将《かげうらまさる》との対決は「東西の両雄激突す」と甲子園を沸かせ、惜しくも敗れたがベストエイトは県勢最高の成績だった。松山商戦は桜乃も甲子園のスタンドで応援したが、敗れても清々しい兄の姿は今でもはっきりと覚えている。桜乃にとって「スポーツ」とは、あの時の兄の姿が原風景だった。

群馬に好投手あり——その評価は東京まで伝わり、桜乃の家には早稲田、慶応の両方からスカウトが来た。ところが隆浩はそれらの誘いを全部断ると、桐生高等工業学校に進学し、そこで野球をきっぱり辞めた。

この時、父の正彦と激しい衝突があった。その詳細を八歳だった桜乃は詳しく知らない。

『親父さんは早稲田で野球をやらせたかった』

『いや、中学を出たら家業を継いでほしかったのさ』

周囲の人間はいろいろ言ったが、父も母も桜乃に詳しい話はしてくれなかった。ただ、隆浩は正月も、お盆も伊香保に帰ることはなくなった。顔を合わせるのは二年前に祖母が亡くなり、その葬儀の時以来だ。あの時も隆浩は父と特に会話することなく、通夜と葬儀が終わるとすぐに戻ってしまった。

「背が伸びたなぁ」

兄はのんびりした声をした。子供の頃から野球をしていない時は、いつも陽気で鷹揚な性格だ。

「タカ兄ちゃんがなんでここに？」

「ん？　中島飛行機が前橋に工場を造るんだが知らんか？」

「うん、それはキリン食堂で聞いた気がするけど」

前橋駅の南に中島飛行機が新工場を造ると決まったのは半年くらい前だ。ここのところ工場関係の人間が増え、キリン食堂でも作業服を見かけるようになった。

「俺も新工場に回されることになったんだ。工場が正式稼働するのは来年以降らしいがな」

「え、それじゃあ今度から前橋勤務なんだ」

「そうなるがしばらくは太田と行ったりきたりだ。九七式《きゅうななしき》が陸軍に正式採用されてから、残業続きで土曜も日曜もない」

「九七式って？」

「中島飛行機が日本で初めて開発した低翼単葉機だ。陸軍の戦闘機だな」

「そんなの造ってるんだ」

普段、家では父を気にして隆浩の話題は出ないので、桜乃には初めて聞く話だった。

「今日は俺の中学時代のチームメイトの弟が訪ねてきてな。久々に半休もらってライスカレーでも食おうと街まで出てきたんだ。おまえ、大島を覚えているか？」

「うん。タカ兄ちゃんとバッテリーを組んでいた捕手でキャプテンだった方でしょ。慶應に行ったって聞いたよ」

「こいつはその弟だ」

隆浩は自分の隣を親指で示した。確かに兄の相棒と少し目元のあたりが似ているが、それよりも痩せていて背が高い。そしてこんな百貨店の屋上ではその服装が人目を引いていた。観覧車に並ぶ男の子など、きらきらした羨望の眼差しを向けていた。

「おまえは俺の妹とは初めてだったか？　今は明治高女の学生だ」

隆浩が話しかけたのは濃紺の詰襟の……海軍の制服を着た青年だった。

(あ、桜の階級章)

襟の階級章が桜乃の目の高さとちょうど会った。黄色の線に桜花が一つなので……階級は少尉らしい。海軍軍人でそれも尉官と会うことなど、まずないので桜乃は少し緊張した。

相手はまるで表情を崩さずに軍帽を取る。海軍の軍人らしく短髪をしていた。

「初めてお目にかかります。自分は大島義治《おおしまよしはる》と申します」

「市野井桜乃です。タカ兄……市野井隆浩の妹で明治高等女学校の三年生です」

お互いに名乗ったものの、それで会話が途切れる。桜乃としては目の前の相手が兄のチームメイトの弟で、制服から海軍の軍人なのはわかった。でも、その軍人がどうして兄と一緒に行動しているのだろうか。困っていると、隆浩は呑気な調子で「こいつは」と続けた。

「俺や大島と同じ桐生中に通っていたが、途中で海軍兵学校を受験してな。おい、確か兵学校六十四期生だったか？」

「え、海兵さんなんですか？」

桜乃は驚いた。

海軍兵学校は広島県江田島にある海軍士官養成機関だ。群馬は海がないがそれが却って海への憧れを生み、海軍入りを志す若者は多い。卒業生は尊敬を込めて一般人からも「海兵さん」と呼ばれた。

「海兵さんなら海軍のエリートで……」

「そうなるかぁ？　こいつは江田島を出て今は巡洋艦『高雄《たかお》』の勤務だそうだが、その艦が横須賀に停泊中だそうで余暇で帰省中だ。こいつの実家は赤城南面の農家でなぁ、今日は俺のところに顔を見せてくれた」

「市野井先輩には自分も兄もお世話になりました」

義治がまた口を開く。少し高い、よく通る声をしていた。

「自分は先輩や兄が甲子園に出場した折は、海軍兵学校の受験を控えており応援には行けませんでした。貴女にもお目にかかる機会もなく失礼しました」

「あ、いえ……甲子園はタカ兄ちゃんが最後は松山中に打たれてすみませんでした」

「おい、俺のせいかよ」

隆浩が不満そうな声をした。あの試合は三―〇だったので打撃陣が抑え込まれた試合だった。兄に久しぶりに会えたのは嬉しかったが、桜乃は内心で困りもした。事実上、父から勘当されている兄となにを話していいのか、なかなか上手い言葉が見つからない。

「そういえばおまえ、カーリングやるんだってな」

「え？ 誰から聞いたの？」

突然、隆浩が言ったので桜乃は驚いた。この話を知っている人間はごく限られている。でも、兄は笑ってそれには応えずに話を続けた。

「おまえは自分でどう思っているか知らんが、運動能力はなかなかのものがあると俺は思う。明治高女に入ってなにかスポーツをやればいいのにと思っていた」

「それはタカ兄ちゃんが……」

桜乃がなにもスポーツをしてこなかったのは、父と兄の対立が原因の一つだった。その兄を前にして恨み言の一つも言いたかったが、隣の義治の前でもあるので我慢した。

「カーリングは俺もルールくらいしか知らんが、氷の上で石を投げるんだったか？」

「うん、氷の上の陣取り合戦みたいな感じかな」

「そうか。だが、スポーツはなにをやるにもまずは足腰だ。つまり走り込みだ」

「ストーンは中腰から低い姿勢になって手で押すみたいに投げるんだよ？」

「同じだよ。手首を強く使いたければ腰だ。腰を強化したければ下半身……つまり走るしかない。野球のボールを投げるのも同じだ」

「下半身で……」

桜乃はスカートの上から自分の腰から太もものあたりを触って見たが、兄以外に義治もいることを思い出してすぐに手を離した。

「さて、久々なんだが俺と大島は今日は他にも行くところがある。悪いなぁ、暇なら観覧車につき合ってやりたいんだがなぁ」

「え、いいよ。タカ兄ちゃんも忙しいみたいだし、わたしももう高女の三年生だし」

「そうか。なら、なにかあれば中島飛行機の寮にでも来い。飯くらい食わせてやるから」

そう言うと隆浩は、「行くか」と義治を促した。

「失礼いたします」

義治は桜乃に一礼すると、軍帽をまた被る。桜乃も慌てて一礼を返した。

隆浩に続いて、屋上遊園の出口へと向かう義治はきびきびとして、これが海軍軍人なのかと思うほど所作には一分の無駄もない。桜乃はそれに見とれている自分に気づいて、恥ずかしくなって頬を小さく叩いた。

II

桜乃が学校の門前で名前と学年を告げると、初老の守衛は「遅くならないようにしなさい」と親切にも中に入れてくれた。

日曜日の運動場には他に誰もおらず、花壇のところで黒猫が欠伸をしているだけだ。それはどう見ても海成堂書店で見かける猫に似ていたが、こんな場所まで縄張りなのだろうか。

「まずは足腰の鍛錬……と」

急なので体操服の用意なんてなく、桜乃は制服のまま校庭を走り始めた。

女学校の運動の授業は体操ばかりで、たまに籠球や排球をやるくらいだ。徒競走くらいなら走ることはあるが、男子がやるマラソンや一万メートル走など長距離は、女子には「生理的に不可能」と言われていた。

運動場を三周もすると呼吸が苦しくなったが、桜乃は兄がしていた呼吸法を思い出した。「スースー」と二度吸い込み「ハーハー」と二度吐き出す。これを試すと途端に呼吸が楽になった。

(タカ兄ちゃんは伊香保の石段を毎日走っていたっけ)

あの頃は良くわからなかったが、あれも練習だったのだろう。まだ尋常小学校入学前だった桜乃も真似て走って、着物の裾がめくれてはよく母に叱られた。

(野球はタカ兄ちゃんのすべてだったのに、どうして止めちゃったんだろう)

五周目までは数えていたが面倒になった。自分でも何周走ったかわからなくなる頃、足の脛は痛み、呼吸も苦しくなった。桜乃は足を止めた。

運動場はすっかり薄暗く、いつの間にか寄宿舎の部屋には灯りがともっていた。黒猫も桜乃の走る姿に飽きたのか、しばらく前にどこかに行ってしまったらしい。

両手を膝についてて前屈みになっても呼吸は静まらない。「はっ、はっ」と自分の荒い息づかいだけが聞こえる。セーラー服の中を汗が流れる。喉がすっかり乾いた。

すっと、桜乃の横から湯呑みが差し出された。

顔を上げると、例の丸縁眼鏡をかけた香子が立っていた。学内や海成堂書店で見かける時とは違い部屋着らしい着物を着て、三つ編みも解いていた。

「長岡さん？」

「飲みなさい」

「え、でも運動中に水を飲んじゃいけないってよく言われません？」

「根拠の薄い話は信じるべきではありません。飲むんですか、飲まないんですか！」

香子が不機嫌な声になったので、桜乃は「いただきます」と湯飲みを手にした。

喉に水を流し込むと、また体に生気が蘇ってくるような気がした。

「大したものだと思いますよ」

薄暮に包まれた運動場に、香子は目を向けた。

「この運動場は一周が二百五十メートルあります。貴女はここを十六周しましたから、およそ一里（四キロ）です。しかも十周を過ぎてからも目立って速度が落ちていない」

「あ、十六周も走っていました？　途中で数えてなかったです」

「貴女はなんの考えもなしに走っていたんですか！　呆れます」

「長岡さんこそわたしが走っていたのをずっと見ていてくれてたんですか？」

そう言うと薄暗い中で、香子の顔に赤みが差す。

「たまたまです。私の部屋の机の位置は運動場に面していますから」

「日曜日もずっと勉強なんですか？　もう、成績は充分に良いのに」

「川越の父と母も早や高齢です。私はこの学校を出たら郷里に戻り教職に就きます。女の身ではありますが、私には妹がひとりいるだけで男兄弟はいません。長岡家の家名を高らしめる責任は私にありますし、父も母もそれを望んでいます」

「家の名を高める……ですか」

「因循姑息《いんじゅんこそく》女。頭の中は御一新前と思っているのでしょう？」

「いえ、そんなこと」

校内で香子に対するそんなあだ名を聞いたことがあったが、桜乃は手を振って否定した。

「いいのです。自分で自覚しています。あと、まだ途中ですがこれを貴女に渡しておきます」

香子は小さく苦笑して、手に持っていた和綴じ本を差し出した。

「これって……」

桜乃が受け取ると、表紙には「氷上滑石競技規約」とある。めくると見惚れるような達筆で、カーリングのことが記されていた。

「貴女のご友人の里見かすみさんが寄宿舎にやって来て、どうしてもわからない部分があるからと翻訳を相談されました」

「あ、あの本はわたしとかすみで手分けして訳したんですけど、途中になっていて……」

「なら、あの酷い訳文は貴女の方ですか？　本科生の英語のレベルが知れますよ」

「これでも頑張ったんです……というか、長岡さんが残りを訳してくれたんですか？」

「やる気などありませんでしたが、里見さんと一緒に新任のスコットランド人の先生がお見えになりました。あのミカエラという先生は、『この学校の生徒のレベルではこの本を訳すのは無理でしょう』などとおっしゃいます。馬鹿にするのも大概にすることです」

「香子さん！」

それはかすみとミアが相談して仕組んだ、「計画的挑発」ではないかと桜乃は思ったが今はどうでも良い。思い切り香子に抱きついた。

「な、なにをするんですか」

弾みで落ちかけた眼鏡を空中で受け止めた香子の、表情が明らかに動揺していた。

「人が見たら変に思います、離れなさい」

「わたしは嬉しい。ああ、もう。泣きそうなくらい嬉しいです」

「わかりました。喜んでもらえたのなら私も悪い気分ではありません。では、離れなさい」

「お願いついでにもう一つだけよろしいでしょうか」

「なんです？」

「わたしたちと一緒にカーリングを……香子さんの和訳の『氷上滑石』をやってください」

「それは前にもお断りしたはずですが？」

「だったら、わたしは今ここで香子さんの着物が涙と鼻水でびちゃびちゃになるまで泣きじゃくりますよ？」

「ちょ、ちょっと貴女……」

「それからこの姿勢のまま、『お姉様、わたしと一緒に利根川に身投げして永遠の愛を成就させましょう！』って、寄宿舎中に聞こえる大声で叫びます」

「や、止めなさい！　私とあなたがエスかなにかと勘違いされます」

本気であたふたしている香子から、桜乃はぱっと離れた。

「……という説得も効果があるかもしれませんけど止めておきますね」

「あ、貴女はわたしをからかったのですか！」

「あら、別にわたしは香子さんとエスと思われても構いませんよ。かすみは吉屋信子先生の小説のファンですけど、香子さんは？」

「私は少女小説のような俗っぽいものは読みません！」

吉屋信子は少女小説の第一人者で、エスという少女同士の純真な愛を描いた作品に「お熱」の生徒は多い。香子も文学には詳しそうだが、その類は好みではないらしかった。

「わたしはかすみに勧められたけどけっこう面白いですよ。でも、女同士でも男とでも心中は嫌だなぁ。わたしにはまだ生きてやりたいことがあるので」

桜乃は背筋を伸ばすと、改めて香子に頭を下げた。

「だから、もう一度お願いします。香子さんにわたし、かすみとカーリングチームを組んでほしいです。香子さんの力が必要……いえ、わたしは一緒にカーリングがしたいんです」

これで駄目だったら、桜乃は香子のことはキッパリ諦めるつもりでいた。

「ふう」と、ため息が聞こえた。

「まったく、貴女のは交渉にもなんにもなっていませんよ。でも、仕方ありません」

顔を上げると香子の目が笑っていた。

「香子さん？」

「香子でいいですよ、桜乃さん」

桜乃が抱きついた時に乱れた着物を香子は直す。眼鏡が外れ、髪を下ろしたその面差しは、同じ女の桜乃が見惚れるほどに美しい。この香子と本気で心中すると言ったら、それこそ大騒ぎになる。さっきは勢いで言ってしまったが、桜乃は今更ながら恥ずかしくなった。

「なにを赤い顔をしているんですか」

「い、いえ、別に……」

着物を直し終え眼鏡をかけ直した香子の顔は、もういつもの学校一の才女のものに戻っていた。

「貴女のお話はわかりました。私もカーリングチームに加えていただきます」

「本当ですか？」

「私は武士の娘です。同輩に頼られてそれを見捨てたとあっては、ご先祖様に申し開きとてありません。それに……」

眼鏡の奥の目が、また少し笑った。

「あのルールブックを訳していて気になる言葉がいくつもありました。『カーラーは勝つためにプレーするが、決して相手を見下してはならない。カーラーは不正に勝つなら負けを選ぶ』と。それから……」

「カーラーは常に高潔であるべし」

桜乃は「カーリング精神」のその一節を諳んじた。

「そうです。ただ勝つために戦うならそれは足軽雑兵の戦です。己の誇りのために戦うのが武士です」

「了解しました。よろしくお願いします」

「もう、貴女は本当にわかっていますか？」

香子の手を握って桜乃は飛び跳ねた。武士の娘の生き方など、温泉饅頭屋の娘の桜乃には本当のところはどうでもよかった。でも、香子が仲間に入ってくれたことが嬉しかった。

Ⅲ

香子は桜乃にルールブックの和訳を完成させ、それを「四人分」作ると約束してくれた。

「とにかく、このスポーツには戦術が必要です。あとで街の書店をもう一度回って、まだなにかないか探して見ましょう」

「そこは我が軍の軍師にお願いします」

別れ際、桜乃は「ところで」と香子に訊いた。

「歴代最高の軍師ってどなたですか？　諸葛孔明とか山本勘助とかいろいろな方がいますよね？」

「日本海軍の秋山真之《あきやまさねゆき》参謀でしょう。日露の海戦を勝利に導いたのですから」

眼鏡の奥の目がまた光った……ような気がした。

「バルチック艦隊を打ち破った立役者です。東郷平八郎《とうごうへいはちろう》元帥が『智謀如湧《ちぼうわくがごとし》』と評した軍略家で、『本日天気晴朗ナレドモ浪高シ』という彼の電文も素晴らしいです。十三文字という短文に意図をすべて組み入れた名文です」

「……武士の娘にしてはずいぶんと最近の方を推されますね」

「戦術とは日進月歩です。鉄砲もない時代の孔明の戦いが今の世に通じるとは思えません」

「なんか身も蓋もないような……」

「カーリングの戦術も同じだと思いますが？」

軍師論争をしても桜乃には勝ち目も、そもそも勝つ気もない。香子に「じゃあ、明日また学校で」と挨拶をした。

学校から出るとあたりはもうすっかり夜の帳が下りていた。

（お母さんもさすがにもう帰っちゃったかな）

伊香保電車の停車場からはちょうど反対側にキリン食堂が見えるが、電灯の明かりが煌々と輝いている。年末も近く、日曜のこの時間は書き入れ時なのだろう。

二十分待って電車がきたので桜乃は乗り込んだ。日曜日のこの時間から伊香保に行くお客はいないらしく、乗客の数もまばらだ。

さすがに今日は疲れていた。桜乃は座席に座るなり瞼が重くなった。

どれだけ時間が経ったのか……突然、耳を裂くような急ブレーキの音、そして「チン、チン、チン」と慌ただしくベルが三回鳴った。それと同時に座ったまま体が真横に飛びそうになる。目を覚ますのと座席のシートを押さえるのが一瞬遅れていたら、運転席の方まで飛ばされていたところだった。

「な、何事……？」

運転席の前の方を見ると、線路を塞いで緑色のトラックが止まっている。最近、この沿線の製糸工場でよく見るトヨダトラックだ。どうもタイヤが外れたらしく、トラックは線路の上で横倒しになっていた。しかも、荷台に積んでいた木箱が飛び出して、中身の生糸が道路に散乱していた。

桜乃は「下車してください」との車掌の指示で外に出ると、電車はトラックの寸前に停止していた。その距離は二メートルあるか、ないか。もしも衝突していたら、電車に乗っていた桜乃たちも無事では済まなかったと思うと、さすがにぞっとした。

「申し訳ありませんが、再開には少し時間がかかりますので」

車掌は桜乃と数人いた乗客に頭を下げた。

トラックと散乱した積み荷の撤去に時間がかかり、今の急停止で車両にも不具合が生じたらしい。運行が無理になり、これから保全係を呼んで線路から車両を退けるという。

伊香保行きはこの後にあと一本予定されていたが、あまり夜遅くなると電車の運行そのものが取り止めになった。

「う……どうしよう」

場所はまだ利根川の橋のかなり手前あたり。もう少し前橋の街に近ければ歩いて戻って、かすみの家にでも泊めてもらえるが、ここからだと二時間は歩かなくてはならない。逆に歩いて家に帰ろうとすれば、夜中に伊香保への山道を登るしかない。

同じ車両に乗っていた数少ない乗客はみんな家が遠くなかったのか、いつの間にか歩いてその場から立ち去ってしまった。残っているのはトラックの撤去作業をしている製糸工場の人間に、伊香保電車の運転手と車掌、そして近所の駐在と……

「んと……君はどうしたの？」

桜乃は道路脇にひとりで立っている男の子を見つけた。尋常小学校に入ったかどうかという歳の子だ。着物一枚で手には小黒板を持っているので、手習いの帰りだろうか。

(あれ、どこかで見たような)

桜乃が名前を聞こうとすると、その子供は泣きそうな顔をした。

「お姉ちゃん、おしっこ」

「え？」

「もっちゃう」

「わ……えっと……その辺でやりなさい」

「恥ずかしいからできないよ」

「男の子なんだからできるでしょう。いいから早く！」

顔を見るとまったく猶予はなさそうだ。桜乃は「非常事態」と判断して、その男の子を抱え上げて道路の端まで走った。

Ⅳ

国道から一本道を進むと人家はすぐに途切れた。

か細い三日月が照らすだけの寂しい道を、桜乃は幹一《かんいち》を背負って歩いた。泣き出してしまった相手から、名前を聞き出すだけでも一苦労だった。

一キロくらい入ったところに茅葺屋根の民家があった。家の前を鶏が呑気そうに、コッコと鳴きながら通り過ぎていった。

「ほら、着いたわよ……って寝てるか」

桜乃はずり落ちそうな幹一を背負い直すと、戸口《トボグチ》から声をかけた。

「あの、こんばん……」

「ほら幹一！　帰ったらさっさと風呂に入って、それから……」

戸口から土間で一続きになっている台所《ダイドコ》から声がした。続いて顔を出した一華が「え？」という表情になった。

「市野井？　どうして私の家に」

「こんばんは、一華さん。あの、説明の前に中に入ってこの子を下ろしていいですか？」

一華の返事は待たずに桜乃は家の中に入った。幹一を下ろそうとすると、一華が眠る弟を桜乃の背中から下ろして、抱きかかえて座敷へと連れていった。

まだ十一月の末だが囲炉裏《いろり》には赤々とした火が燃えている。そこから少し離れたところにあらかじめ敷いてあった、布団の上に幹一を寝かせつけた。

「この臭いって……」

桜乃は室内の暑さと異様な臭いに思わず鼻を押さえた。もっとも、桜乃もこの土地の人間なので、暑さはともかく臭いの方は察しがついていた。

囲炉裏の傍では酒を飲んでいる男がいた。ちらりと桜乃の方を見たので、頭を下げて挨拶しようとすると、一升瓶を手に立ち上がる。

(この人、足が……)

一華が「父さん」と呼んだが、答えず奥の部屋に入るとふすまが乱暴に閉まる。

一華は短い髪に手をやった。

「それで、なんで市野井が私の弟と一緒なんだ？」

「それはその……」

桜乃は国道での事故と、その後の顛末を一華に説明した。

「……そんな訳です。それで前にお春さんがキリン食堂に幹一君を連れてきていたことを思い出して。わたしはこの家に一度だけ来たことがあったので」

泣く幹一から苦労して名前を聞き出し、やっと桜乃はそのことを思い出した。

この家には尋常小学校に上がったばかりの頃、志摩に連れられて遊びに来たことがあった。記憶が少々はっきりしないが、その時は小学三年生だった一華に遊んでもらったような気がした。

一華は覚えているのだろうかと思っていると、その前に声がした。

「あの子は今年から尋常小学校に上がったんだけど、それだけでは不十分だろうって国道の向こうのお寺で勉強を見てもらっているんだ」

「あのお寺ならわたしは毎朝電車から見えるけど、ここからだとけっこう遠いですよね？」

「ああ。だから帰りは住職が、顔見知りの工場の車に乗せてくれるように頼んでくれたりする。運転手も事故でこの子のことまで頭が回らなかったんだろう」

「手習いよりも手洗いを先に教えておいてください」

桜乃はつい口を尖らせた。一華が変な顔をしたが、別に語呂合わせをしたわけでもない。

「わたしは男の子に初めておしっこさせました」

「あ……ほら、うちは私たち姉三人だから。どうしてもな」

「わたしは逆に上が兄だったので、尋常小学校に上がってからも男の子の横で平気でしてましたよ。お手洗いが近い方なのでおもらしするよりずっといいやって」

「まあ……おまえは昔もやらかしてたし」

桜乃は「ん？」と思ったが、一華は「大体さぁ」と続けた。

「おまえはカーリングやるんだろう。あれって何時間も氷の上でやるらしいが、もしも途中で便所に行きたい時はどうするんだ？」

「あ……そう言えば考えてなかった。ルールブックにも書いてないし」

「書いてないだろう、そんなことまで」

「でも、一華さん。覚えていてくれてたんですね、カーリングの話」

それに一華はなにも答えず、台所の方へ行ってしまった。桜乃もついていくとどうやら夕食の支度の途中だったらしく、かまどに鍋がかけてあった。

「電車止まったんだろう？　動くかわからないからうちの夕飯で良ければ食べていきな」

「お春さんは？」

「この時期は帰ってくるのは日付が変わってからだ」

電車が止まっているのにどうやって帰ってくるのだろうか……桜乃はもうそれは聞かなかった。一華は明治高女へ毎日歩いて通っていた。この間も米俵を背負って、二時間かけてこの家まで帰ったに違いない。

「私は鍋を見ているから、悪いけど二階《ニケエ》の妹たちを呼んできてくれ。婆ちゃんはちょっと近所の親戚に、大根届けに行っていて遅くなるから」

「二階って、もう十二月なのにまだお蚕《こ》様《さま》がいるんですか？」

二階は採光と通風のための窓を設え、蚕を飼うための空間にするのがこの地域の農家だ。そして、蚕のことを「お蚕様」と呼ぶが、少し疑問も感じた。

「あれ、蚕って遅くとも十月くらいまでですよね？」

「技芸科には最近、養蚕についても詳しい先生がいて教えてもらった。なあ、この家暑くないか？」

「暑いです。囲炉裏もかまども火が入っているし。なんか茹だりそう……」

「こうして下で火を焚いて、二階の温度を上げているとお蚕様はもう一度繭を作る。去年やって成功したんだ。初冬蚕《しょとうさん》といってうちみたいな小さな農家は、あまりやらないらしいけど。今年は寒くなるのが早くて心配だけど、このまま上手く行けば。来年は上の妹も女学校に上がる歳だし、いつまでも母さんに無理はさせられないし」

「すごいです。一華さん」

「すごくない。普通だ」

一華は向こうを向いてしまったが、耳が赤くなっていた。それはこの家の暑さのせいばかりではないと桜乃は思った。

V

このまま晩ご飯だけご馳走になるのも悪いので、桜乃は一華の家の仕事を手伝うことにした。

異臭の原因は——繭を煮た臭いである。鍋で煮た繭の糸口を出し、それを「座繰り」と呼ばれる糸巻き機で巻き取る。ミアがヨーロッパでは前橋の生糸は有名だと言ったが、機械製糸では最上質の一等品は生み出せず、上州産の生糸は一軒一軒の農家によって支えられていた。

桜乃が座繰りを操作するのを見て、一華は感心した顔をした。

「なかなか上手いじゃないか。でも、おまえの家って温泉饅頭屋なんだろう？」

「父は元々は赤城南面の養蚕農家の三男なんです。なので、年に何度か本家の手伝いに行きます。あとは……毎朝湯の花饅頭の皮を包んでいるお陰かな？」

二階から下りてきた一華の妹ふたりも、桜乃の糸繰りに見入っている。これだけ見つめられるとさすがにかなり恥ずかしい。それでも期待されていると張り切って、一気に数束を仕上げた。

「ご苦労さん。それこっちに運んでくれ」

「はい」

桜乃は糸束を抱えて一華の後について外に出た。

母屋の隣に納屋があり、梁から糸束を吊るしておくのだそうだ。数日に一度、仲買人が値をつけて買っていくという。

「う……寒ぅ」

室内が異様に暑かったので余計に外の冷気が身に染みた。糸束を吊るして納屋からまた外に出ると、まだ細い月が浮かんでいる。それを見上げていると、一華の声がした。

「気をつけろ！　足元に……」

「え？……わぁ！」

足元の「なにか」に桜乃はつまずいた。今度こそ飛ばされて地面に叩きつけられる……そう覚悟して目を瞑った瞬間、体ごと受け止められた。

「大丈夫か？」

一華が桜乃の体を受け止めた。まるで男子のような逞しい腕に支えられて、桜乃は思わず顔が赤くなった。この暗さだから一華には見えなかったようだが。

「だ、大丈夫です。それよりも、なんでこんなところに……」

足元を見ると躓いた元凶は石だった。それも直径三十センチほどで、けっこう厚みのある石が四個は置いてあった。

「これも養蚕に使うものでしたっけ？　ちょうどカーリングに使えそうな大きさの石……」

少しだけ考えて桜乃は、「あ……」と一華の顔を見た。一華は顔を背けていたが、言い訳できないと思ったのか髪に手をやった。

「それは里見が利根川の河原で拾って、ここに置かせてくださいと持ってきたものだ」

「かすみが？　でも、この石って一つ二十キロくらいありますよ？　確かにこの家から西に歩けば利根川だけど、かすみひとりで集めてここまで運んでくるのは……」

「この間のことは悪かったと思ってる」

「この間って？」

「おまえと里見を本科のお嬢さんと言ったことだ。おまえたちだって自分の家の家業を手伝って、それで学校に通っているのに。私ばかり苦労しているような気になっていた」

「そんな。わたしなんて家のお手伝い程度だし、一華さんみたいに家族のために料理したり、糸を引いたりと比べたら。それにお父さんだって……」

「酒浸り……じゃないよな」

一華が背中を向けたまま、苦笑したのがわかった。

「母さんにさ、なにがあっても父さんを責めるなって言われている。昔は村の誰よりも働き者だった。

戦争に駆り出されて済南で足を撃たれて、一番歯がゆい思いをしているのは父さんだって」

「それじゃあ、中国の戦場で？」

　さっき桜乃も気づいた。一華の父親の右足は、膝から下は義足だった。

　昭和三年――中国の済南で日本と中華民国両軍の衝突が起きた。戦闘は長引くかと思われたが、群馬の第十五連隊などの活躍によって、済南城を陥落させて日本軍が勝利した。だが、その代償として日本軍は二十六人が犠牲となり、負傷者は百五十七人に上った。

「お国のために負傷したのは名誉なことだ。私も父さんを誇りに思う。だから、私が父さんの分まで働く。妹ふたりと弟も上の学校まで行かせてみせる」

「一華さん……」

「ごめん。私を見込んで誘ってくれたのは嬉しかったよ」

　それだけ言うと一華は、「さあ、ご飯にしようか」と振り返って桜乃を促した。

「わたしは一華さんの家のことはわからないし、それはさっき座繰りを手伝ったくらいじゃ到底理解もできないと思います」

　立ち入ってはいけないことかもしれないと思った。でも、桜乃は思いを口にした。

「一華さんのお父さんがお国のために戦ったのもわかります。お春さんが毎日キリン食堂で働いているのも見ています。でも、それでも一華さんだってまだ十七歳の女の子じゃないですか」

「だから、私はこの家の長女で……」

「だからって一華さんは一度も好きなこともしないで一生このままでいいんですか！」

桜乃は語気を強めた。

「妹さん、弟さんのために働いて働いて、それが本当に一華さんの素直な気持ちなんですか？」

「市野井……」

「生意気な口ですみません。だけど……」

その時、遠くから鐘の音が聞こえた。

「あ、電車が動く！」

桜乃は思わず叫んだ。

停止中の電車が動き出す時は、こうして鐘を鳴らして周辺に知らせた。ここに鐘が聞こえてきたということは、もう終電車が近くまできているということだった。

「ごめんなさい、わたし帰ります」

「え……でも、ご飯食べていくんじゃ……」

「終電に乗れなかったら家に帰れなくなっちゃう。明日の朝の仕事を手伝えなかったら、やっぱり嫌だし。それじゃあ！」

桜乃は一華に頭を下げると、国道へと続く一本道を全速力で走った。思えば今日は良く走る日だが、気にしている余裕なんてない。終電に駆け込めれば、もう伊香保までなにがあっても寝て帰ると決めて走った。

一華は桜乃が走り去った一本道をしばらく見ていた。それからまた髪に手をやると、細い月の浮かぶ空を見上げた。

Ⅵ

翌日の月曜日、桜乃は朝から深い疲労を感じていた。

前日、寸でのところで桜乃は終電に駆け込むことができた。夜も十一時を過ぎて伊香保に帰ると、とっくに家に帰っていた志摩が、桜乃を心配して駅まで迎えに出ていた。

「学校に寄って、それで遅くなったら電車が事故で……」

家に帰り、父と母の前での必死の言い訳で怒られることはなんとか回避した。でも、翌朝になって桜乃の全身が悲鳴を上げた。学校の運動場を走り、幹一を背負って歩き、帰りもまた全力疾走して……起き上がるなり体中の筋肉から抗議を受けたのだ。

こんな時は一日中寝ていたいが、そうも行かないのが女学生の辛いところだ。意地でいつものように湯の花饅頭の皮包みをこなし、伊香保電車へと乗り込んだ。石段を駆け下ることなんてとてもできなかったので、もうちょっとで乗り遅れるところだった。

電車はいつものように利根川を渡って南へと進む。製糸工場近くの停車場が近づいた頃、また電車が急停車した。

桜乃が前扉から身を乗り出して先を見ると、リヤカーと自転車が線路上でぶつかっていた。

「申し訳ありません。どかすのでしばらくお待ちください」

車両全体が「仕方ない」との空気に包まれる中で、桜乃はひとりため息をついた。

「トラックよりマシだけど……。昨日からわたしって電車に嫌われてる？」

「なら、明日から一緒に歩くか？」

いきなり声がした。そこにいたのは一華だったが、桜乃は数秒間はそれに気づけなかった。

「昨日は無事に帰れたみたいだな。心配したんだぞ」

「一華さん？　どうしてここに……それに……」

徒歩通学の一華が停車場にいることもそうだが、今は別の驚きがある。一華はいつもの着物ではなくて、桜乃と同じセーラー服を着ていた。

「その制服って……」

「これ？　昨日、母さんが持って帰ってきた。知り合いの娘さんが去年卒業して、お下がりの制服をもらった……という作り話つきで」

「作り話って？」

「真新しいお下がりがある？　大体、私の上背の女学生なんてそういるもんじゃないだろ」

その制服には皺一つなく、新しい布の香りがした。一華は制服のタイを指で抓んだ。

「私もまだまだ母さんに心配かけているって思った。断るのも悪いしありがたく頂戴した」

「とってもよく似合ってますよ、その制服」

「そう、ありがとう。お世辞でも嬉しいよ」

一華はそう言ったが桜乃はお世辞のつもりはなかった。香子も美人だとどきりとしたが、短髪で精悍な顔立ちの一華はそれこそエスの香りさえした。噂に聞く満州国の麗人・川島芳子《かわしまよしこ》はこんな女性なのかなと想像を廻らせた。

「ところで、妙に疲れているみたいだけどどうかした？」

「いえ……昨日はいろいろあって。今日は朝、お便所でしゃがむのも辛くって」

「普段使わない筋肉を使ったからだろ。毎日走っていたらその内に痛みも感じなくなるぞ」

「だと、いいんですけど……」

「それでさ、昨日は帰ってきた母さんに怒られた。弟を送らせて仕事まで手伝わせてご飯も出さずに帰したって」

「あ、それはわたしの終電の都合で……」

「なので、『桜乃ちゃんにちゃんとお礼をしなさい』……とのこと。なにがいい？」

「だったら、わたしと一緒にカーリングチームを組んでください」

「了解」

さらりと言われたので桜乃は危うく聞き流すところだった。思わず「え？」と、聞き返した。

「了解って……」

「いいよ。市野井と里見、それにあとひとりは師範科の長岡だっけ？　そのカーリングのチームに私も入る。それとも今更文句ある？」

「ないです、ないです、大歓迎！　でも、いいんですか？」

まだ信じられない桜乃は訊ねた。

「母さんに言われただけじゃない。今朝さ、父さんが畑に出ていった」

「お父さんが？」

「あの不自由な足でさ。昨日、私たちの話が聞こえたんだと思う。まあ、いつまで続くかわからないけど」

一華は空を見上げていた。

「妹たちも朝からお蚕様の世話をしている。弟も座繰りを回そうとして……あれは女仕事なんだけどさ。でもそれを見て、私ひとりが空回りしてたのかなって」

「一華さん……」

「私も一つくらい、女学生時代になにかに挑戦してみるのも悪くないと思って。変かな」

「まったく変じゃないです。一華さんが入ってくれれば、相手が諸葛孔明でもバルチック艦隊でも軽く勝てます」

「ありがとう、桜乃」

一華は桜乃を名前で呼び、そして笑った。そういえば小さい頃に遊んでもらった時は、いつも笑顔の優しいお姉さんだった。

その時、車掌の声が車内に響いた。

「線路上の障害物が片づきました。まもなく発車します」

「行きましょう」

桜乃は一華に手を差し出した。

「電車が動きます。さあ、早く早く」

「いや、私は電車賃払えるほど持ち合わせが……」

「でも、今からだと歩いていったら遅刻かもしれないし。この停車場でわたしのことを待っていてくれてたんでしょう」

それに気づいて桜乃は無性に嬉しくなった。まだためらっている一華の手を握ると、体の痛みも忘れて電車に引っ張り上げた。

「知らないぞ、桜乃まで無賃乗車で捕まっても」

「なんとかなります。ならなければ、ふたりで走って逃げるまで！」

車掌がにらんでいる気がしたが、桜乃は見ないことにした。今は一刻も早く学校に行って、先にメンバーに決まったかすみと香子に一華を紹介したい。

（これで四人！　集まった！）

発車を告げるベルの音に、桜乃も思わず駆け出したくなった。

四エンド

「風船はどこをめあてに翔けるのだらう」

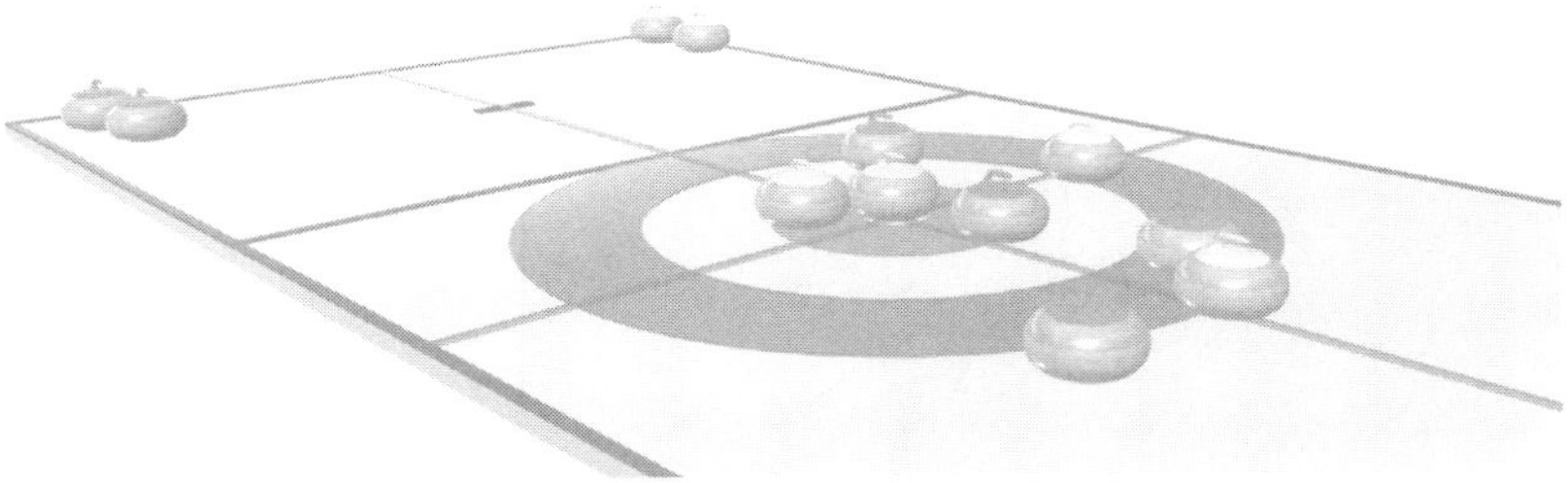

かすみ、一華、香子の三人がチームに入ったことを、桜乃は学校の昼休みにミアに知らせに行った。英語教官室のミアは、話を聞くなり「Wonderful!（素晴らしい）」と喜んだ。

「彼女たちの決断と挑戦にワタシは敬意を表します」

「それでミア先生、さっそく練習したいのですが」

「もちろんです。練習場所については心当たりはありますか？」

「それはやっぱり榛名湖が良いかと思います」

かすみとも相談したが、この近辺で全面結氷する場所となる榛名湖か、赤城山の大沼《おおぬま》、小沼《こぬま》くらいしかない。赤城山は電車が通っていないので、女学生では登るだけで一日が終わってしまう。町の郊外に池はいくつかあったが、薄氷は張っても上に乗れる厚さにはならなかった。

「榛名湖なら伊香保電車で行けますしわたしの家からも近いです。スケートの練習にも使われていますす」

「わかりました。では、そこで練習しましょう」

チームとしての初練習は今週末の日曜日に決められた。桜乃はかすみ、一華、香子にそれを伝えると、三人とも了解してくれた。

桜乃はまるで尋常小学校の遠足の時のように、指折りその日を楽しみにした。

そして日曜日——三人とミアは伊香保電車の始発でやって来たが、なんと一華は河原で拾った名づけて「河原ストーン」を三個ひとりで運んできた。香子が一つ持って、かすみは箒を人数分抱えていた。話を聞くと、最初はひとりで四個抱えて停車場に現れたという。

「無理しないでください、一華さん」

「電車賃はミア先生に出してもらったし、このくらいはやらないと。ところで桜乃」

五人で新伊香保駅からケーブルカーに乗り、席に座ると一華が言った。

「香子とも相談したんだが、その一華さんというのは止めないか？ それと敬語も。私たちは科が違っても同じ三年生だ」

「え、でも……」

桜乃はちょっと迷った。

質実剛健な気風の明治高女は上下の関係には比較的厳しい学校だ。四人は「三年生」だが、年齢は一華と香子が十七歳の同い年で、桜乃とかすみはその二つ下。他にも技芸科には一度就職してから入学した生徒、師範科には他の女学校を卒業した生徒もいて、同学年でも四、五歳上ということもめずらしくない。本科の桜乃たちからすると、どうしても「同学年だが先輩」に見えてしまう。

「ミア先生から聞いたが欧州ではチームスポーツで年齢による上下はない。それに私は敬語は好きじゃない」

香子も「私も同じです」と頷いた。

「私たちは同時にこの競技を始めるのですから、不要な上下関係は取り払うべきです」

「おふたり……いえ、ふたりがそう言うなら」

当人たちが良いなら桜乃に異論はなかった。その方が気楽だし、楽しくなりそうだ。

「じゃあこれからよろしくね、一華、香子」

桜乃がそう言うと、ふたりはニコリと頷いた。

Ⅱ

ケーブルカーが山頂駅に到着すると、五人は榛名湖までの山道を歩いた。

「そういえば、服は制服でいいとして靴はこれでいいんでしょうか？」

山道を歩きながらかすみが自分の足元を見た。四人とも靴は通学用の短靴を履いていた。

「氷上競技でしょう。下駄スケートでは？」

香子が提案した。

「確か下駄の裏に刃を付けたものがありましたよね。観光客がスケートで使うと聞きましたけれど」

「それは良くありません」

「なぜですか？　ミス・ミカエラ」

すぐに訊ねた香子は、ミアのことを先生ではなく、「ミス・ミカエラ」と呼ぶらしい。

「スケート靴のブレードは氷の表面にキズをつけます。それがカーリングのストーンには不規則な動きを与えます」

「不規則……ですが、ルールブックにはそんなことは書かれていませんでした」

「ルールブックがすべてとは限りません。『書かれざるルール』があることも覚えておいてください」

話をする内に五人は榛名湖畔に出た。

榛名湖では数日前に湖畔亭の前の氷の表面を均《なら》して、スケートリンクを作っていた。県内の中学校や師範学校のスピードスケート部が練習している他に、氷の上で飛び上がったり、回転したりしているフィギュアスケート選手の姿もあった。

「私は榛名湖に来たのってはじめてだ。そういえば」

「私もです」

白い息を弾ませて、一華と香子はちょっと楽しそうな顔をしている。桜乃は対岸に見える榛名富士を指差した。

「あれが榛名富士よ。新緑や紅葉の時が綺麗だけど。それとあの頂が光る時があるの」

「山頂から日の出が見られるのですか？」

香子が言ったが桜乃は、「季節によってはそれも見られるかもしれないけど」とだけ答えた。それは桜乃もまだ数回しか見たことのないもので、とっておきの秘密だ。

桜乃、かすみ、一華、香子の四人はさっそく氷の上に乗った。この部分は氷面を製氷する時に、桜乃が湖畔亭で「お願いします！」と頼み込んで、スケートリンクとは別に均してもらっていた。

「さて、あなたたち四人は今日からカーラーです」

ミアは先に下りて、箒の柄を使って氷の表面にキズをつけてまず直径三十センチの小さな円を描く。そうしてから、その外側に今度は同心円を描いた。直径は三・六メートルほど。

「先にミス・タカコに和訳してもらったルールブックはもう読みましたか？」

四人を代表するつもりで桜乃は、「はい」と答えた。

「結構です。カーリングの基本的なルールはワタシの描いたあの小さな円……『ボタン』（中心円）に向かってストーンを投げます。外側の円全体を『ハウス』といいます」

「ハウス……家ですか？」

「適当な和訳が見つかりませんね。ハウスと反対側……百四十六フィート（約四十四・五メートル）の位置にハック（蹴り台）を設え、そこからストーンを投げます」

ミアは簡単にカーリングの基本ルールの説明をした。カーリングは味方チームの四人と、敵チームの四人が交互にストーンを二投ずつ……ハックと呼ばれる蹴り台から計十六投を投じて、ボタンにもっとも近いチームに得点が入る。回数は八回（エンド）なので野球よりも一回少ない。

「ボタンに近いストーンから順にナンバー1、ナンバー2、ナンバー3です。仮にナンバー3までを同じチームで取れば、そのチームのその回の得点は三点となります。以上です。どうですか、とても簡単でしょう」

説明を終えて、ミアは四人を向き直った。

「細かい点は他にもイロイロありますが、すべてはボタンまでストーンを投げることから始まります。ストーンを投げる動作を英語で『デリバリー』と言い、投げたストーンを『ショット』と呼びますが……なにかいい訳はありますか？」

「投石では?」

香子がすぐに翻訳した。

「よい訳ですね。ではみなさん、投石の練習を始めます。まず、ワタシが投げてみましょう」

ミアはここまで歩く途中で拾ったらしい、三十センチくらいの木の板を氷に打ち込んで、即席の蹴り台を作り後ろに立って右足をかける。河原ストーンに右手をかけると左足を前に出し、中腰から低い姿勢へまるで流れるような動作で、蹴り台を蹴ってストーンを押した。

微妙に左回転のかかったストーンはハウスに向かって進むと、徐々に速度を落とす。そしてボタンの上にピタリと止まった。

「すごい」

桜乃とかすみは揃って拍手した。

「簡単そうだな」

「投げるだけなら問題ありませんよ」

年上のふたりは自信があるのか、互いにそんなことを言った。

「これが狙った位置に止めるショットで『ドローショット』です。では、みなさんも投げてください。ワタシの投げたストーンがちょうど良い的になりますね」

ミアの言葉に四人は順番に、ストーンの前にしゃがむと投石した。でも、四人ともすぐにこのカーリングというスポーツの難しさを知ることになった。

桜乃は冬の榛名湖で子供の頃からよく遊んでいたこともあり、氷の上でストーンを投げる分には問題なかった。投げたストーンが右に行ったり左に行ったりしてなかなか真ん中に行かないが、ミアからは「綺麗なフォームです、ミス・サクラノ」と褒められた。

問題はあとの三人だった。

一華は力は男子並みにある……それはみんな認めるところだ。でも、上体の力だけに頼って投げているのか、ストーンがなかなか前にいかない。ミアによると中腰の姿勢から、左足を前に出して蹴り台を蹴ってストーンを押す……この動作がひとつなぎにならないと投石は上手くいかない……らしい。

香子はルールブックを翻訳して、独学で理論も学んだと見えて投げ方は身につけていたが、こちらは逆に腕力が不足しているのかストーンがハウスまで届かない。何度も眼鏡の縁を指でコンコン叩くので、これが彼女のイライラしている時の癖だとすぐにわかった。

一番苦戦したのはかすみだった。かすみも事前に投げ方の勉強はしていたようだが、まず氷の上を歩くだけで転んだ。なんとか投石しようとしても、姿勢がすぐに崩れてまた転んでしまう。

「ストーンじゃなくてかすみが滑っていってどうするんだ」

一華がそう言ったので、かすみは恥ずかしそうな顔をした。結局、夕方まで練習してもまともにストーンを投げることができなかった。

榛名湖上が薄暗くなり、氷上の細かな氷粒が風で巻き上がって「白い風」となる。

この日は投石の練習だけで、まるまる一日を使ってしまった。

「カーリングには他にも必要な技術はあります」

帰りのケーブルカーの中でミアが言った。

「今日は投げるだけでしたが、カーリングには他にも様々な要素が必要です。箒で氷の上を掃くスイープ、そして相手のストーンを打つテイクアウトの技術も必要になるでしょう」

耳には入っていたが、四人とも疲れていてミアの言葉に相槌を打つのがやっとだった。体のあちこちが痛いが、特に投石は腰を酷使するらしい。明日の朝はまた全身が悲鳴を上げると思うと、桜乃は今から憂鬱になった。

一華も香子も最初はそれなりに自信を持っていたらしく、それが投石一つにここまで苦戦するとは思っていなかったようだ。黙ったままのふたりも気になったが、桜乃はなによりも親友の様子が気がかりだった。

「かすみ、大丈夫？」

この大丈夫にはいくつかの意味がある。かすみは今日、誰よりも氷の上で転んだ。それに投石以前にストーンを満足に動かすことさえできなかったので、精神面を桜乃は心配していた。

「大丈夫ですわ」

かすみはそう答えたものの、それきり何も言わない。

ケーブルカーが停止して、駅員の「新伊香保、新伊香保」の声が響く。

「みんな、わたしの家に寄っていかない？」

桜乃は四人にそう提案した。

石段街には公衆浴場があり伊香保の住民から重宝されていた。でも、桜乃がその話を切り出す前に、香子が座席から立ち上がった。

「せっかくですが、明日も学校ですので」

「私も家の仕事があるから」

香子と一華はケーブルカーから降りると、先に伊香保電車の駅へと歩いていってしまった。

「ミア先生はどうされます？」

「オンセンにはとても心惹かれます。ワタシは行きたいのですが明日の授業の準備をしなければなりません。とても残念です」

ミアは本当に残念そうな顔をして、香子と一華の後についていった。

「かすみはどうする？」

「わたくしも家に帰って明日の学校の準備をしませんと」

「次の練習から着替えと、授業の準備をして鞄も持っておいでよ。それで朝、一緒に伊香保電車で行こうよ」

「そうですわね。わたくしも一度、桜乃ちゃんと一緒に電車で通学して見たいと思ってますの」

そうは言ったものの、かすみは「そうする」とまでは言わない。どこか返答を避けているような様子が、桜乃には引っかかった。

「ごめんなさい、桜乃ちゃん」

「え？」

「わたくしが四人の中で一番運動能力が低いことはわかってましたわ。桜乃ちゃんは氷に慣れていますし、お兄様とよくキャッチボールもしたっていうし。一華ちゃんは力のある方ですし、香子ちゃんも薙刀を嗜まれるので」

「一華はともかく、みんなそんなに運動能力に差はないよ。慣れだけよ」

桜乃はかすみがやっぱり落ち込んでいると思い、元気づけようとしたが彼女は微笑んだ。

「大丈夫ですわ。わたくしはこれ以上は死んでもみんなの足は引っ張りません。なにがあってもやり遂げてみせますわ」

かすみは決意を秘めた目をしていた。

(かすみは最初からわたしに協力してくれた)

桜乃は親友の行動に感謝していたが、それとは別にかすみの言っていた「わたくしなりの理由」がずっと気になっていた。直接聞いてみたかったが、いずれ話してくれるまで待つことにしたのも、桜乃の親友を思うゆえだった。

Ⅳ

チームは練習を始めたものの、すぐに様々な問題点が浮き彫りになった。

まず、練習の時間が十分に確保できないことだ。カーリングは氷上でないと本格的な練習ができない。明治高女から榛名湖までは二時間以上かかるので、練習できる日は週に一度の日曜日だけになる。

「氷に乗れない日は個々の課題を見つけて練習してください」

桜乃の提案により、放課後にキリン食堂で「チーム会議」を開くことになった。五人で座れる大テーブルを借り切って、ミアはお気に入りの紅茶を口にしてからチーム全員を見回した。

「まず、全員に言えることですがPhysical strengthが不足しています」

「フィジ……なんですか？」

「フィジカルストレングス……身体的な強さ……という意味ですね？」

香子が訳すとミアは、「そうですね」と頷いた。

「それには今のミナサンは走ることが必要です。下半身の力が強くなれば、ミス・イチカなどはより上半身の力を生かすことができるでしょう」

女子が走ることはあまり歓迎されないので、一華はともかく、かすみと香子はちょっと戸惑った顔をした。他の大人からはまずいい顔はされないだろう。

(でもタカ兄ちゃんも言っていた。スポーツはまず走ることからだって)

それがカーリングのために必要ならばやるしかない。四人は頷き合った。

翌週の榛名湖の練習では桜乃、一華、香子の三人はハウスのボタンに向かって、真っ直ぐに河原ストーンを投げることができた。かすみはまだ苦戦中で三度に一度は転倒していた。

「よろしいでしょうか」

正午を少し回った頃、ミアが練習を止めた。

「駆け足になりますが次の練習をします。ミナサン、箒を持ってください」

「スイープですか、先生」

「その通りです。カーリングは箒で氷面を擦って、それでストーンの距離を伸ばします」

見た目は白一色でも、氷面は霜や傷があり必ずしも平らではない。そこを箒で擦ることによって氷面の摩擦をなくし、ストーンをより遠くまで伸ばす……桜乃はその辺の科学的理屈はわからないが、ルールブックにはそう書いてあった。

試しに香子が投げたストーンを一華がスイープすると、傍目にも速度が上がった。ボタンの上に止まるかに見えたストーンは、ハウスを出てなおも滑っていく。

「へーこれ面白いな」

一華は気に入ったらしく、香子に「もう一度」と投石を要求した。

「ミス・イチカはさすがにパワーがあります。男子にも負けないスイープができますね」

ミアも満足顔をしている。

「ミス・タカコもナイスコントロール。ふたりとも短期間で素晴らしい上達です」

「本当にふたりともスゴイ……」

桜乃はふたりの上達ぶりを目の当たりにして内心で舌を巻いた。一華は体力と腕力が、香子は薙刀の名手だけに体の均衡が取れており、コツを掴むと上達も速かった。

「カーリングでは先に投げ終わったふたりでペアとなって、スイープしてストーンを伸ばします。スイーパー同士の連携も重要になりますね」

「ミア先生、これでわたしたちも試合ができるようになりますか？」

「まだでしょう」

ミアは首を横に振った。

「スイープの練習が先になりましたが、投石はもっと正確にしなければなりません。そのためには……」

「なんですか？」

「このストーンではこれ以上は無理です。フォームに変な癖がついてしまいますし、何より無理に使っては手首を痛めてしまいます」

ミアは足元のストーンを見て肩を竦めた。

「本物のストーンにはハンドルがついています。せめてそれがつけられればいいのですが」

「ハンドル……」

そういえば帝文館大学のストーンには上部に取っ手のようなものがついており、選手はそこを握って投石していたことを桜乃は思い出した。

「ワタシもストーンを一セット入手できるように手を尽くしていますが、やはり日本で簡単に手に入るものではありません」

練習後、伊香保ケーブルカーの中で「提案があります」と桜乃は手を上げた。

「もうじき、年末年始で学校がお休みに入るじゃない」

「なに桜乃、温泉にでも招待してくれるの？」

「うん、その通り」

「……本当に？」

冗談めかして言った一華が、桜乃の返事を聞いて真顔になった。

「東京の学校の運動部は長期の休みとか榛名湖で合宿をしているけど、わたしたちも泊りがけで二、三日合宿をするのは？」

「なら温泉は？」

「わたしは伊香保の温泉饅頭屋の娘よ。石段街の公衆浴場なら入り放題です。一華も温泉美人になれるよ」

「そういう意味か」

一華はちょっと肩透かしを食らったような顔をしたが、すぐに考え込む仕草をした。

「正直に言って、私は年末は家の仕事があるから無理だ」

「私も川越に帰らないわけには行きません。家族が心配しますので」

「わたくしも年末は家の手伝いですわ」

三人とも口々に言ったが実際のところ、年末年始は温泉街の温泉饅頭屋である桜乃が一番忙しい。お正月は毎年、店頭で売り子をしているが、それこそ目の回るような忙しさだ。

「でも、三が日を過ぎれば家の仕事も一段落する」

一華の家は最後に残っていた生糸も先日、仲買人に売ったという。細々《こまごま》とした家の仕事はあるが、基本的には農家は農閑期に入った。

「なら、私は早めに帰省して四日までに戻ってくることにしましょう。寄宿舎は六日まで閉まっていますので、桜乃さんのお宅にお邪魔して問題ないですか？」

「ないですないです。ついでに香子に冬休みの宿題も見てもらえると、とっても嬉しいわ」

香子の提案は、桜乃にとっては「渡りに船」だった。学校一の才女が家に泊まることなんて滅多にない好機だ。それにきちんと勉強している姿を親に見せることも、カーリングを続けることで重要な要素だった。

「あとはかすみは？」

桜乃は最後のひとりに訊ねた。

「わたくしも大丈夫ですわ。家は書店ですのでお正月は休業ですし」

「なら、決まり！　チーム初合宿！」

桜乃はケーブルカーの中で高らかに宣言した。

V

女学校の中にはミッション系の学校も少なくないが、そこは明治高女は「誠実　礼節　勤労」を校訓とする学校である。クリスマス・ミサにも縁がなく、十二月半ばから役所、尋常小学校、幼稚園、孤児院、養老院へと奉仕活動を行い、それが終わると冬休みになった。

この時期、女学生の生活は極めて忙しい。どの生徒も年末は母親に言いつけられるまま、お節料理づくりを手伝わなければならないという「任務」が課せられていた。

「今年から黒豆をひとりで煮るように言われているのよ。上手くできるか心配だわ」

「私もよ。だから今のうちに安い豆を買ってあらかじめ練習しておかないといけなくって」

「そこへ行くと男子はいいわよねぇ。そういう手伝いをしなくっていいんだから」

そんなぼやき声が終業式の日にはどこの教室からも聞こえてくる。こればかりは本科、師範科、技芸科で共通の風景らしい。

桜乃の冬休みはそれに加えて多忙を極める。年末年始は夏の避暑、秋の紅葉と並んで、伊香保温泉にとってはまさに「勝負の時」だ。積雪の少ない伊香保ではスキーや雪見の湯とは行かないが、逆に客足を妨げるものはなく、どこの旅館も満室となる。石段街は人で溢れ、湯の花饅頭目当ての客も増える。

桜乃が前橋の街を訪れたのは今年もあと数日となった日だった。

両手に風呂敷包みを下げて電車に乗ったが、それが余程重そうだったのか、伊香保電車の車掌は変な顔をしていた。通学の時は下車する商工会議所前の停車場を通過して、桜乃が降りたのは前橋駅前だった。

国鉄前橋駅は十年前に三代目駅舎に建て替えられた。赤い屋根のルネサンス風木造建築は、沿線の駅舎の中ではひときわ風光明媚である。駅の周りには旅館や運送屋が軒を連ね、一日中汽車の黒煙が流れる駅前は「前橋ステーション通り」と呼ばれている。三年前にバス会社が営業所を設置してからは、県都の玄関口としてより賑わいを見せていた。

　駅前では年末の休日ということもあり、バス会社が子供に風船を配っていた。赤、青、黄、緑の風船を手にした子供たちが走り回っていたが、尋常小学校に上がる前くらいの小さな女の子が、転んだ拍子に風船から手を離してしまった。

「あ……」

　桜乃は咄嗟に風呂敷包みを片方離すと、それを足場にしてジャンプした。師走の高く、青い空に吸い込まれかけたその黄色い風船の、紐の端を掴まえた。

「はい、もう手を放しちゃダメよ」

「ありがとう、お姉ちゃん」

　泣きそうだったその女の子は満面の笑顔で桜乃の手から風船を受け取ると、母親らしい女性のもとへ走っていった。

「天上さして昇りゆく風船は、翔けることなく少女の手にですかね」

「……そこでなにをなさっているんですか、波宜亭先生？」

　駅前の広場にコート姿でトルコ帽を被り、煙草を咥えた波宜亭先生が立っていた。通り過ぎる人々が眉をひそめるほど、いつものように「気障」そのものの立ち姿だ。

「見事な跳躍です。走高跳も始めてはいかがですか、星花亭のお嬢さん」

「先生が駅になんてめずらしいですね。あ……また、どこか旅にでも出るつもりじゃないでしょうね」

　若い頃から旅好き、出奔癖が有名な人だが、波宜亭先生は肩を竦めた。

「出たいのは山々ですが、残念ながら僕にはもうそんな余力はないようです。今日は友人の室生犀星《むろうさいせい》君が訪ねてくるので、こうして出迎えに立っているんですよ」

「室生犀星さん？」

「おや、お嬢さんはご存じない」

「生憎と浅学非才《せんがくひさい》娘でして」

かすみや香子なら詳しいのだろうが、桜乃は『少女の友』に載っている作家くらいしかご縁がない。他に知っているのは目の前の「気障な御仁」だけだった。

「彼はとても繊細で美しい詩を書きますが、会うと粗野で荒々しくステッキを振り回してやって来る。なにより、いつも僕のところに来る時は無一文ですね」

「波宜亭先生、もしかして騙されていません？」

室生犀星をまったく知らない桜乃は怪しんだ。

「だいたい、波宜亭先生ほど騙されやすい人はいないとうちの母がよく心配しています。ここで先生と一緒に待って、その人を見定めてあげましょうか」

「志摩さんに心配していただいて申し訳ありません。彼女は波宜亭の女給の中でもひときわ美しく、気のつく女性でした。彼女と春江さんはこの僕にいつも笑顔で優しさをくれます」

「波宜亭」は結婚前の志摩と春江が働いていた茶店だった。県庁の北側の前橋公園の側にあったが、桜乃が生まれる少し前に取り壊されてしまった。波宜亭先生は「今はいづこへ行きしか、跡方さえなし」とこれを惜しみ、「波宜亭」を名乗っていた。

「ふたりとも先生を見ていると心配になるだけですよ、わたしもですけど」

「ですが、室生君にその心配は無用ですよ。彼は伊香保に逗留したこともある人です」

「本当ですか？　その人は伊香保についてなにか言っていました？」

「可もなく不可もなくと」

「……わたしはもう行きますね。なんか会ったらその人を榛名湖に沈めてやりたくなりそうなので」

波宜亭先生と話すとどうにも疲れる。桜乃は両手の風呂敷包みを持ち直して歩き出そうとした。

「重そうな荷物ですね」

波宜亭先生は煙草をくゆらせた。

「なんでも面白いスポーツを始めたとか」

桜乃は驚いて、また足を止めた。

「かすみから聞いた時も思ったんですけど、波宜亭先生ってスポーツに興味なんてあったんですね。しかも冬のスポーツになんて」

「興味は昔からありますよ。ただ、残念ながらスポーツが僕に興味を示してくれない。中学の時に野球の練習を眺めていましたが、一度として仲間に誘われたことはありません」

「誘われても断るつもりだったんでしょう、先生」

「さすがにお嬢さんは勘がよろしい」

波宜亭先生は短くなった煙草を捨てた。

「そうそう、ここから中島飛行機の新工場へは駅を迂回しないといけない。その荷物で女性の足では些か辛い。いかがです、人力車代くらいなら僕がおごりますよ？」

「お気遣いどうもです。でも、わたしは最近は兄を真似て毎朝伊香保の石段を走っているので、先生より足腰はずっと頑丈です」

このすべてを見透かしたような言い回しも、どうにも人をイライラさせる原因なのだろう。平然と次の煙草に火を点けた波宜亭先生を残して、桜乃は今度こそ歩き出した。

前橋駅の南側は、県都の繁栄の象徴である北側に対して田園地帯が広がっているが、その中に半年前から建設が始まったのが「中島飛行機前橋工場」だった。

事前に許可は取ってあったので正門横の守衛所で来訪を告げると、その隣の洋風建物一階の「面会所」で待つように言われた。中島飛行機は軍関係の施設なので、一般人が入れるのはここまでらしい。

本格的な操業は来年からと聞いた通り、まだ工場は建設途中らしい。年末なのに遠くから機械の音が聞こえ、建物そのものからも塗装の臭いがして、長くいると気分が悪くなりそうだった。

その中で十分くらい待つと足音がして扉が開いた。

「タカ兄ちゃん」

「桜乃か。よく来たな」

隆造は前と同じ作業服姿だ。桜乃は兄に促されるまま、面会所の質素なテーブルに向かい合いになって椅子に腰かけた。

「中島飛行機の工場って年末も慌ただしいんだね」

「工場の稼働を急げと上からのお達しでな。太田工場の製造ラインがもうパンク寸前だ。誰も彼も年末年始は工場に泊まり込みだ」

「この間の九七式って戦闘機？」

「よく覚えてるな」

「あの後で友達に教えてもらったから。戦闘機ってことはつまり空の上で戦う飛行機よね」

前に隆浩と会った時は「戦闘機」に漠然としたイメージしか湧かなかったが、桜乃はあの後で香子に戦闘機について聞いた。香子の答えは「敵の戦闘機と戦う飛行機です」だった。

それはつまり、相手の飛行機のパイロットを殺す兵器を隆浩が造っているということだ。それが兄が野球を止めて、そして父の店を継がずにやりたいことなのかと桜乃には疑問だった。隆浩のほうは何も気にした様子もなく、陽気な顔をしている。

「みんなはどうしている。親父やお袋、それに近所の連中は？」

「みんな元気よ。そんなに気になるなら伊香保に顔を見せにくればいいじゃない」

「その内になぁ」

隆浩は笑ったが、父の勘気を被っているので簡単に家に帰ってくることなどない。桜乃もわかって言ったことだ。

桜乃は二つの風呂敷包みの内の一つを解き、母から預かってきた重箱を取り出した。

「これはお母さんから。うちのお節の黒豆と栗きんとんと昆布巻きと伊達巻」

「伊達巻はおまえが作ったのか？」

「そう。うちの伊達巻は特別製だからね」

それは桜乃も自慢の特製伊達巻だった。市野井家の伊達巻は店で使う砂糖と同じものを使っていて、他とは一味違う。桜乃はこの伊達巻が日本一だと確信していた。

「ここで食ってもいいか？」

「まだお正月じゃないんだけど」

でも、重箱に添えて箸が一膳入っていた。兄の性格ならその場で食べると言い出すだろうと、志摩が入れたものに違いない。

隆浩は伊達巻、それから黒豆を口にして満足そうに頷いた。

「旨いなぁ、この黒豆。それに比べるとおまえの伊達巻は一味足りない」

「あれ、黒豆も今年からわたしだよ？」

「そうなのか。手紙じゃおまえが伊達巻で黒豆は……」

そこまで聞いて、桜乃は「やっぱり」と兄の顔をにらんだ。

「タカ兄ちゃん、実はお母さんとは連絡を取っているでしょ。この前のカーリングのことといい、うちの事情に詳しすぎると思った」

「おまえなぁ、誘導尋問に嵌《は》めるような真似は感心せんぞ」

「この程度で口を滑らせていて、タカ兄ちゃんに軍の機密が守れるか心配だよ、わたしは」

そう言いつつ、桜乃は少し安心した。家に寄りつかなくなった兄が、こっそり母とだけは連絡を取っていたのである。

「お袋からは月に一度は手紙が来る」

観念したのか隆造はあっさりと認めた。

「タカ兄ちゃんの方の返事はどうしてるの？　家当ての手紙はお父さんにバレるでしょ？」

「伊香保電車の伊香保駅勤務の得川《えがわ》って奴を知ってるだろ」

「うん、毎朝会っているわ。タカ兄ちゃんの尋常小学校の同級の方でしょ」

桜乃は毎日、伊香保駅の改札に立つ小太りの駅員の姿を思い出した。彼は隆造の尋常小学校の同級生で野球でもチームメイトだった。中学に進んだ隆造とは別れて高等小学校へ進み、今は伊香保電車の職員になっていた。

「そいつ宛ての手紙に混ぜてある。お袋が駅まで行ってこっそり受け取っているんだろう。おまえがカーリングを始めたことはお袋からの手紙で知った」

「前も気になったんだけど、タカ兄ちゃんカーリング知ってるんだ」

「俺の知人にカーリングをやったことのある奴がいてな。そいつに聞いたら説明してくれただけだ」

「そのカーリングのことでタカ兄ちゃんにお願いがあります」

桜乃がもう一つの風呂敷包みをほどくと、中からは河原ストーンが現れた。さっき放り出して風船を取るための足場にしたのは、こちらの風呂敷包だった。それをテーブルの上に乗せると、重みでギシっと軋んだ。

「これは練習で使っている石なんだけど」

「カーリングのストーンってやつだな」

「そう。ねえ、タカ兄ちゃんの工場の技術でこの上にこんな取っ手を取りつけられないかな？」

桜乃は香子とかすみ共訳の『氷上滑石競技規約』を開いた。隆浩に見せた頁にはストーンの形まで正確に記されていたが、香子には絵心はまるでなく「うちの弟の落書きか」と、一華に言われて不機嫌になった。この絵はかすみが描いたものでなかなかに上手い。

「この石の上に鉄でもなんでもいいから、こう持つ部分が欲しいの。そうしないと練習しても、正しい投げ方は身につかないって」

「無理だな」

隆浩はあっさり口にした。

「鉄は溶接すれば石につくとして、それだとおまえらが扱えない重量になる。だいたい、似たものを探したらしいが……」

隆浩は桜乃がここまで運ぶのに苦労した、河原ストーンを簡単に持ち上げてひっくり返した。

「裏面の形も違えば、重量も大違いだ。いいかぁ、飛行機づくりは十グラムの違いも許されない世界だ。重すぎる石では練習にならん。俺が蹴球《サッカー》の球をマウンドから投げるようなもんだぞ」

「そんなこと言ったって……」

「そもそもカーリングの石はスコットランド産のエイルサイト……日本で言えば御影石《みかげいし》だ。この辺りなら赤城山で白御影石が産出されるな」

「え、日本でも採れる石なの？」

「まったく同じじゃないがなぁ。それなら手に入るぞ」

「ねえ、タカ兄ちゃん……？」

驚いている桜乃の前で、隆浩はしゃべり続けている。

「白御影石を削って研磨して、ハンドルは鉄だと重過ぎるか。そうだな……合成樹脂《セルロイド》を接着剤で張りつければ十分だろう」

「ちょ、ちょっと待ってよ。なんでそんなに詳しいの？」

「俺はグラブにもバットにも人一倍こだわった方だ。妹がやる競技の道具でも手は抜かないぞ」

「それはありがたいけど……ストーンの話もお母さんの手紙から？」

桜乃はストーンの細かい話まで志摩にはしていなかった。榛名湖の練習を見に来たこともないので、河原ストーンに不便していることまでは知らないはずだ。

隆浩は作業服のポケットから四つ折りにした紙を取り出した。「見てみろ」と言うので広げると、そこにはストーンが描かれていた。かなり精緻で、縦横の寸法から、重さまで正確に記されていた。

「ストーンの寸法図？　こんなのどこから……」

そもそも、桜乃がカーリングをしていることを知っていて、しかも隆浩とも知り合いという人間は多くない。かすみは隆浩とは面識はないし、春江はストーンの寸法までは知らないだろう。他は……

「あ……」

桜乃は一時間ほど前に駅前で会った、トルコ帽で煙草を咥えた気障な顔を思い出した。

「まさか波宜亭先生が！」

「午前中に駅前で会った。飯でも奢ってくれるのかと期待したが空振りだったな」

「古い友人を迎えに出たとか言っていたけど。でも、波宜亭先生がストーンなんてなんで知っているんだろう？　ルールブック一冊しかなかったはずなのに」

「先に読んでいて覚えたんじゃないのか？」

「あの波宜亭先生が？　一日中マンドリン爪弾いていて、落第伝説があるような方よ」

「頭の良さと試験に受かるか否かは別問題だぞ。特にああいう芸術家気質の御仁はな」

桜乃よりも八歳年長の隆浩は、子供の頃は志摩に連れられて、今は無き波宜亭にもよく遊びに行ったらしい。波宜亭先生も隆浩を可愛がって、東京から野球のグラブを取り寄せてくれたこともあるそうだ。

「タカ兄ちゃんと波宜亭先生って性格的にまったく合わないような気がするんだけど、意外ね」

「あの先生はそういう人だ。室生犀星先生も質実剛健を絵に描いたような無骨な人間だが、どういう訳だか意気投合したらしい。男はそういうところがあるもんだ」

「わかりませんねぇ、わたしは女なので」

桜乃がテーブルの上に突っ伏すと、隆浩は笑った。

「それでストーンはどうする？」

「是非、お願いします」

「ハンドル部分は廃材を使うにしても、工場の機械をこっそり使うことになる。それに白御影石は安い石じゃない。おまえ、金の当てはあるのか？」

「まったくございません」

桜乃が悪びれもせずに胸を張ると、今度は隆浩が頭を抱えた。

「仕方ねぇな。さっきの一味足らない伊達巻の分でやってやる。来年までにもう少し腕を上げておけよ。それから親父にはこれだと甘すぎるぞ」

「お父さんのことは気にしているんだね」

「勘気を被ろうが俺の親父に変わりはない。中学まで野球をやらせてくれたのも、今も俺が飛行機を造っているのを黙認してくれているのも感謝してるさ」

隆造はまた笑った。その笑顔は野球をやっていた時と同じで、桜乃は胸の中が暖かくなった。

「ねえ、やっぱりいずれはうちのお店を継ぐ気でいるの？」

「先のことなんかこんな時代にわかるか。今は飛行機を造るのが俺の仕事。それだけだ」

隆造はそう言うと、箸で伊達巻をつまんで口に放り込んだ。

Ⅵ

隆造の協力によって「白御影ストーン」が造られることになった。

そして年が明けて昭和十三年――神武天皇が大和《やまと》橿原《かしはら》の宮で即位したとされる年から数えると、皇紀二五九八年となった。

正月の伊香保温泉は混雑を極める。どこの旅館も満室となり、伊香保電車は便数を増やして運行していた。三が日は天気に恵まれたので温泉客は伊香保ケーブル鉄道に乗り、榛名湖でスケートを楽しんでいた。

（あんまり氷面が荒れたらヤダなぁ）

桜乃は気になったが榛名湖まで様子を見にいく暇なんてとてもない。

「明けましておめでとうございます」

元日早朝に家族で年頭の挨拶をかわすが、これが桜乃の家では宣戦布告に等しい。お雑煮を軽く食べると家族一同で早々に店に出た。桜乃も頬紅を塗り口紅を差し、青地に矢絣《やがすり》柄の着物にたすき掛けで、店名の入った前掛けをして店頭に立つ。三が日は普段は養蚕農家の親戚にも応援を頼んで、まさに「皇国《こうこく》ノ興廃《こうはい》此《こ》の一戦ニ在リ。各員一層奮励《ふんれい》努力セヨ」である。

「星花亭の湯の花饅頭です。お一ついかがですかー」

湯の花饅頭を乗せた小皿を所狭しとお盆に乗せ、桜乃は笑顔で店先に出た。

元日は毎年のことだが、無料で湯の花饅頭をお客に振る舞う。斜向かいにある射的屋からは、ポン、ポンと軽い音が響いてくる。どこかの旅館が風船を配ったらしく、石段を風船を持った子供たちがはしゃいで上り下りしていた。

「おい、こっち十個まだかい」

「はい、只今！」

「お会計お願いね」

「はい、ありがとうございました。星花亭をこれからもどうぞご贔屓に！」

隆造にお節料理を届けたが、桜乃たちは仕事の合間につまんで口に入れる程度だ。人出は夜になっても途切れることなく続く。

元日、二日と喧噪の中で過ぎ、三日の午後になると石段街も徐々に人の姿が減る。代わりに伊香保電車の駅に帰りの電車に乗る人々の行列ができると、正月も終わりという気がして少し寂しい。

四時を回って手伝いの親戚は土産を持って帰路につくので、桜乃は駅まで送っていった。

帰り道を急いでいると黄色い風船が一つ空に昇っていくのが見えた。どこかの子供が手を放してしまったのだろうか。

(天上さして昇りゆく風船よ、どこをめあてに翔けるのだらう)

石段の下まで戻ってくると、車が一台止まっていた。

「トヨダトラック？」

電車に乗っている時に事故に巻き込まれ、まったく良い思いがないトラックだが形が少し違う気がした。色も緑ではなくて青だ。伊香保の道は細く入り組んだ坂道なので、こんなところまでトラックが入ってくることはめずらしかった。

その運転席から下りてきた顔を見て、桜乃は思わず声を上げた。

「タカ兄ちゃん！」

「よう。おまえもそういう格好をしていると看板娘が板についているなぁ」

相変わらず呑気そうな顔の隆造は、トラックの荷台を指差した。

「仕上がったので持ってきてやったぞ。急ごしらえだがまあなんとか使えるだろう」

「わざわざ運んできてくれたの？　じゃあ、これは工場のトラック？」

「トヨダのトラックにうちのエンジンを載せた特別車だ」

「飛行機のエンジンをトラックに？」

「お陰で伊香保の坂も楽々と上がれる。加速も段違いだ。翼を付ければ空を飛べるな」

冗談なのか本当なのかもわからないが、隆浩は窓のあたりをポンと叩いた。

「ねえ、家に寄っていかない？　お節料理もまだあるし。わたしちょっとお母さん呼んでくる。だから……」

「止めておく」

石段を駆け上がろうとした桜乃に、隆浩の声が飛んだ。

「今日は工場のトラックを無断借用してきた。おまえの注文のストーンを下ろしたら帰る」

「でも……」

「おまえはカーリングを頑張れ」

隆浩は荷台から一セット分——十六個のストーンを下ろすと、さっさと運転席に乗り込んだ。桜乃が慌てて「ありがとう」と言うと、軽く手を上げてトラックは坂を下っていった。

一華ではないので一回では運べず、桜乃はまず両手に一つずつ持って石段を上がった。練習まで家のどこに置いておこうか考えながら店の前までくると、暖簾を下ろしている正彦と鉢合わせた。

「なんだそれは？」

「えっと……あの……」

桜乃は返事に困った。隆浩にストーンのことを頼んだのは父には話していなかった。

正彦は桜乃が運んでいるストーンに目を落とした。

「隆浩の奴か」

「はい……」

「あいつは真面目にやっているのか？」

「え……年末も工場に泊まり込みとか言っていたから、多分……」

「ならいい」

それだけ言うと、正彦は小豆の麻袋を担いで裏に行ってしまった。てっきり怒られると思った桜乃は、なんだか拍子抜けした。

「あなたもそれ、邪魔にならないようにお店の裏にでも置いてきなさい」

いつの間にか後ろに志摩が立っていた。

「ねえ、お母さんはタカ兄ちゃんと手紙のやり取りはしているんでしょう？」

「あら、バレちゃったのね」

志摩はあっさりと認めて笑った。

「それって、お父さんも知っているの？」

「さあ、どうでしょうね。少なくともお母さんからはしゃべっていないけど。でもねぇ……」

志摩は笑顔のまま小声になった。

「あの人は隆浩が飛行機工場でちゃんと務めているのか、ずっと気にしているのよ。お父さん、新聞を読んでいて中島飛行機の記事が出ると目が止まるもの」

「タカ兄ちゃんが工場で怪我とかしないか心配して？」

「隆浩が世間様のお役に立つように務めているのかよ。そういうものよ、男の方は」

志摩は「さぁてと」と、明るい声を出した。

「早く片づけしてご飯にしましょう。お節はまだあるからお餅を焼いて……少しは我が家もお正月らしいことをしないとね。桜乃、手伝って」

「タカ兄ちゃんもご飯くらい食べていけばいいのにね」

「それは反対を押し切って中島飛行機に入ったから、簡単には顔を出せない隆浩の意地。それもそういうもの」

「やっぱりよくわかんないや、男って」

それでも、家族は志摩を中心につながっていることが桜乃には嬉しかった。

五エンド
「風吹く日吹かぬ日ありといへど」

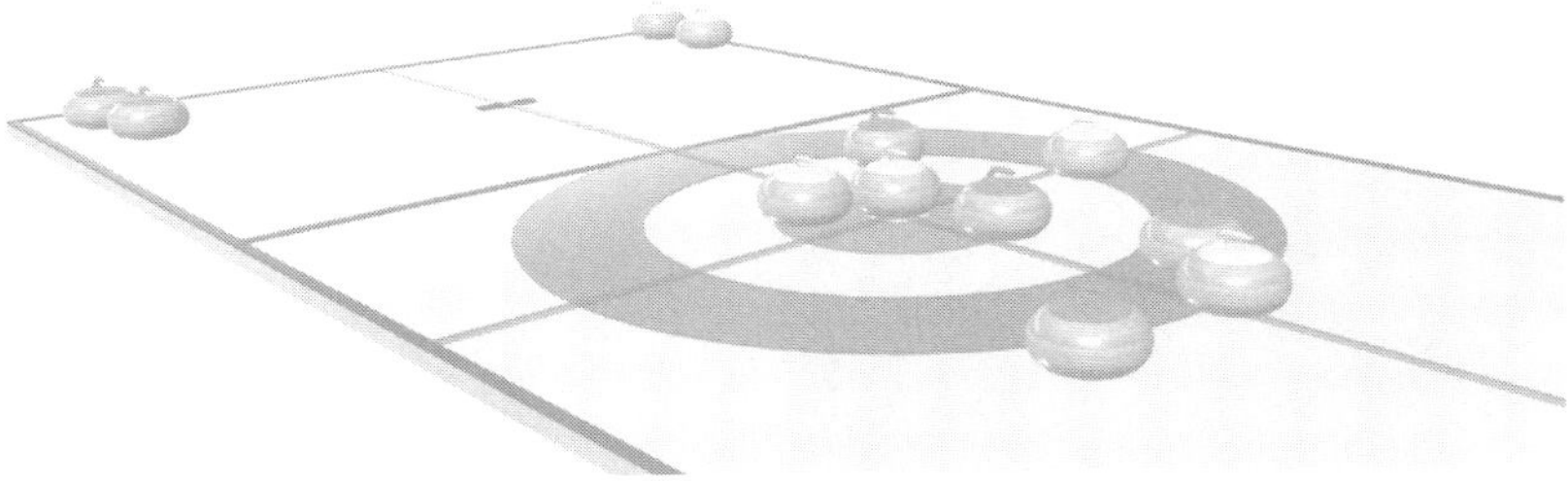

I

一月四日になるとお役所は一斉に仕事始めになる。民間会社もこの日が始業というところが多い。伊香保の人出は前日の半分くらいになったが、逆にこの日に伊香保電車で坂を上がってくる人々もいた。

「桜乃、明けましておめでとう」

「明けましておめでとうございます、桜乃さん」

一華と香子は揃って電車から降りてきた。

ふたりとも制服姿で一華は風呂敷包みを、香子は柳行李を抱えている。ふたりとも背中に箒を背負っているので、電車の中ではかなり目立っただろう。

この日から桜乃たちは二泊の合宿を予定していた。香子はこのために川越の帰省先から、予定を早めて戻って伊香保に来てくれた。

「明けましておめでとう、一華、香子」

桜乃も年始の挨拶をした。

ふたりに言われて敬語を止め、呼び方も名前呼びにしたが、香子の方は「桜乃さん」と呼ぶ。本人に「さんは要らないって」と言ったが、「私には私の呼び方があります。お気になさらずに」と、彼女らしく信念を譲らないのでそのままになった。

桜乃は「これはお土産です」と、香子から川越名産のかりんとうの袋をもらった。一華からは「うちで作ったもんだけど」と、両手に一抱え分もの干し柿を渡された。こうして色々もらえるのもお正月ならではで、楽しく嬉しい。

「あれ、ところでかすみは?」

予定では三人一緒にくるはずだったので桜乃は首を傾げた。ミアはクリスマスから横浜に戻っているので、合流は最終日になると事前に連絡があった。

「それが停車場でぎりぎりまで待ったのですが、見えないので先に来ました」

香子が応えた。ふたりは同じ停車場で待ち合わせをしていたらしい。

「どうしたのかな?　遅刻とかには無縁の子なのに」

学校ではかすみの遅刻など記憶にないが、風邪とか病気ならそれはそれで心配だった。

「ちょっとわたし、かすみの家に電話してくるわ」

「桜乃さんのお宅は電話があるんですね」

「一応、客商売なので」

かすみの家も商売人なので電話がある。桜乃はふたりに先に榛名湖に移動してもらうことにして、ひとりで家に戻った。

「お母さん、電話使わせて」

「お店の電話なんだから早く済ませなさいよ」

店番をしている志摩に小言を言われつつ、黒い電話機のダイヤルを回して、まず電話交換台に電話をかける。交換手にかすみの家の番号を伝えてしばし、待つ。

『はい、海成堂書店でございます』

呼び出し音が途切れて声がした。この品の良い声はかすみの母の喜代子だ。

「お忙しいところ失礼いたします。市野井です」

『あら、桜乃さん？　明けましておめでとうございます』

「明けましておめでとうございます。あのう、かすみさんはまだご在宅でしょうか？　今日から榛名湖でカーリングの合宿の予定なのに、電車に乗っていなかったので……」

『カーリング……』

喜代子の声の調子が変わる。突然、電話は一方的に切られた。

「え……なに？」

家に遊びに行く機会も多いが、喜代子はいつも桜乃に優しい人だ。自分になにか失礼でもあったのかと、桜乃は不安になった。もう一度かけようかとも思ったが、また同じ反応をされると思うと怖い。

仕方なく桜乃は伊香保駅に戻って次の電車を待った。

一時間後の電車がホームに入ると、真っ先にセーラーカラーを翻して女学生がステップを降りてきた。

「ごめんなさい、桜乃ちゃん」

かすみは桜乃の前で両手を合わせた。

「寝坊して電車に乗り遅れてしまって。香子ちゃんと一華ちゃんは？」

「先にケーブルカーで榛名湖に行ってもらったから大丈夫よ。わたしこそ病気かなんかじゃないかって心配したのよ。家に電話してもいないみたいだし」

「え……うん……」

「かすみ？」

「おや、僕の出迎えですか？」

かすみの後ろから見覚えのあるトルコ帽が降りてきた。

「なんで波宜亭先生がかすみと一緒にいるんですか？」

「電車で一緒になったもので。正月の騒ぎも収まったでしょうし、伊香保で万葉歌の研究でも進めようかと思いましてね」

「万葉集には伊香保や榛名の歌が多いんでしたっけ？」

前にもそんな話を聞いた気もすると思ったが、波宜亭先生はおもむろに「伊香保嶺《ね》に雷《かみ》な鳴りそね吾《わ》が上には　故《ゆえ》はなけども子らによりてぞ」と口ずさんだ。

「なんですかそれ？」

「伊香保嶺の雷よ鳴らないでください。愛おしいあの娘が怖がることでしょう……。今回はこの歌について考えるつもりです」

「この間、研究するとおっしゃっていた風の歌はどうしたんですか？　伊香保風が吹く日とか吹かない日とかの？」

「新年の風に吹かれて今がそういう気分なんですよ。常宿に部屋を取ってあるので、あとで星花亭にも顔を出しますと志摩さんに伝えておいてください」

「マンドリンを奏でながら？」

桜乃は荷物のマンドリンに目を向けた。これで古歌の研究をすると言っても説得力など微塵もない。

「雷も音が鳴るでしょう？　僕のマンドリンで再現できませんかね」

「お隣のお部屋のお客さんの雷が落ちるだけだと思いますけど」

毎度のことだが、波宜亭先生の相手をすると意味もなく疲れる。

「では、心行くまでご逗留くださいませ。わたしたちはもう行くので」

桜乃は話の切り上げに入った。

「それから、兄にストーンのことを頼んでくださってありがとうございます」

「おや、僕はなにもしていませんよ」

波宜亭先生は煙草を咥えて火を点けた。

「駅前で隆浩君とちょっと世間話をしただけです。彼が一を聞いて百を知る人であったのと、妹思いであっただけです」

「先生のお陰でもあります。なにかお礼をしたいのですが？」

「そうですか。では、キリン食堂の珈琲とオムレツでもあとでご馳走してもらいましょうか」

そう言うと波宜亭先生は「では、みなさん精々ご健闘を」と、また気障に帽子を取って軽く振った。

桜乃とかすみはすぐにケーブルカーで榛名湖に向かった。

氷上は三が日を過ぎて観光客の数は減ったが、代わりに大学のスケート部などが合宿をしていた。それでも広大な榛名湖なので、女学生四人でカーリングの練習をするスペースはまだ充分にあった。

「桜乃、この新しいストーンすごくいいぞ」

先に氷の上でストーンを投げていた一華は、ちょっと興奮した顔をしている。

「それはもう。世界に轟くメイド・イン・ナカジマですから」

桜乃は胸を張った。

白御影石を使ったストーンはその名の通り、前に見たストーンよりも白い。氷の色と同化して見えづらくなるのがやや難点だが、寸法も重さも完璧で、桜乃は忠実に作ってくれた兄に感謝した。

「よし！　それじゃあわたしもさっそく」

桜乃もハンドルを握って投げてみた。前のストーンと重さは大差ないはずだが、裏側が研磨してあるので、これまでの半分ほどの力でストーンは滑っていく。ストーン同士が弾ける音も軽やかに、凍てついた湖面に響く。長く使えば問題点も出るかもしれないが、今の桜乃たちには充分すぎるストーンだった。

一華と香子も、もう慣れたのか順調に投げている。香子がこの中では一番正確に投げる技術を身に着けているらしく、十回投げれば六、七回は正確にハウスのボタンに運ぶドローショットを成功させていた。

一華が箒でスイープすると、腕力もあるので白御影ストーンはこれまでとは比べ物にならないくらい距離を伸ばした。

「ちょっとは掃くのを加減してください、一華さん。ストーンがハウスから出てしまいます」

「香子が投げる方を調整すればいいんだよ」

そんなことを笑いながらふたりは言い合っていた。

唯一、かすみだけが取り残された格好になっていた。白御影ストーンのお陰で投石は改善されたが、投げる途中で姿勢が崩れてしまう。それにスイープする時に、どうしても転んでしまうことが多い。

一度、足元のストーンに躓《つまず》いて転倒したので、桜乃は慌ててかすみを助け起こそうとした。

「大丈夫です」

かすみは桜乃の手は取らずに自分で立ち上がろうとしたが、また足を滑らせて転んだ。遠くで「あれはなにをしているんだ?」と、スケート客が指をさして笑ったので、桜乃はそちらを思い切りにらみつけておいた。

Ⅲ

湖面が薄暗くなりこの日の練習は終わりとなった。

桜乃は石段街の公衆浴場にみんなを誘った。

公衆浴場は伊香保の旅館や温泉饅頭屋、土産物屋、更には料亭などが出資して建設された。なので、桜乃のような商売人の娘はもちろん無料だ。女湯の客はそれぞれの店の妻女、仲居、そして芸妓たちである。

時間はちょうど旅館の夕食前だった。仲居たちは仕事の真っ最中だし、芸妓たちはもう湯を使い終わった後だ。混み合うことも多いが浴室には数人がいるだけで、四人はゆったりと湯に浸かることができた。

「ずるい。桜乃だけ毎日こんなお湯に入っていたのか」

「わたしはこの間も誘うつもりでいたのに」

「まあいいか。こうして温泉に入れたし」

一華は文句を言いながらも、湯船の中で両手足を伸ばした。

「あー腰が痛いし寒かった。氷の上でスカートってのは長靴下を履いていても寒いな」

「本当に。カーリングは一試合に時間がかかりますしね」

まだ、このチームで一度も試合をしていないが、だいたい二時間くらいはかかりそうだ。その間は氷上の寒さに耐えなければならず、香子は思案顔をした。

「……真面目な話、御不浄に行きたくなったらどうするかを考えないといけませんね」

「小便だけなら残りの三人で輪を作って、真ん中で済ませちゃおうか」

「一華さん、はしたないにも程がありますよ」

「いいじゃない。どうせ私たちはみんな女なんだし」

「そういう問題ではありません。親しき仲にもと言うでしょう」

「はいはい、明治高女の清少納言と噂の香子お姉様は口うるさいこと」

「なんですって」

「ねえ桜乃、そこの扉から外に出られるのか？」

一華が指差したのは、洗い場から外に続く通用口だった。

「出られるけど露天風呂とかないよ。あと、このまま出ると向こうの旅館の二階から丸見えになっちゃうけど」

「へー面白そう。男がいたら手でも振ってやろうか」

「踊子《おどりこ》じゃないんだからお止めなさい。大体、一華さんに恋するような物好きな一高生なんていませんよ」

香子は怒ったが、一華は特に知らずに言ったらしく首を傾げている。

川端康成《かわばたやすなり》の『伊豆の踊子』は、踊り子が一高生の青年に女湯から無邪気に手を振る……。一高生と踊り子の淡い恋は、切なく悲しい結末を迎える――

川端は流行作家であるが、この年に桜乃も愛読する『少女の友』に『乙女の港』の連載を開始して女学生にも人気を博した。かすみは吉屋信子のファンだったが、桜乃はどちらかといえば『乙女の港』の方が好きだ。もっとも、今の桜乃には文学などよりも気になることがあった。それは女学生にとってはより現実的な大問題だ。

「どうかしましたか、桜乃さん。暗い顔をして」

「いや……わたし以外はみんな女性的な体で羨ましいなーと」

香子に言われて、桜乃は自分の胸に手を当てて悲しい気持ちをかみしめた。

女性の胸は小振りな方が良いと言われたものだが、昭和モダンの風にモダンガールが持てはやされ洋装も増えた昨今は、女学校も多くがセーラー服になった。自然な流れとして細身で色白な体から、西洋の裸婦像のような体が女学生の間でも憧れの対象になった。

普段は制服で目立たないが、こうしてみんなでお風呂に入ると嫌でも三人と自分の差が見えて、桜乃は気持ちと一緒にお湯の中に沈みたくなった。

「そう？　私は桜乃くらいの方が可愛らしくて好きだけど」

「私もあまり胸が大きいのは品がなくて嫌です。洋装の時はいいですが和装では不格好になりますし」

「お姉様方にはわかりませんことよ」

一華と香子に向かって桜乃は、これ見よがしに女学生言葉で口を尖らせた。

「なんかわたし、波宜亭先生の詩が異様に暗い理由がはじめてわかった気がする。これは絶望からの逃走だ。ああ、逃げ道はどこにもない！」

「なにを拗ねているんですか、桜乃さん」

「拗ねていません。ああ、絶対にミア先生だけはお風呂に誘わないと決めたわ。だって、服の上からでも充分にわかるもの」

外国人は、もう骨格も肉づきもなにからなにまで違う。だいたい、ミアは痩せているのに出るところは出ているなんて、どんな食生活をしたらあんなになるのだろうか。

「負けるとわかっている戦《いくさ》はしないに限るわね」

「貴女、カーリングを始めた時の決意と随分違いますよ？」

香子は呆れ顔をしていたが、桜乃としてはそれとこれとは話がまったく違う。

「だって大日本帝国政府だって、イギリスやアメリカ相手に戦争をしようとは間違っても思わないでしょう？　こうなったらわたしは日本女性らしく生きようかな。いっそ竹久夢二《たけひさゆめじ》の描くような、肺病病みの女みたいになってやろうかしら。ねえ、かすみ」

優しい親友は自分を慰めてくれるはず……そう思って桜乃は隣のかすみの方を向いて「え？」と、言葉に詰まった。

かすみの腕や足にはいくつも痣《あざ》があった。紫色になっているところは内出血した痕だろう。今日だけではなくて、前の練習で転倒した時の傷もあるようだ。特に右足首は少し腫れていた。桜乃が見ているのに気づいて、かすみはお湯の中で腫れた足首を隠した。

「ちょ、ちょっとその傷を見せて」

「大したことないですわ。転んだ時に少し打っただけですし……」

「見せて見ろ。骨が折れていると厄介だぞ」

「大丈夫です！」

かすみは大きな声を出したが、一華は強引にかすみの足首に手をやる。かすみは「痛……」と顔をしかめた。

「骨は異常なさそうだ。ただの捻挫だろうが後で腫れるかもしれない。明日は一日様子を見た方がいい」

「だから大丈夫です。一日休んだりしたら……」

かすみが下を向いたので桜乃は「かすみ？」と、その顔を覗き込んだ。

「休んだりしたら……わたくしがこの中で一番下手なのはわかっていますわ。だから誰よりも練習して、早くみんなに追いつかないといけません」

「だからって焦っても仕方ないよ。かすみもわたしたちも、できる課題を一つずつこなしていくしかない。野球をしていた頃のタカ兄ちゃんがよく言っていた。上達に早道はないって」

かすみはそれでも下を向いたままだ。どんな時でも優しい笑顔を絶やさず、冷静に物事を見る親友がなにかに焦っている。桜乃にはかすみの姿がそう映った。

Ⅳ

お風呂から上がると一華がかすみの足首に包帯を巻いた。

「こっちは農作業の時に足なんて日常茶飯事で痛める。いちいち医者にもかかれないし」

その治療中に香子もかすみの隣に寄り添った。

「さっき桜乃さんが言った通りですよ、かすみさん。急いては事を仕損じるというもの。明日は氷の上に乗るべきではありません」

「でも……」

「練習はなにも投石やスイープだけではありません。貴女と私で訳した『氷上滑石競技規約』があります。それを読んで戦術について考えてください」

香子に言われてかすみはやっと「はい」と頷いた。

四人揃って浴衣の上から褞袍《どてら》を羽織って外に出ると、雪が少し舞っていた。

「どうりで寒いわけだ」

一華がてのひらに雪の粒を乗せる。それは体温ですぐに溶けて手を濡らした。

「早く行こう。湯冷めしちゃう」

桜乃は三人を促した。公衆浴場から桜乃の家までは石段を上って三、四分の距離だ。家に帰れば志摩が夕食を作って待っていてくれる。

かすみの足を気にしつつ石段を上ると、上の方がなにやら騒がしい。「嫌だなぁ、酔っ払いかな」と思ったが、温泉街の夜に酔っている男なんてめずらしくもない。こちらは女ばかり四人だが、黙ってやり過ごしてしまえば問題ないだろう。

でも、近づいてきたその一団に、桜乃は「あ……」となった。この日もビール瓶をラッパ飲みしながら歩き、旅館のものか、下駄を鳴らして石段を下がってきた。

「おや」

向こうも桜乃に気づいた。

「これはこれは、見た顔だな」

それは以前、榛名湖でカーリングに興じていた四人だった。先頭で歩く長髪の軟派学生——仁木は桜乃の顔を見るなり口元を緩めた。

一華が「知り合いか？」と桜乃に訊ねた。

「東京の帝文館大学カーリング部の学生さん。名前は仁木さん」

桜乃の言葉にかすみ、一華、香子の表情が険しくなる。みんな、桜乃から大まかな話は聞かされていた。

「女学生が温泉街なんかでなにをしているんだ？」

仁木はふん、と鼻を鳴らした。

「家に帰る途中なだけです」

「そういえば、おまえは商売人の娘とか言っていたな。見れば湯上りではないか。白粉を塗りたくれば我らの座敷に呼んでやろうか？」

四人は一斉に笑う。

「無礼な物言いは許しませんよ」

香子は相手を睨んだが、桜乃は「もう行こう」と歩き出そうとした。

「今日、榛名湖でカーリングの真似事をして遊んでいたじゃないか？」

突然、仁木が言った。桜乃はこの四人を氷上で見た覚えがないので、湖岸で観光客に交じって酒でも飲んで見物していたのだろう。仁木の目がかすみの方を向いた。

「女学生のお嬢さんが遊び気分でいい気なものだ。特にそこのおまえ。派手に転ぶ様は見ていて痛快だったぞ。スカートの中まで丸見えで」

かすみの顔が真っ赤になる。それを見て四人はまたゲタゲタ笑った。

「おまえら、黙って聞いていればさっきから言いたい放題なんだ！」

「一華さん、お待ちなさい」

さっきは相手を睨んでいた香子が、一転して掴みかかっていきそうな一華を止めた。

「東京の帝文館大学の学生さんだそうですね。それは我々女学生の拙い練習などお見せしてお目汚しでございました」

眼鏡の縁に手をやって、香子は涼やかに笑った。

「ですが、男に生まれてその女学生と同じ競技でしか競えない貴方たちも、日本男子として情けないものです」

「なんだと！」

「見れば四人ともなにか他のスポーツをしていたようですが、大方試合にも出られず、さりとて学業に身を入れるでもなく。カーリングなら頂点に立てると思っているのならば、それは卑怯者の姦計と存じます」

「この女！　言わせておけばなんだ！」

仁木は香子に殴りかかったが、酔っているので足元が覚束ない。香子は咄嗟に石段脇の土産物屋の前にあった竹箒を手にすると、鋭く一閃して仁木の足を払った。薙刀の名人という学校での評判は噂に違わないらしい。

相手が石段に無様に転がるのを見て、一華がニヤリとした。

「あんたさ、私を止めておいて派手にやるじゃないか」

「少し石段の塵を掃っただけですよ。お湯をいただいたほんのお礼です」

仁木は立ち上がろうとして、足をもつれさせて石段を五段ほど派手に転がり落ちた。それを見て残りの三人は顔色を変えて、桜乃たちに殴りかかろうとした。

「この女ども、許さんぞ！」

「騒げば人を呼びますよ」

桜乃は咄嗟に口にした。

「ここはわたしの地元。声を出せば周りの家から人が大勢出てきます。それでもいいんですか？」

桜乃の言葉に三人の動きが止まる。起き上がって石段に座る格好の仁木は、「チッ」と舌打ちをした。

「早く行こう」

桜乃はもう一度、みんなを促した。石段を上ろうとすると、「待てぃ」と仁木の声がした。

「おまえらはカーリングチームを作ったらしいな。我々帝文館大学カーリング部は今月末に山中湖で行われる、カーリングの試合に出場する」

「山中湖で？　なら去年に続いて今年も大会があるんですか？」

前に榛名湖で会った時に仁木から聞かされて、桜乃はかすみと香子に協力してもらって記録を調べた。香子によると「日本で初のカーリングの公式戦は一年前の昭和十二年一月十七日に山中湖で開催されています」とのことだ。ただし、この試合は地元の『山梨日日新聞』で報道されただけで、全国紙には掲載されなかったようだ。

「なにも知らん女学生が」

仁木は口元に薄ら笑いを浮かべる。前に会った時と同じで、どうもこの顔はネズミを連想させた。

「昨年は三位に甘んじたが、今度は我が校が優勝すること間違いない。だが、今年はそれだけではないぞ。二月に諏訪湖、三月には榛名湖でも大会が予定されている」

「榛名湖で？」

「大会は来年も続く。その中から選ばれた一チームが、札幌オリンピックにカーリング日本代表として出場する」

「札幌オリンピック？」

「これも知らんだろうから教えてやろう。国際オリンピック委員会は先月に札幌に調査に入った。早ければ今月の内にも札幌が冬季オリンピックの開催都市に決まる。二年後の昭和十五年は皇紀二六〇〇年の記念すべき年。その年に冬の札幌と夏の東京でオリンピックが開かれる。我らのチームは栄えあるその代表になるというわけだ」

それは桜乃には、そしてかすみにも一華にも香子にも、すぐに呑み込める話ではなかった。チームはまだ一度も試合をしたことがない。オリンピックに出場するなど考えたこともなかった。

「我々にはおまえたちのような女学生と遊んでやっている暇はない」

仁木はやっと立ち上がると、「飲み直すぞ」と他の三人を促して石段を下っていった。

「札幌って……」

「北海道ですわね。そういえば、外国から視察団がお見えになったって新聞で読みましたわ。他に日光、菅平《すがだいら》、乗鞍《のりくら》が候補地だったようですけど」

かすみが思い出したように言った。

「まあ、オリンピックがどこでやるのか知らないけど、私たちは私たちでがんばろう」

一華はそう言うと「桜乃の家の夕食って楽しみだな」と、先に行ってしまった。香子はそれに続いていったが、桜乃はじっと小雪の舞う暗い空を見つめた。

V

翌日はまだ小雪が舞っていた。

「練習はどうしましょうか？」

香子が困り顔をしたが桜乃は「やろうよ」と言って、ケーブルカーで榛名湖に上ったが、湖畔に出た途端に顔に強風を浴びた。

「う……むしろこっちは風の方が強い。風吹く日、吹かぬ日ありといへど」

雪混じりの風に桜乃は思わず目を瞑った。「伊香保風　吹く日吹かぬ日　ありといへど　吾が恋のみし　時なかりけり」は、波宜亭先生が前に研究していた『万葉集』に載っている歌だ。なんでも恋の歌らしいので、桜乃には今のところ縁がなさそうだが。

氷上はスケート客の姿もまばらだった。帝文館大学もいないが朝にでも帰ったのか、深夜まで酒を飲んでいてどこかの旅館で酔い潰れているのだろうか。

足首に不安のあるかすみは、桜乃の家でルールブックを読むと言ったので、午前中は三人で練習した。氷上は強風で雪が舞い上がり、ストーンを投げるだけでも一苦労だった。

午後になり雪も風も止んだ。

三時近くになった頃、かすみが榛名湖に上がってきたが、予想していなかった人と一緒だった。

「ミナサン、練習は順調のようですね」

「ミア先生？」

姿を見せたのは、相変わらずこんな山の中では目立つクロッシェとロングコートのミアだった。

「どうしたんですか？　戻ってくるのは明日のはずじゃあ？」

「汽車の切符が一日早く取れたので。さっき伊香保駅に到着したのですが、駅の近くでアイコのお兄さんに会いました。彼がミス・サクラノたちは今日も榛名湖で練習していると教えてくれました」

「アイコさん……ですか？」

香子が首を傾げた。

「波宜亭先生の妹の愛子さんよ。ミア先生のご友人らしくって」

「は、波宜亭先生が伊香保にいらしているんですか？」

「うん、かすみと一緒の電車に乗っていたから香子は会ってないかな。あの先生のことだから、悪趣味にわたしたちの気がつかないところから練習を見物しているかも」

「どうしてそれを先に言わないんですか。私は今日は何回も転んでいますよ！」

「まあ、今日は風も強いしね。どうかした、香子？　顔が赤いけど」

「な、なんでもありません」

香子は向こうを向いてしまった。「熱でもあるのかな」と気になったが、桜乃はミアが来たらまず言おうと思っていたことがあった。一日早くなったがこれは却って好都合だ。

「ミア先生、実はご相談したいことがあります」

「なんでしょうか？」

「わたしたち、そろそろ試合がしたいです」

桜乃がいきなり言ったので、他の三人は驚いた。

「三月にこの榛名湖でカーリングの大会があると聞きました。どんな大会かまではわからないですし、わたしたちに出場資格があるのかもわからないですけど」

「ええ、ワタシも横浜で聞きました。大丈夫です。女学校も出場できると確認してきました」

ミアによると伊香保鉄道の運営会社が出資して、大日本体育協会公認の大会だという。その出場資格は大学、中学、師範学校などで女学校も認められていた。

「榛名湖大会にわたしたちも出場したいです。そのためには、そろそろ試合の経験をするべきだと思います」

「いいでしょう。ワタシも賛成します」

意外にも、ミアはあっさりと認めた。

「実はワタシもそろそろ試合を考えていたところです。そのために、横浜から外国人のカーリングチームをこの伊香保に招待してきました」

「本当ですか！」

桜乃たちは一斉に歓声を上げた。誰もが本音ではそろそろ試合をして、自分たちの力がどのくらいのものか試してみたいと思っていた。

「では、試合に当たって決めることが二つあります。一つはポジションです。みなさん、カーリングのポジションはもうわかっていますね」

「はい。リード、セカンド、サード、それにフォーススキップです」

「その通りです」

桜乃が答えるとミアは満足したように頷いた。

「では、ワタシがミナサンの練習を見てポジションを決めました。もしも異議があれば遠慮なく言ってください。まず、リードはミス・タカコ」

「はい」

「リードは最初に投げる担当です。日本語では『戦陣を切る』と言いますが、正確性、そして冷静さが求められます。貴女が適任です」

「わかっています」

香子は小さく頷く。

「次にセカンドはミス・イチカ」

「了解」

一華も返事をした。

「セカンドはスイープ力と相手のストーンを弾き出す強いショットが必要です。ミス・イチカが良いでしょう」

「私も自分でそう思う」

「次はサード。ミス・カスミ」

「わたくしですか、ミア先生」

かすみは厳しい表情をした。

「でも、あの……わたくしは四人の中で一番下手です。それがサードなんて……」

「この四つのポジションは役割が違うだけで優劣はありません。下手で良いポジションは一つもありませんよ」

「……はい」

かすみはまだ不安そうな顔だが、隣にいた一華が「がんばりなって」と励ました。

「では、最後にフォーススキップです。最終投者であり司令塔も務めます。スキップがキャプテンも兼ねるのが良いでしょう。スキップは……」

「ちょ、ちょっと待って。もしかしてわたしですか！」

桜乃は驚いて声を上げた。でも、残っているのは桜乃ひとりなので自ずとわかることだ。

「無理ですよ、無理無理。スキップって最後に投げるだけじゃなくって、作戦も立てるじゃないですか。それをわたしなんて無理に決まってる」

桜乃は全力で断ろうとした。四人で練習していても、特別に秀でたものもない。主将と言われたところで、なにをしたらいいかもまるでわからなかった。

「作戦なら香子に、力なら一華がいるじゃないですか。主将ならかすみは級長だし」

「なにを今になって怖気づいている」

一華が腰に手を当てた。

「私も香子も誘ったのは桜乃だろう。往生際が悪いぞ」

「そうですよ。貴女が始めたことなのですから、主将もスキップも桜乃さんで当然です。逃げるのであればそれは責任の放棄でしょう」

香子にも言われて、桜乃は「でもぉ……」と泣きそうになった。

そもそも、ふたりはリードとセカンドで満足なのかも疑問だ。特に香子は「軍師に」と誘ったのである。投石も正確なので、香子がスキップをやる方がずっと適している気がした。

「かすみぃ……」

助けを求めて親友を見ると、かすみはさっきの表情から一転してくすくす笑っている。

「わたくしも桜乃ちゃんがいいと思うわ」

かすみにまでそう言われてはもうどうにもならない。桜乃は覚悟を決めることにした。

「わかりました。力不足のスキップかもしれませんが精一杯がんばります」

「では、決まりですね」

ミアは小さく手を叩いた。

続けて香子に向かって、「戦術はミス・タカコ、アナタが補佐してください。カーリングではその役をヴァイス・スキップ（副司令塔）といいます」とつけ加えた。

「では、もう一つ決めておくことがあります。チームの名称を決めましょう」

「それは明治高等女学校カーリング部ではなくって？」

「そうですが、チームには愛称をつけるものです」

「野球のセネタース、イーグルス、タイガース、ジャイアンツみたいな感じかな？　あれは大リーグにならってつけたってタカ兄ちゃんが言っていたけど」

「なんでも構いませんよ。貴女たちの好きな名前をつけてください。星でも花でも植物でも」

「なにがいいかな？」

桜乃は顎に手を当てて考えた。

「榛名湖とかわたしたちに関係したもの……植物がいいかな？　ユウスゲとかは？」

「一日で枯れそうじゃないか？」

一華に言われて、桜乃も「それはそうね」と考え直した。ユウスゲは夕方に咲き、翌朝には萎む。

綺麗な花だが勝負事には向いていそうにない。

「なら水葵とか雪笹とか？」

「在来種の植物は英訳がむずかしいです」

香子が首を捻った。

「だったら榛名湖からレイクとか？　龍神にちなんでドラゴンとか？」

「ブロッサムはどうかしら？」

「ブロッサム？」

かすみが少し遠慮がちに言ったが、三人は一斉に注目した。

「花が咲く、という意味ですね。名案だと思います」

「花が咲く……いいと思うぞ、それ」

香子、一華が賛成する。

「ブロッサム……なら、これからわたしたちが満開の花を咲かせられるように」

親友の提案は桜乃にも異存はなかった。

「ミス・ミカエラ。綴りはこれでいいでしょうか？」

香子が箒の柄で氷にキズをつけて「B」「L」「O」「S」「S」「O」「M」の英字を刻んだ。

「BLOSSOM……わたしたちは明治高等女学校カーリングチームブロッサム」

桜乃はその新しい名前を口にしてみた。これが自分たちの存在を示す名前だと思うと、胸の奥が熱くなっていくのを感じた。

Ⅵ

翌日の合宿最終日は風も雪もなく穏やかな日になった。

かすみも朝から加わって榛名湖で練習していると、昼少し前にミアが対戦相手のチームを連れてきたが、その顔触れに桜乃は自分の目を疑った。

「子供？」

ミアに連れられてきたのは、四人の外国人の子供たちだった。歳は十一歳、十二歳くらいで全員が男の子だ。日本人なら尋常小学校の五、六年生くらいで、一華の妹たちと同じくらいだ。

「ワタシは年末に横浜に住む友人のところに行きました。この四人のお父様方はいずれも日本でお仕事をされている、ワタシと同国人です。冬には外国人街の仲間同士でカーリングを楽しんでいますが、今回はワタシが伊香保温泉に招待しました。ミス・サクラノ、急ですみませんが宿の手配をお願いします」

「それは大丈夫ですけど……」

三が日も過ぎているので旅館はどこも空き部屋がある。伊香保は外国人客も多いので、接客に慣れている旅館も多くあった。

「あの先生……相手はこの子供たちなんですか？」

「そうですが？」

「いいじゃない。なんだか経験者みたいだし。いい服着たお坊ちゃんたちだし」

子供たちを見て一華は品定めするように言った。

四人はこれが横浜外国人街の学校の制服なのか、紺のベストと上着に、赤いネクタイをしている。下は半ズボンとタイツ。黒の革靴は底になにか貼ってあるのか、鋲でも打ってあるのか、氷の上でも滑りそうにない。きっと大使館員や貿易会社社員の子供たちだろうが、着ている服も桜乃たちの制服と、布地からして明らかに違う。技芸科の一華などは一目でそれがわかったらしい。

「やってやろう。日本の女は甘くないぞってところを見せつけてやろう」

「初試合の相手としてはいいと思いますが」

香子も賛成した。

桜乃は少し不安に思ったが、わざわざ榛名湖まできてくれて試合をしないのも失礼だ。

「よ～し。ならブロッサムの初試合、そして初勝利と行きましょう」

Ⅶ

ミアの指示で試合はまずコイントスから始まった。

相手のチーム名は「チームＪＡＣＫ《ジャック》」だとミアが説明した。桜乃が意味を聞いたところ、スキップの男の子の名前だという。

カーリングのコイントスは両チームのサード同士が行うのが慣例だという。そのため、ブロッサムからはかすみが代表して出た。

「かすみ、頑張ってね！」

「なにを頑張るんですの」

丁寧に相手の少年におじぎをしたかすみは、ミアの手にしたジョージ六世の一シリング硬貨を興味深げに見ていた。

ミアが硬貨を弾く。

コイントスの結果はブロッサムが後攻で、チームジャックが先攻。ストーンは桜乃たちの白御影ストーンを使用することになった。男の子たちは白っぽいストーンがめずらしいらしく、なにやら英語で盛り上がっている。

ミアはコイントスが終わると、氷から上がっていった。本当にルールブック通り、審判は置かないらしい。他の競技では考えられない光景だった。

一エンド、先攻のチームジャックのリードの少年がさっそくストーンを投げる。続いて香子が投げてハウスに入れると、少年たちからは「ＯＨＨ！」と感嘆の声が上がった。

一華、かすみと相手チームの選手が交互に投げて、両チームが十五投まで投げ終わった。ハウスの中にはどちらのストーンもない。

(あ、これって一点取るチャンスだ)

ここでハウスにドローを決めれば一点となる。桜乃は狙いを定めて慎重に投石した。

「よし、先制！」

香子、一華も力一杯スイープしたのでストーンは伸び、ハウスに入るとボタンの真上に止まった。

桜乃は思い切り右手を上げた。ブロッサムの記念すべき初得点だ。スイープした香子、一華も笑顔だが、かすみだけが首を傾げた。

(これでわたしたちが一点。このまま点を取っていけば勝てる)

でも、少年たちに焦った様子はまったくない。むしろ桜乃たちの様子を見て笑っている。

「They don't seem to know curling.（彼女たちはカーリングを知らない）」

キャプテンのジャック少年の声が聞こえたが、桜乃には意味がよくわからなかった。

ブロッサムが得点をリードしたのは、一エンドが終了した時のこの一点だけだった。

二エンドになると後攻になったチームジャックは、リードがハウスの前にストーンを置き、その後ろ側に得点となるストーンをハウスに入れた。

ブロッサムもハウスにストーンを入れようとしたが、手前のストーンに当たってしまいハウスまで届かない。相手はなにをどうやっているのか、針の穴を通すように次々とハウスにストーンを入れていく。気がつけばハウスは相手のストーンだらけになった。

桜乃はボタンの相手のストーンを弾き出そうとした。でも、チームはドローショットの練習はしていたが、テイクアウトショットは新しいストーンになってから……まだ、練習さえほとんどしていなかった。

逆にチームジャックはこのエンドの最後の一投で、ハウスに入っていたブロッサムのストーンをすべて弾いてしまった。なにが起こったのかわからないまま、このエンドでチームジャックに五点も奪われた。

「ここから逆転しようよ！」

桜乃は声を出したが、一華も香子も反応がない。

三エンドからはもうゲームの体裁ではなかった。ブロッサムの投げるストーンはことごとく狙いを外れ、スイープする香子と一華がぶつかって転倒する。三エンド、四エンドと相手に連続して得点を取られた。

六エンドが終わった時点でミアが氷の上に下りてきた。

「コンシードしますか？」

コンシードはもう追いつけないと判断した方が、相手の勝利を称えて握手を求めるカーリング独特の儀式だった。桜乃は野球のコールドゲームを連想したが、特に点数差などに規定はないらしい。

「どうする？」

桜乃はチームメンバーに訊ねたが、一華も香子も反対した。

「最後まであきらめずに戦うべきだ」

「勝敗が決する前に負けを認めるべきではありません」

ふたりが続行を希望したので、試合は継続された。チームジャックのメンバーからは「Continue?(やるの？)」との声がした。

七エンド、桜乃はもうどこに何を投げていいのかさえわからなかった。中途半端に投げたストーンはハウスまで届きもせず、香子も一華もスイープしようとさえしなかった。

試合終了。

結果は一対二十二。ブロッサムの得点は終わってみれば、一エンドの一点だけだった。

Ⅸ

試合が終わって桜乃は四人とミアを石段街の旅館に案内した。

外国人の子供たちは、玄関に飾ってある甲冑や刀を前に盛り上がっていた。星花亭に戻ろうとするとミアが、「ワタシもそちらに行きます」と言ったので一緒に石段を下った。

星花亭の桜乃の部屋にはかすみ、一華、香子が集まっていた。

誰も着替えもせずに制服のまま、口も利かずにいる。桜乃も今日は氷の上で何度も転んだので、スカートはおろか長靴下も下着も濡れて気持ち悪い。重い沈黙だけが流れた。

「最初の一エンド、桜乃さんの最後の投石のところです」

口を開いたのは香子だった。

香子が言ったのは先取点の場面だ。ブロッサムの記念すべき初得点も随分と昔のことに感じられた。

「一点を取って喜びましたがカーリングではあそこで点を取るべきではありませんでした」

「なんでだ？」

一華が憮然とした顔をした。

「カーリングは得点したチームが次のエンドは先攻です。試合をして改めて思いましたが、カーリングは最後の投石を行える後攻が有利です。強いチームが後攻ならスキップの最終投の前に二点、三点の布陣をつくってきます。こちらが一点しか取れない局面で、得点したのが裏目に出ました」

「じゃあ、どうすれば良かったんだ？」

「両チーム無得点でそのエンドを終えることを、『ブランクエンド』とルールブックにありました。そうすれば次のエンドも先攻後攻は同じなので、チャンスはこちらにあったことになります」

「そんなことを試合が終わってから言っても仕方ないだろう。だいたい、点を取れる時に取らないなんて理解できない」

「一華さんはそう単純に考えるから良くないんです」

「香子はどうなんだ。スイープする時、非力すぎてむしろ邪魔だ」

「わ、私の責任だと言うんですか！」

香子も声を荒げて言い合いになったので、桜乃は慌てた。

「ちょ、ちょっと待って。ふたりとも落ち着いてよ」

「桜乃もだ。おまえが最後に決めていればもう少し点が取れたぞ」

「私もそれは思います。桜乃さん、後半は集中力に欠けていましたよ」

ふたりの非難の矛先が、急に桜乃に向いた。

「特に七エンド、八エンドは一投も届きも当たりもしていません」

「ゴメン……それはわたしのミスだけど……」

「小便でもしたかったのかよ。試合の前に行っておけよ」

一華に言われて桜乃は真っ赤になった。お手洗いに行きたかったのだが、スキップなのでどこで抜け出していいのかわからない。最終の八エンドは「もしも失敗したらどうしよう」と、頭の中は真っ白で試合の記憶もない。

「あとはかすみ……」

一華の目が今度はかすみを向いた。かすみはなにも言わずにじっと下を向いたままでいた。

「かすみを責めないで」

桜乃はかすみを庇った。

「かすみは一生懸命やったよ。投石もスイープも上達したと思うし」

「そうですか？　試合ではなにも見えませんでしたけど」

香子が冷たい声をしたので、かすみはますます下を向いてしまった。膝の上で拳を握りしめた。

今日の試合のかすみは……それは誰が見てもわかるほど散々を通り越して悲惨だった。投げたストーンはほとんどハウスに届かず、スイープでも何度も転倒した。六エンドには転倒した時に氷で額を打ち、まだ赤く腫れているのが痛々しい。

「話はすべて出ましたか」

これまで黙っていたミアが口を開いた。

「では、ワタシからよろしいでしょうか？」

ミアが立ち上がる。百七十センチ以上ある彼女だけに、見下ろされると無条件の迫力があった。

「初試合を勝利に導けなくてワタシも残念です。ですが、これは必然と言って良いでしょう」

「それはなぜでしょうか？」

香子が険のある声をしたが、ミアは「まずは……」と彼女の方を向いた。

「ミス・タカコ。貴女のショットは問題なく狙ったところに置けていました。ですが、狙いがよくありません。もっと自分たちと、相手チームの戦術を考えるべきです」

「私が考え足らずだと言われるんですか？」

「スイープもまるで足りていませんでしたね」

言われて香子は黙った。ミアは次に一華の方を向いた。

「ミス・イチカのスイープは力強いのは良いでしょう」

「当然だ」

一華は当たり前だという顔をした。

「ですが、カーリングのスイープはただ力任せではいけません。この国にはスモウというものがありますが、力士が四股を踏むのとは違います」

「相撲って……私はそんなに乱暴なスイープはしていないぞ」

一華もそこは女学生なのか、相撲と比べられるのは嫌らしい。抗議の目を向けたがミアは涼しい顔で続けた。

「スイープは掃くことが目的ではなく、ストーンを導くためのものです。どこに導くかを考えて掃かなければ意味はありません。それと、アナタはショットにもまだ課題があります」

そして、ミアは次に桜乃の方を向いた。

「ミス・サクラノ」

「は、はい」

「オテアライは済ませておいてください。もしも我慢ができなければ早めにワタシに教えてくださいな」

自分ひとりだけ、尋常小学校低学年の子供のようなことを言われて、桜乃は恥ずかしくて今すぐ畳の下に穴を掘って逃げ込みたくなった。

「ショットは悪くありませんでした。一エンドの最後の選択は今のアナタの経験と技術では仕方ありません。今後はよく考えるべきですね」

そして最後にミアはかすみの方を向いた。

「ミス・カスミ、アナタですが」

「はい、ミア先生」

「アナタはよくプレーしたと思いますよ」

ミアはかすみにはそれだけ言った。一華と香子が不満そうな顔をしたが、当のかすみは下を向いたまま黙っていた。

（最悪の雰囲気だ）

桜乃は沈痛な思いがした。濡れて冷え切った制服以上に、この場の不快な空気に居たたまれないものを感じていた。

六エンド

「夢」

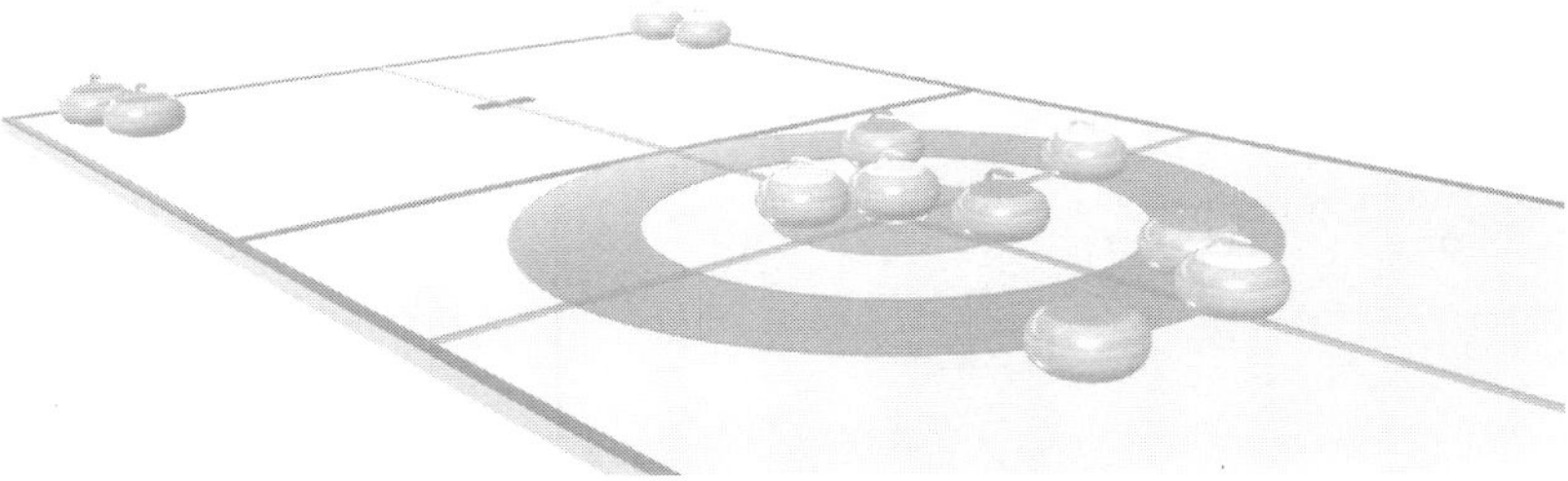

I

冬休みが終わり新学期になった。

桜乃はいつものように朝起きて新しい日課の石段上り下り練習をし、それから湯の花饅頭の皮包みをして、伊香保電車に乗って学校に通う日々に戻った。でも、気持ちが重いと寒い朝に起きるのも、慣れたはずの仕事も億劫に感じる。寝坊した上に十個も皮を包み損ねて、朝から志摩に小言を言われた。

(わたしたちはこれからどうなるんだろう)

伊香保電車に揺られて桜乃は車窓からの景色を眺めた。

合宿の最終日、桜乃は次の練習の予定を提案した。でも、「授業の都合もあるので」と香子が言うと、そのまま決めることなく三人は帰ってしまった。白御影ストーンはそれから一度も使われることなく、とりあえず湖畔亭に置かせてもらったままだった。

(一度負けたことがみんなそんなにショックなのかな)

隆造の野球を側近くで見てきた桜乃は、甲子園に出場するまでもよく応援に行った。「名投手」と呼ばれた兄だっていつも勝てたわけではない。初回で滅多打ちに遭い、そのまま負けた試合だってあった。

(それでもタカ兄ちゃんたちは諦めなかった。違うのかなぁ、タカ兄ちゃんとわたしとじゃ)

野球名門校の学生と、桜乃たちのような普通の女学生を一緒にできないことはわかっている。女子は子供の頃からスポーツをやることを良しとはされていないし、四人の中で運動部に入っていた人間もいない。

（でも、わたしは……）

考えている間も電車は進む。利根川を渡った電車の窓からは、正面に榛名山が見えた。

（ふるさとの山遠遠に、くろずむごとく凍る日に）

榛名山の峰々の中に聳える榛名富士にこの日も光は見えない。ただ、冬の寒さの中で峰は黒く聳えているだけだ。

登校して教室に入ると、なにやら雰囲気がおかしい。扉の近くにいたクラスメイトのふたりが、桜乃の顔を見るなりなにかひそひそ話をしている。

「おはよう」

桜乃が挨拶すると「お、おはよう」と返事があったが、すぐに離れていってしまった。まるで逃げるように、という感じだ。

「あれ……かすみは？」

自分の席に荷物を置いて、桜乃は後ろの席に鞄がないことに気づいた。かすみが桜乃よりも後に登校してくることはまずない。大抵は始業の三十分前には来ていて、以前なら小説を、今はカーリングのルールブックを読んでいた。

「桜乃さん」

声をかけてきたのは菜穂子だった。

「お正月の間になにをしてましたの？」

「なにをって……」

「カーリング……でしたっけ？　私と同室の長岡さんを誘ってそれをやっているでしょう？」

「香子さんがどうかしたの？」

桜乃は訊ねた。さすがに学校では名前に「さん」をつけて呼ぶ。

「どうもこうもですよ」

菜穂子は疲労困憊という顔をしていた。

「この間、伊香保から帰ってくるなり高熱を出してしまって。どうも体を冷やしたからだと、校医の先生はおっしゃってましてよ」

菜穂子は看病疲れらしいが、はじめて聞いた桜乃も驚いた。あの練習試合は長かったので、体調を崩してもなんの不思議もなかった。

「すぐにお見舞いに伺うわ。部屋は……」

「それが、もしも教室で桜乃さんに会ったらお見舞いは不要と伝えて……だそうよ」

菜穂子に首を振られて、桜乃は「そう」と答えるのが精一杯だった。

午前中の授業が終わり桜乃は技芸科の校舎に向かった。

技芸科は少し前の一華がそうであったように、着物を着ている生徒が半数以上いる。桜乃は一華のクラスの前にいた生徒に声をかけた。

「あの、本科三年の市野井と申します。羽川一華さんにお取次ぎ願えないでしょうか？」

「羽川さん？　今日はお休みよ」

縞模様の着物を着た小柄な生徒は、応えてから小首を傾げた。

「あの方がお休みなんてめずらしいのだけれど……」

「そう……ですか。お手間を取らせました」

「待って。貴女は確か羽川さんと一緒にカーリングってスポーツをしている本科の方よね」

そう言うと、その生徒は桜乃の耳元で声をひそめた。

「実はちょっと噂なんだけど、羽川さんのお母様がお倒れになったって」

「お春さんが？」

寝耳に水だったので桜乃は驚いた。

「はっきりとは知らないけれど、それで彼女も休んでいるみたいよ」

桜乃は「ありがとうございました」とお礼を言うと、足早に技芸科の校舎を出た。

(かすみも、香子も、一華までお休み)

悪い想像が頭を過るが、断ち切るようにそれを振り払う。教室に戻ろうとすると、そちらの方から菜穂子が走ってきた。女学生が校内を走ることは「無作法」とされているのは明治高女でも同じだが、菜穂子の息はかなり荒い。

「探したわよ、桜乃さん」

「どうしたの菜穂子さん。貴女が校内を走るなんてめずらしいわね」

「ああ、本当はお行儀が悪いんだけどそれどころじゃないわ。今しがたね、学年主任の先生が見えられたの。桜乃さん、貴女すぐに校長室へ出向きなさいって」

「校長室って、わたしが？」

「桜乃さん、心当たりがあって？」

菜穂子に聞かれるまでもなく、桜乃には心当たりは一つしかなかった。

校長室は本科校舎の端にあった。この部分は校舎の中でもかなり古く、裁縫学校時代から校長室が置かれていた。日露戦争の時に当時の在校生が奉仕活動をして、その謝礼金で建てられたという話だ。他にもいろいろ噂があり、

「なんでも乃木《のぎ》大将がお見えになったそうよ。鞄一つ持って歩いていらしたんですって」

「秋山好古《あきやまよしふる》少将もいらしたって噂よ。校長先生の亡くなられたご主人とご同郷のご縁で」

生徒たちの間ではそんな噂がささやかれるほど、敷居の高い部屋でもある。秋山好古は日露戦争でコサック騎兵を打ち破った将軍で、香子が「名軍師」とした秋山真之の兄だった。

「三年藤組、市野井桜乃です」

桜乃が校長室の扉の前で名を告げると、「お入りなさい」と声がした。

内側から校長の秘書を務める武原《たけはら》という女性が、険しい顔で扉を開く。桜乃は「失礼します」と中に入った。

調度品や工芸品の類は一つもない部屋は、壁に「誠実　礼節　勤労」の文字が書かれた額がかけられてあるだけだ。校長直々の筆でかなりの達筆だった。

部屋の奥には古めかしい両袖机に向かったひとりの婦人がいた。もう七十になるが老いの汚れなど微塵も感じさせず、背筋を伸ばした姿勢も堂々としていた。

(香子も自分を武士の娘と言っていたけど)

その身にまとったものはまるで日本刀のような空気で、香子や他の士族出身の女学生よりも、なお鋭い。

「市野井さん」

明治高等女学校校長・結木多満子《たまこ》は静かに口を開いた。一代にして関東有数の私学女学校をつくりあげた女傑は、すべての生徒から深い尊敬と、少しばかり恐怖される存在だった。

「貴女にお聞きしたいことがあってお呼びしました」

「はい」

「私の耳に貴女がカーリングというスポーツを始めたと入っています。他に本科の里見かすみさん、師範科の長岡香子さん、技芸科の羽川一華さんも一緒だと聞きました。これに間違いはありませんか?」

「はい。一切間違いはありません」

重厚な声と射るような眼光に、桜乃は緊張から手に汗が滲んだ。気の弱い生徒なら、この空気だけで泣きそうになるだろう。

多満子は「わかりました」と頷いた。

「ですが、学校へ課外活動の届け出は出ていませんね。これはなぜですか?」

「申し訳ありませんでした」

「私は理由を問うています」

「カーリング部のメンバーを集めたのは昨年の十一月です。顧問は新任のミア……ミカエラ先生にお引き受けいただきました。ですが、主将がわたしに決まったのは今年の冬休みの間です。新学期になって届ければ良いと思いました」

「本校のクラブ活動は先に活動趣旨を提出して、校長先生の許可を得ることになっていますよ」

武原秘書が口を挟んだ。確かに校則にはそうあったが、あの時はメンバー集めに必死で忘れていた。

桜乃は深々と頭を下げた。

「届けを出すのを忘れたのは主将のわたしの責任です。校長先生にはお詫びいたします。でも、わたしたちは真剣にカーリングに取り組んでいます。つい三か月前まで名前も知らなかった競技ですが、ここまで一生懸命になれるものだとは自分でも思いませんでした」

「学生の本分は学業です。それはわかっていますか」

男子は野球や陸上で結果を残せば、学業と同等の成果と見てもらえる。でも、女子はスポーツをやることそのものに反対する声が多い。それは桜乃には不満だったが、押し殺して返事をした。

「もちろんわかっています」

「では、競技のせいで学業成績を落とさないとここで約束できますか？」

「成績は落ちたり上がったりします。ここでカーリングを取るか、勉強を取るかみたいな話は、明治高女の生徒としてフェアではないと思います」

「まあ……なんてことを……」

頭を上げた桜乃に、武原秘書は呆れ顔だが多満子は笑った。この常に厳格な校長が笑顔など見せたところを、桜乃は初めて見た気がした。

「フェア……公平という意味ですね。貴女の言う通りでしょう」

多満子は泰然として言い、頷いた。

「本校は裁縫学校より興ったものですが、私はこれからは学外活動も積極的に行うべきだと考えています。すべては世の役に立つ女性を育成するためです。そのための誠実、礼節、勤労の精神です。いいでしょう、貴女の言い分はわかりました。創部届を出せば貴女たちを正式に明治高女の運動部として認めましょう」

「本当ですか、校長先生」

「ただし、貴女を始め四人の部員全員でここに創部届を出しにきなさい。それが条件です」

武原秘書が「市野井さん」と口を挟んだ。

「今朝、里見さんのお宅から連絡がありました。娘がカーリングなどというものにうつつを抜かしているから、しばらくは学校を休ませる、と。里見さんのお母様から」

「かすみのお母さんが？」

「それから、長岡さんも高熱を出したと寄宿舎は騒ぎになっていたし、羽川さんも今日は休んでいるようだし……」

「失礼します！」

桜乃は深々と一礼すると校長室から出た。武原秘書が後ろからなにか言っていたようだったが、足は止めなかった。

Ⅱ

桜乃はその足で校門を出た。

後ろで午後の授業開始を告げる鐘が鳴ったので、これは無断外出で明らかに校則違反だ。後で叱られることは間違いないが、今は一刻も早くかすみの家に行きたかった。

海成堂書店の前までくると休業日なのか店は閉まっている。仕方なく、店の裏にある家の玄関に回った。

「あら、桜乃さん」

玄関に出たのはかすみの母の喜代子だった。いつもは笑顔で向かえてくれる、親友の母の表情も声も冷たいものであることが、自分が「招かれざる客」であるとすぐにわかった。

「あの、かすみは……」

「自分のお部屋で反省させているわ」

上がり框から喜代子の冷ややかな目が桜乃に向けられた。

「毎年、お正月にはお得意様に挨拶回りに伺うのだけれど、今年は波宜亭先生のところで文学の勉強をしたいと言ったの。変だとは思ったけど、書店の跡取り娘としてはそれも必要だと許したのだけれど」

「あ、あの。それは……」

「それがまさか、親に嘘までついて伊香保や榛名湖で遊んでくるなんて。どうも最近、あの子を甘やかしすぎたようなので、一週間はお部屋でしっかり反省させないといけないわね。貴女方、お友達にもご迷惑をおかけしたようだし」

「かすみを強引に誘ったのはわたしです」

桜乃は必死に説明した。

「わたしがカーリングをしたいと言ったのを、かすみは最初に賛成してくれたんです。お正月の合宿も計画したのはわたしです」

かすみが母親や家族にカーリングについて秘密にしていたことを、桜乃はやっと気づいた。考えて見れば同じ「商売人の家」とはいえ、海成堂書店はこの町きっての老舗書店でかすみはそのひとり娘だ。厳格な家庭の里見家が、娘のスポーツなど簡単に許すはずがなかった。

(この間の合宿も、河原にストーンを探しに行った時も、嘘までついて家を出て……)

なら、母親に露見したのは桜乃が正月にかけた電話ということになる。桜乃は自分の迂闊な行動が、親友を危機に陥れたと悟った。

「かすみが秘密にしていたことは、きっとわたしに迷惑をかけないようにしたんです。だから、かすみはなにも悪くありません。責任はすべてわたしにあります」

「これは当家の問題です」

必死の弁明は喜代子の冷淡な声に刎ね返された。

「日頃からうちの娘と親しくしてくれてありがとう。でも、少しはお友達を選ぶ目を養うことを教えておくべきでしたね。聞けば最近は師範科の子や、養蚕農家の子とも親しいというじゃありませんか」

「香子や一華もわたしが誘ったんです。それにふたりとも悪い子じゃありません！」

「お帰りください」

喜代子の態度は有無を言わさないものがあった。桜乃は追い出されるように里見家を後にするしかなかった。

Ⅲ

学校は今から戻れば午後の授業には合流できた。

でも、桜乃はまったくその気になれなかった。行く当てもなく街の中を歩いた。まだ女学生の下校時間ではないので、制服で街中をひとりで歩く桜乃の姿はかなり目立っていた。

とりあえず、どこかに姿を隠したかったが、キリン食堂も春江がいないとなると行きにくい。他の喫茶店もひとりで入るとなると急に敷居が高く感じられた。

（映画館……）

この周辺は帝国館、前橋電気館、第一大和など映画館が多い。一度入ってしまえば、人目にはつかない場所だった。

帝国館の『浅草の灯』は人気らしく、平日の昼間なのに行列が出来ている。前橋電気館では日活の人気俳優である小杉勇《こすぎいさむ》主演の『五人の斥候兵《せっこうへい》』が封切りらしいが、とても戦争映画など見る気にならない。

桜乃は第一大和の入り口で十銭払って中に入った。看板には『鎧なき騎士』とあった。

映画はすでに中盤あたりらしい。お客は数えるほどだった。

「鎧なき騎士」は——ロシア革命を題材にした作品で、マレーネ・ディートリヒの主演作だ。「100万ドルの脚線美」と称えられたドイツ人女優で、ナチスを嫌ってアメリカに渡りハリウッドのスターになったと雑誌でみたことがあった。

暗い館内で桜乃はひとり考えた。

(どうしよう)

誰かにこの話を聞いてもらいたいし、相談相手になってほしかった。女学校に入ってからはいつだってかすみと一緒だったが、今はその親友が隣にいない。

(お春さんも病気かもしれない。一華もそれで休んでいるんだとしたら)

(香子も病気らしいし。それも、わたしにはお見舞いに来てほしくないって)

(タカ兄ちゃん……駄目、仕事中だろうし迷惑ばっかりかけられない)

(あとは……波宜亭先生は……って駄目に決まっている。この件で頼りになるわけない)

(あ〜泣きそう。泣きたくなんてないのに)

鼻の奥がつんとした。尋常小学校に入った頃は「泣き虫」と言われて男の子によくからかわれた。

今は自分のことでは泣かなくなったが、大切な友達を巻き込み、迷惑をかけたことが辛い。少しでも油断をすると、小さな子供みたいに声を出して泣きそうだ。

(この女優さん……ミア先生にちょっと似てるかも)

ぼんやりとそんなことを考えた。そういえば、今日はミアの姿も見かけていない。

ほとんどスクリーンを追わない内に映画は終わっていた。館内の照明が点灯し、周りのお客が立ち上がる。桜乃も席を立とうとした。

「なにをしているのかな、お嬢さん」

座席のすぐ横には制服制帽で、髭を蓄えた中年の警察官が通路を塞ぐようにしていた。

「その制服は明治高女の学生だね。学校はどうした?」

「いえ、あの、その……」

桜乃は返事に困った。

授業時間中に映画館に女学生がひとりでいれば、警察官から声をかけられるのは当たり前だ。特に去年あたりからは、街を警らする警察官の数がなんとなく増えて、窮屈な空気になっていた。

説明しようにも授業を抜け出し、友達の家に行った帰りに映画館にいました……ではなんの言い訳にもならない。振り切って逃げても追いかけてくるだろうし、学校もわかってしまっている。

「名前と学年は?」

「待たせて済まなかったな」

突然、別の声がした。

見ると、また制服の男が立っている。今度の男は濃紺の制服で、なにより襟に黄色線に桜花の階級章があった。

「こ、これは海軍少尉殿」

警察官は階級章を見て慌てたように敬礼した。

「この女学生は少尉殿のお知り合いでありますか？」

「その娘は自分の許嫁《いいなずけ》だ」

「い、いいな……？」

桜乃はそれこそ心臓が口から飛び出すかと思った。訳がわからない上に、女学生にとって「許嫁」という言葉の響きは軽いものではない。そういう相手がもう決まっているクラスメイトもいたが、桜乃にはまったく無縁だ。頬が赤くなるのが自分でわかった。

桜乃は相手の顔をもう一度よく見て、「あ……」とやっと気づいた。

「タカ兄ちゃんと一緒に麻屋百貨店にいた……」

軍帽の下の目が桜乃の方を一瞬、見た。それが「話を合わせろ」という意味だとわかり、桜乃は続く言葉を飲み込んだ。

（確か海兵さんで名前は……大島義治さん）

長身で細身だがその眼光は軍人らしく鋭い。警察官は直立不動になった。

「少尉殿の許嫁殿とは失礼をいたしました。女学生がひとりで映画館にいたもので……」

「この近くで所用があって待たせていたものだ。貴官の職責を煩わせ申し訳ない」

「いえ、とんでもありません」

「今後、ひとりで映画館などで待たせないようにしよう。では、いくぞ」

「……はい」

桜乃は返事をすると義治の後について歩いた。その後ろから警察官が、「お幸せをお祈り申し上げます」と敬礼していた。

Ⅳ

広瀬川《ひろせ》は中心街の北側を東西に流れている。

川の北側には製糸工場が多く、川にはその動力のための水車が幾つも設置されていた。時刻は夕暮れが迫る頃で、川の真ん中には「かき船」という水上の料亭が出て、この時期は新年会で混み合うのか船にはもう灯りがともっていた。川面はさながら白く、きらきらと光るように水が流れる。

義治は足を止めた。

「『広瀬川白く流れたり。時さらばみな幻想は消えゆかん』……という詩をご存じですか？」

「波宜亭先生の『広瀬川』という詩ですね。でも、わたしはあまり好きじゃないです」

「そうですか？　あの先生とは親しいとうかがいましたが？」

「だって『われの生涯《らいふ》を釣らんとして、過去の日川辺に糸をたれしが』とか後ろ向き過ぎじゃありませんか？」

『広瀬川白く流れたり、時されればみな幻想は消えゆかん。われの生涯《らいふ》を釣らんとして、過去の日川辺に糸をたれしが、ああかの幸福は遠きにすぎさり、ちひさき魚は眼《め》にもとまらず』――桜乃は波宜亭先生の詩は書き出しは素敵だといつも思う。でも、終わりにいくにつれて、どうにも憂鬱な気分にさせられた。

「さっきはすみません」

義治は軽く頭を下げた。

「咄嗟とはいえあんなことを言われて驚いたでしょう」

「いえ……お陰で助かりました」

桜乃はお礼を言った。確かに海軍の若い少尉と女学生が一緒にいて、一番相手が納得するのは「許嫁」だろう。

「映画館においでだなんて、大島少尉は外国映画がお好きなんですね」

「いや、特別に好きというわけではありません。こんな時間に市野井先輩の妹さんがひとりで映画館に入っていくのが見えたので」

「わたしを？」

「余計なことかとも思いましたが最近の官憲は喧しい」

「そのようですね」

桜乃もついさっき、それを身を持って知った。

「どちらにせよありがとうございました。お陰で退学が少し先送りになったかもしれません」

「先送り、ですか？」

思わず口に出してしまい、桜乃は「しまった」と思ったが、今さら引っ込めることもできない。黙っていると義治もそれ以上はなにも聞いてはこなかった。

兄のチームメイトを何人も知っているので、桜乃は年上の男性には慣れていた。でも、父や兄以外となるとこんなに長時間ふたりきりで一緒にいたことはない。「なにかしゃべらないと」とぐるぐる考えて、やっと口を開いた。

「大島少尉はどうして海軍に入られたんですか？」

「唐突ですね」

「あ、いえ……少尉のお兄様はわたしの兄と一緒に野球をなさっていたので」

「子供の頃は自分も野球をやっていて投手でした。貴女の兄上……市野井先輩は憧れの名投手でした。自分も甲子園のマウンドに立ちたいと思ったものです」

「じゃあ、中学でも野球を？」

「いえ、自分の家は赤城山の南面です。自分が尋常小学校五年生の時に、猪谷六合雄《いがやくにお》先生がスキーの指導で見えられました。その頃からは先生の息子の千春《ちはる》君と赤城山でスキーに明け暮れました」

「波宜亭先生から聞いたことがあります。雪を求めて千島まで行った方だって」

家業である赤城山の旅館も継がずに、スキーに生きた猪谷六合雄のことはこの地方では有名だ。とても、桜乃には想像できない生き方だった。

「まあ、学校で勉強しなくてもいいから、毎日赤城山でスキーをやっていたこともあります。スケートも随分とやりましたよ。そちらの方が得意だったかもしれない」

「少尉はスポーツに堪能なんですね」

「ただ、それとは別に子供の頃から海に憧れがありました。いずれは郷里を出て広い海を旅したい、と。それで海軍兵学校を受験したんです」

その気持ちは桜乃にもわかる気がした。山深い地で育った人間は、誰もが海に強い憧れを抱いた。

「おまえなんかが合格するかと散々に言われましたが、中学途中で受験して海軍兵学校六十四期生になりました。猪谷先生にはこっぴどく叱られましたが」

「お国のためにと送り出してくれたのではなくって？」

「このまま続けていれば、冬のオリンピックに出場できたものをそれをおまえはなんだと」

「オリンピック……」

桜乃は自分の顔が少し強張るのを感じて、慌てて義治の顔から目を反らした。

「海軍兵学校を卒業して軍艦勤務となり、練習艦『磐手《いわて》』を経て今は『高雄』に乗艦しています」

「天皇陛下の弟宮の高松《たかまつ》宮殿下もお乗りになられていた巡洋艦ですね」

「お詳しいですね」

「この間、兄から艦の名前を聞いて調べましたから」

本当は海軍好き、軍艦好きな近所の男の子に教えてもらっただけだが、桜乃は少し胸を張った。

「じゃあ、少尉もやっぱりいずれは戦艦に乗られるんですか？」

「同期にはそう言っている者も多かったですが、自分は少し違います。航海に出ると海以上に、空が広いことに気づきました」

　義治は暮れていく空を見上げた。

「実は先日、上官に航空隊を志願する旨を申し出ました」

「海兵さんが飛行機に？　あ……それで、もしかして兄のところに？」

「先日は中島飛行機への見学ということで上陸が許されました。海軍でも陸軍でも主力はすでに飛行機になりつつあります」

「横須賀の飛行学生というのですね」

「本当にお詳しいですね」

「いいですね、男の方は」

　羨望が口に出た。これまで女に生まれて特別不満に思ったことはなかったが、義治の生き方を眩しく思った。

「いろいろな生き方を自分自身の手で選べて。兄も野球で将来を嘱望されていたのに、みずから選んで飛行機造りの道に進みました。貴方もオリンピックに出られたかもしれないのに海へ出て、今度は空を飛ぼうとされている」

「市野井さんは違いますか？　カーリングを始めたと貴兄からうかがいましたが？」

「始めました。でも、所詮は女学生には無理だったかもしれません」

「どこか体でも痛めましたか？　腰だと厄介だ。医者なら紹介できますよ」

「そんな悩みではありません」

桜乃は自嘲して、つい笑った。

「練習試合に負けただけで仲間同士で批判したり、風邪で寝込んだり、母親に家に閉じ込められたり、その上に疑心暗鬼に陥ったりして……チームはもう崩壊寸前です」

「大変な思いをされていますね」

「そんなことではありません。わたしたち女の嫌になるような弱さです。家に、親に、女である自分にみんな縛られているだけ……。海兵さんにお聞かせするようなことではありませんね」

隣で噴き出すような音がした。見ると義治が笑っているので、桜乃は不貞腐れ顔をした。

「確かにお耳汚しの女々しい話だったと思いますけれど、そんなに笑うことはないじゃないですか」

「失礼、すみません」

義治は笑いを押さえて姿勢を正した。

「ですが、なにもそう嘆かずとも良いかと思います。大丈夫です。同じようなものです」

「なにが同じだというんですか？」

「男の場合も。海軍兵学校なども似たようなものですよ。とにかく殴られる」

「海軍さんで拳やビンタが飛ぶのは……」

「お国のためですか？　いやいや、因縁つけて殴る上官や私怨で殴る先輩も多い。いや、ほとんどそうですよ」

「男の方がそんな……」

「まさか男の世界は殴って後腐れもなく、友情や絆が生まれるとでも思っていましたか？」

義治は苦笑い気味の顔を桜乃に向けた。

「そう簡単に絆など生まれない。海軍でも陸軍でも、野球でもスキーでもそこは変わりありません」

また義治の表情が変わり笑いが消えると、「ところで」と続けた。

「海軍兵学校に入るとまずカッターボートを漕がされます。市野井さんはカッターはご存じですか？」

桜乃は「はい」と返事した。カッターボートは手漕ぎの大型ボートのことだ。たまに榛名湖で大学のボート部が練習しているのを見かけた。

「これを同期十二人で漕ぐんですが、最初はまるで真っ直ぐ進まない。指導役の先輩生徒に怒鳴られて、殴られるのはまあ仕方ない。これが生徒館に戻ると、やれ貴様が悪い、俺は悪くないと言い合いになる。そして翌日、部屋を空けた隙に自分の荷物だけ部屋中に投げ捨てられている。そこでまた殴られる」

身の周りの整理整頓は兵学校の基本で、「整頓崩し」にあった生徒は教官に怒られ、先輩生徒に殴られるという寸法である。噂には聞いたことはあったが、さすがに当事者から聞くと桜乃は驚き、怒りさえ沸いてきた。

「酷い。それでは男も女もなにも変わらないわ」

「だから最初に同じようなものだと言ったんですよ。だが、何度も衝突し、罵声を浴びせ合い、陰口を聞かされ……そうして最後にはカッターは真っ直ぐ進むようになる」

「なるものですか？」

「だからこそ、自分は任官してこの場にいます」

義治の軍服姿を桜乃は改めて見た。この濃紺の海軍の仕官服を着ることができる人間は、ごく一握り……東京帝国大学に入るよりも難しいと聞く。幾多の困難を乗り越えて、義治はこの場に立っているのだと感じた。

「わたしたちにもカッターボートを真っ直ぐ進ませることができるでしょうか？」

「できますよ……と断言できるほど、自分は貴女のこともカーリングもよく知らないのでなんとも言えません」

「正直な方ですね、貴方は」

真面目な顔をしている義治を見て、桜乃はなんだかおかしくなった。そこで思わず、笑ったのが悪かったのか……

桜乃のお腹の音が鳴った。

「わ、わ……ごめんなさい」

桜乃は真っ赤になって声で誤魔化そうとしたがもう遅い。思えばお弁当も食べていない。義治の顔を見ると明らかに笑いを堪えていた。

「く、空腹でしたら言ってくれれば」

「忘れてください！」

桜乃は上目づかいに義治をにらんだ。女学生にとって男にお腹の音など聞かれたら、これが良家の娘なら縁談が壊れかねない大失態だ。

「忘れてくださらないなら、わたしはここで舌を噛んで自決しますよ」

「りょ、了解です。忘れます」

桜乃のあまりの気迫に気圧されたのか、義治はやや引きつった顔をして頷いた。

「忘れますが……なら停車場まで送るついでに、中華そばでもご馳走しますよ。どうです？」

「中華そばですか？　あ、それならわたしは……」

桜乃は温泉饅頭屋の娘であって、良家の娘ではないのであっさりと食欲の方が勝った。

「この間、兄とライスカレーを食べに行きましたよね。あれってこの先じゃありません？」

「ちょうど、この先の橋のたもとですが……よろしいんですか？　屋台ならまだしもあの洋食屋は人気のある店です。自分と貴女が一緒にいるところを、誰かに見られるかもしれませんよ」

「あら、構いません。だって今日はわたしは少尉の許嫁なのでしょう？」

いつもは校門に押し寄せる男子に興味もないけれど、今は少しだけ「背伸び」をしてみたくなった。

桜乃がにこりと微笑むと義治は頭をかいた。

「わかりました、行きましょう。あと、一つよろしいですか？」

「はい、なんでしょう」

「少尉というのは止めにしませんか？　陸《おか》に上がっている気がせずに落ち着かない」

「では、わたしのことも名前でお呼びください。市野井さんだと兄と紛らわしいです」

「行きましょうか、桜乃さん」

広瀬川は白く煌めき、ゆるやかに流れ続ける。

桜乃は少し緊張していたが、それを悟られないように「はい」と朗らかに返事をした。

V

正月明けの朝は身を切るように寒い。

特に前橋の北部は赤城山から吹き下ろす「赤城おろし」の突風が吹き抜ける。

洗濯桶を抱えて家から出た一華は、あまりの寒さに思わず震えた。息を吹きかけた手には前からあるあかぎれの他に、中指と小指の付け根に豆ができていた。スイープの練習によってできたその手の豆を見つめて、一華は拳を軽く握った。

目を上げると、一本道の向こうからなにか来る。

「なにあれ、自転車……？」

悪路なこともあるが、乗り手の技量もあまり良くないらしい。その乗り手の顔が見分けられる距離になり、一華は思わず「え？」と目を丸くした。

「桜乃？」

「おはよう一華！　って、そこどいてぇ！」

桜乃は一華の前で止まろうとしたが、前ブレーキが遅れて前につんのめりそうになった。一華が洗濯桶を放り出して自転車ごと支えてくれたので、辛うじて転倒は免れた。

「大丈夫か？」

「あはは、自転車って普段あんまり乗らないから、どうにも勝手が掴めないよね」

「まさか伊香保からここまで自転車できたのか？」

「始発じゃ一華の家に寄る時間がないし。それに練習にもなるかもって。伊香保から坂を下ってくるのは案外快適だったんだけど」

「帰りはどうするつもりだ。伊香保まではずっと登り坂だぞ？」

「あ……まったく考えてなかった、どうしよう」

桜乃が首を捻ると、一華は呆れ顔をした。そういう顔をされることも承知して、家にあった兄の自転車を拝借してきた。

「それよりも、お春さんは？」

「ああ、今朝は熱も下がったから会っていって。医者は日頃の疲れが出たんだろうって」

「良かったぁ……」

安堵のため息を漏らすと、一華は背を向ける。また洗濯桶を抱えて井戸の方に歩いていこうとした。

「ねえ、一華」

「ゴメン。なんの連絡もしないで休んでいて。うちは電話なくってさ」

「お春さんが病気じゃ仕方ないよ。一華には妹や弟もいるし」

「母さんはさっさと学校に行けって言ってるんだ。桜乃ちゃんにも迷惑でしょうって。だけどさ……」

一華は空を見上げる。そこに浮かぶ消えかけの白い月を見つめた。

「この間の試合はけっこう落ち込んだ。私は体力と腕力だけはあるから、もうちょっとやれると思っていたんだけどな」

「みんなそうだったよ。わたしももうちょっといけるんじゃないかって思ってた」

「私は威勢のいいこと言って、でも、カーリングは力だけじゃまったく通用しなくて。ゴメン、桜乃にもかすみにも酷いこと言ったかな」

「一華……」

「私は母さんのことを口実にしていたのかもしれない。本当はみんなと顔を合わせるのが怖かった」

「ねえ、一華。一華はどうするの？　あの一試合でカーリングは終わりにしちゃうの？」

一華は応えない。その背に桜乃は語り続けた。

「わたしは嫌。一華の家の事情もわたしなりにわかっているつもり。でも、わたしは一華とカーリングがしたい」

「勝手なこと言ってくれるなぁ。こっちは父さんは酒浸りで、母さんまで倒れたってのに」

一華は消えかけの月を見上げたままだ。少しの間の後で、拳で目元を拭う仕草をした。

「負けたまま終わりは気に食わない。あんな大学生に馬鹿にされたままなのも嫌だ」

一華は振り返って不敵に笑った。その目が少し赤くなっていたが、桜乃は見なかったことに決めた。

「そうこなくっちゃね！」

その代わりに明るい声で一華に抱きついた。

「じゃあ、今日は学校にこられそう？」

「なんとか大丈夫だと思う。洗濯して妹と弟に朝ご飯を食べさせれば」

「なら、朝ご飯はわたしに任せて。実はかすみと香子のことで一華に相談したいことがあるの」

「ふたりがどうかしたのか？」

休んでいた一華は学校の事情を知らない。桜乃は「行く道で話そう」と言うと、一華に代わって朝食の支度をするために「おはようございまーす」と家の中へ入った。

Ⅵ

桜乃の訪問に春江は、「わざわざ、こんなところまですまないねぇ」と申し訳なさそうにしていた。まだ少し顔色は悪いし咳もしていたが、もう起きられると本人は言った。桜乃は春江もふくめて七人分の朝食を作った。酒を飲んでまだ寝ている一華の父の枕元にはおにぎりと、湯の花饅頭を置いておいた。

春江が「これで行きな」と電車賃を渡してくれた。取りあえず自転車を羽川家において、ふたりは伊香保電車で学校へ向かった。

「香子が休みでかすみは家に幽閉状態……か」

電車の座席に並んで座って、一通り説明を聞き終えた一華は首を捻った。

「香子も負けて落ち込んで熱を出して、そのまま出てこないのかなって心配で」

「いや……あいつはそんなに打たれ弱くないし、目先の一勝に一喜一憂しないだろ？」

停車場に着くまで相談した結果、今日の放課後に寄宿舎の香子の部屋を訪問してみることになった。

桜乃は一華と別れて教室にいくと、まず香子と寄宿舎で同部屋の菜穂子にその旨を説明した。

「もちろん、生徒によるお見舞いは禁止されてはいませんけど」

どこか煮え切らない返事に、桜乃は妙なものを感じた。

「菜穂子さん、なにかわたしに隠し事していない？　例えば香子さんから頼まれたとか？」

「……やっぱりわかるわよねぇ？」

菜穂子は嘆息した。彼女は感情が顔に出やすく、隠し事や嘘が苦手な性分だ。本人も自覚しているらしかった。

「今日は私は図書室ででも時間を潰していくわ。ゆっくり彼女をお見舞いして頂戴」

菜穂子なりの気遣いらしく、彼女はそう言った。

放課後になり、桜乃は一華と一緒に寄宿舎に向かった。入口で志摩と同じくらいの歳の寮母に訪問の目的を告げると、二階に上がるように言われた。

「二階の菊、水仙、梅……ここだ」

運動場に面した「桔梗」という木札の掛けられた部屋だと、菜穂子からは聞いてきた。引き戸の前に立つと、桜乃はまず小さく深呼吸した。

「香子。桜乃です」

そう呼びかけると、部屋の中からバタバタと音がした。続いて紙が散らばったような音と、「わ、わぁ」という香子の声がした。

「え〜と……香子？」

「いいや。入るよ」

一華が引き戸に手を掛けると、「ちょっと待ちなさい！」と香子の焦った声がした。だが、一華は構わずに引手を引いた。

部屋は六畳の和室だった。窓側に机が二つ並んでいて向かって右が香子で、左が菜穂子……らしい。香子の机には英語と、桜乃には縁の無さそうなドイツ語とフランス語の辞書まであり、手垢で汚れた頁からは使い込んでいる様子がよくわかった。

その机の前に布団が敷いてあり、その上に香子が座っていた。浴衣の上から赤い褞袍を着込み、鼻水が酷いのか鼻の下が真っ赤になっている。三つ編みをほどいた髪は櫛も入れていないのかぼさぼさだ。いつも学校で見せている、お澄まし顔をした才媛の様子は欠片もない。

「香子……これって」

桜乃が目を奪われたのは、部屋全体に散らばった無数の藁半紙《わらばんし》だった。

そのどれにもハウスと、そしてストーンを示す丸が書きこまれていた。ストーンは赤丸と黒丸で描き分けられていて、ざっと数えても三十枚以上ある。さっきの紙が散らばったような音は、どうやら焦ってこれを部屋中にばらまいてしまったらしい。

「いきなり入るとはなんですか。お見舞いならお断りしたはずですよ！」

鼻声で、首にネギをくるんだ布を巻いた香子が眼鏡をかけながら抗議した。彼女もかすみと同じで学校に押し寄せる「ファン」が大勢いるらしいが、これを見たら少し減る気がした。

「あ……外から声はかけたんだけど。風邪じゃなかったの？」

「風邪ですよ。見てわかりませんか！」

「風邪なら大人しく寝ていろって。この山のような藁半紙はなんだ？」

一華が足元に散らばった何枚かを拾うと、香子は「それは……」と顔色を変えた。

「これって一エンドを図にしたものだよね。赤丸がブロッサムかな。なになに……一投目をハウスに入れて、次投は……」

桜乃もそれを見ると、丸には一から十六まで数字が振られていた。両軍の投げるストーンの動きを、香子が想定して書き起こしたらしい。そして、横や上には香子の書き込みがあった。

「ハウスの手前にストーンを置いて盾とし、中のストーンを防御するのが良し。これをガードストーンという……チームジャックの子供がやっていたのはこれか」

「スイープはストーンを伸ばすだけでなく、氷面を掃き、傷をつける。これによってストーンをわずかに曲げることができる」

「目先の一点よりも、常に後攻を持って確実に二点取ることが肝要なり。先攻で相手の得点を防ぐには、まだ研究の余地あり」

「氷は最初は固く、試合の最後は柔らかくなる。これは両軍選手が氷の上を動いて、氷が融けるため。気温も関係する。うん……確かにそうかもしれないわ」

「返してください！」

桜乃と一華が交互にそれを読むのに耐えられなくなったらしく、香子は藁半紙の束を奪い返したが、すぐに座り込んで咳き込む。桜乃は側に寄って背中を撫でた。

「香子、大丈夫？　無理しないで」

「騒ぐほどではありません。熱はもうありませんが咳が出るのと、お腹の具合が優れないので授業に出るのは菜穂子さんにも、寮母さんにも止められているんです」

「それで、部屋でずっとこれを……？」

「試合を想定していただけです。風邪というのは暇を持て余して困りますね」

「学校一の才女が風邪の暇つぶしに、カーリングの模擬戦をしているとは誰も思わないだろうな」

まだ散らばっている残りの藁半紙を一枚一枚拾い集めている一華に、「暇つぶしとは失礼ですよ！」と、香子は大声で抗議した。

「勉強は勉強でちゃんとしますよ。ただ、私はもっとストーンを効率よく氷上に残して、自軍の得点に結びつける手立てはないかを模索していました。情けないことに風邪で動けませんが、熱が下がれば頭はそれ相応に働きますから。それにはなにが有効かを……」

「お話し中に失礼します」

突然、部屋の外から声がした。

マレーネ・ディートリヒにやっぱりちょっと似ている……と桜乃はそんなことを思った。そこにミアが立っていた。

「ミス・タカコ、風邪と伺いましたがお加減はいかがですか？」

「お陰様で明日には授業に出られそうです」

「それは良かったです。でも、無理は禁物ですよ」

「ミア先生！　どこに行っていたんですか」

桜乃はミアに抗議した。ここ数日、ミアは学校に出てきておらず、受け持ちの授業は他の先生が代行していた。

「この間の対戦相手の子供たちを横浜まで送ってきたのですが、そこから戻る途中で汽車が動かなくなってしまいました。ニュースになっていませんか？」

「あ……そういえば何かラジオで聞いたような……」

父が夜に聞いているラジオから、途中の籠原《かごはら》駅で火事があり、鉄道が止まっていると流れていた気がする。ここ数日、それを気にする余裕なんてまるでなかったが。

「仕方ないので上野駅で復旧を待ちました。ミセス・ユウキには電信で報せておいたはずですが。それとミス・タカコ、頼まれていたものです」

ミアが香子に手渡したのは、辞書くらいの厚さのある洋書だった。桜乃は「なんですか、それ？」と訊ねた。

「カーリングの戦術書はないかとのことですが、日本では手に入りませんでした。そこで、これはスコットランドなどで行われた試合をまとめたものです。好事家が個人で作成したものを、お借りしてきました」

「充分です。すぐに訳してお返しします」

「アナタの英語は素晴らしいです。是非、将来は語学を生かせる道に進んでください」

「良かったぁ」

桜乃は体の力が抜けた。立ち上がった香子とは逆にその場に座り込んでしまった。

「わたしはぁ、香子も、一華も、かすみも、ミア先生も……もうみんなカーリングしないんじゃないかって思って……」

「誰がそんなことを言いましたか？」

香子は眼鏡の縁を持ち上げた。

「初陣で負けたくらいでなんですか。桜乃さんらしくもない」

「でもぉ……」

「わかりました。では、初陣で負けた名将の名を十人ここで並べて見せましょう」

「いえ、それはまたの機会にでも」

桜乃は慌てて両手を振った。香子なら本当に難なく並べ兼ねない。

「確かに……私もあの負けは不甲斐ないものがありました。ですので、その原因を考えました。結論は彼我の戦力の認識不足、私たちの実力不足と多々ありますが、それはこれから埋められないものではありません」

「そういうことだ。不安がらせてごめんな、桜乃」

一華が桜乃の肩に手を置いた。

ふたりの顔を見て、桜乃はやっと体に力が戻ってくるのを感じた。どんな困難に直面しても、一華も香子も一度始めたことを途中で投げ出す性格ではない。それを感じることができて嬉しかった。

「ところで、ミス・カスミはどうしました？」

ミアが言ったので、桜乃は「そうだ！」と立ち上がった。

「大変なんだった。このままだとかすみは家から出してもらえない。もしかしたら、学校も辞めさせられるかもしれないわ」

「辞めさせられるって……そこまでは聞いてないぞ」

「詳しく話してください」

一華と香子が口々に言う。

「とにかくわたしはもう一度かすみの家にいく。わたしはかすみにもカーリングを続けてほしい。だって、わたしたちは四人でブロッサムだから」

桜乃がそう言うと、ふたりは小さく頷いた。

Ⅶ

翌々日は土曜日で所謂半ドン――午前中で授業は終わりだった。

鐘撞堂からは正午を告げる鐘が街に響き渡る。この日は朝から細かな冷たい雨が降っていて、下校する生徒たちで学校の外には傘の花が無数に咲いていていた。

桜乃、一華、香子の三人は下校生徒に交じって校門を出た。香子は病み上がりなので桜乃は止めたが、「大丈夫です」と言い張るので、三人で海成堂書店へ向かった。

「これは雨の中を三人お揃いで」

店のいつもの定位置に座って、波宜亭先生がマンドリンを奏でていた。雨のせいか、いつも外にいる黒猫が店の中にいて、波宜亭先生の前を歩いている。

「『雨の降る日のつれづれに、客間の隅でひそひそと、わが妹のひとり言。なにが悲しく羽根ぶとん、力いつぱい抱きしめる、兄も泣きたくなりにけり』」

「波宜亭先生、先生の後半になると暗くなる詩は後でゆっくりお聞きしますので。かすみはどこですか？」

後ろで香子が「桜乃さん、貴女ちょっと……」と言ったが、波宜亭先生は撥《ピック》を持つ手を止めた。

「ご自分の部屋にいますよ。ですが、少しばかり面倒ですかね」

「なんでです？　謹慎の一週間は昨日で終わりでしょう？」

喜代子は桜乃に「一週間は家から出さない」と言った。それなら昨日で伊香保から帰って丸一週間——今日は放免されるはずだ。だから話をしようとやって来たのである。

「今朝、僕が広瀬川の畔を散歩していたら、かすみさんが川辺の道を走ってきましてね。なにをしているのですかと問うたら、カーリングの練習のために走っているとか。そこで雨が降ってきたので、傘を持ち合わせていた僕が家まで送って差し上げたのですが」

「それでまた、部屋に閉じ込められているってことか」

一華が眉をひそめる。そもそも里見家はかすみがカーリングはおろか、スポーツをするのにも賛成ではないので、無断で抜け出して走っていたのだろう。

「かすみと会う」

桜乃が店の奥から家に上がろうとすると、店番の奉公人に止められそうになったが、波宜亭先生が「僕が後で説明します。行かせて差し上げなさいな」と言うと通してくれた。

「『薄暮《はくぼ》のほの白いうれひのやうに、はるかに幽《かす》かな湖水《こすい》をながめ、はるばるさみしい麓をたどつて、見しらぬ遠見《とおみ》の山の峠に、あなたはひとり道にまよふ、道にまよふ。ああ、なににあこがれもとめて、あなたはいづこへ行かうとするか、いづこへ、いづこへ行かうとするか』」

マンドリンの音と、波宜亭先生の物憂げな声が雨音と混じる。

何度も遊びにきている家なので、桜乃は廊下を真っ直ぐに進んだ。一階の一番奥にあるかすみの部屋からは人の声がしたが、構わずに桜乃はドアのノブを回した。

「かすみ」

「桜乃ちゃん」

かすみは桜乃の顔を見て驚いたようだが、すぐにいつものようにやわらかく微笑した。

この家はかすみの父親の意向で、畳のある部屋というものがなくすべて洋間だ。片袖机の前で椅子に座ったかすみは制服を着ていた。つまり、今日は学校に来るつもりだったということだ。

「なんですか、貴女方は？」

かすみのすぐ前に立っていた喜代子が、眉間に皺を寄せた顔で振り向く。冷淡なその目が桜乃、一華、香子に順に向けられた。

「勝手に上がってごめんなさい。でも、お願いがあります」

桜乃は部屋の中に入ると喜代子の前で正座した。床の冷たい感触がスカート越しに脚に伝わったが、三つ指をついた。

「わたしはこれからもかすみと一緒にカーリングがしたいんです。わたしたちのチームにはかすみが必要で、かすみでないとダメなんです。だからお願いします。かすみがカーリングを続けることを許してください」

「今、そのことで娘を問い質していたところです」

喜代子は冷たい表情のままため息をついた。

「前にも言った通り、かすみは当家のひとり娘で慶応創業のこの書店の跡取り娘です。桜乃さんとも、そこの技芸科や師範科のお嬢さんたちとも違います」

香子がなにか口にしようとしたが、隣の一華が腕を掴んでそれを止めた。

「わたくしは娘になんであれスポーツなどさせるつもりはありません。お引き取りください」

「わたしの話を聞いてください。かすみは……」

「待って、桜乃ちゃん」

かすみは穏やかだが、その中に強さを感じさせる声で桜乃を止めた。

「わたくしがちゃんと自分の口から言うから。お母様」

かすみは桜乃の隣に正座すると、喜代子に向かって指をついて頭をさげた。

「嘘をついてみんなと合宿に行ったことは申し訳ありませんでした。お父様、お母様、それから波宜亭先生にもご迷惑をかけてしまいました」

「当然です。親に嘘をつくなどとんでもないことです」

「はい。ですのでお母様の言われた通りこの一週間、自分の部屋で謹慎いたしました。それでわかったことがあります」

「下らないスポーツは止めるのですね」

喜代子の眉根がはじめて緩んだ。

「それなら……」

「いえ、これはお母様方にカーリングをしていることを隠していた、わたくしの心の弱さが招いたことです。この場で改めてお願いいたします。わたくしが桜乃ちゃん、一華ちゃん、香子ちゃんとカーリングをすることをお認めください」

「あ、あなたは自分がなにを言っているのかわかっているのですか！」

「もちろん承知しております」

かすみは顔を上げた。

「わたくしは明治高女を卒業したら、きっとしかるべき方を婿にとってこの店を継ぐでしょう。もう、お母様たちが相手の方を選んでおいでなのも知っています。先方は東京神田の老舗書店のご子息だそうですね」

「かすみ、あなたはそれを誰から……」

喜代子は驚いた顔をしたが、かすみは微笑して続けた。

「顔も存じ上げない方ですけれど、お父様、お母様がお決めくだされたんだもの、素晴らしい商才をお持ちの方と信じて一緒になりますわ。ふたりでこの店を切り盛りし、やがて子を成して母となり、その子を育てて一生この店を守っていきます」

「それに不満があるというのですか？」

「不満などありません。わたくしの天命がそう定められているのなら」

かすみは真っ直ぐに、母の顔を見た。

「誰かの妻となり、母となり……きっとその頃には世間はわたくしのことを『海成堂書店の内儀』『店主の妻』と呼ぶのでしょう。でも、わたくしも里見かすみというひとりの人間として、女性としてなにかをしてみたい。あらかじめ定められた道を歩む前に、わたくしがわたくしとしてこの世に生きた証を少しでも残したい。桜乃ちゃんからカーリングのことを聞いた時、これがわたくしにとってきっと最初で最後の機会なのだろうと思いました。だからお願いいたします。わたくしにみんなとカーリングをやらせてください。いえ……」

背筋を伸ばしてかすみは、はっきりと言った。

「もしお許しがいただけなくてもわたくしはみんなとカーリングを続けます」

かすみはもう一度、指をついて頭を下げた。

長く、重い沈黙が流れる。桜乃はそんなかすみの横顔を見つめていた。

(かすみはわたしよりもずっとずっと強いんだ)

慶応創業なんて大仰な店ではないが、桜乃も温泉饅頭屋の娘だ。女学校を出れば縁談の話があるかもしれないし、兄がこのまま戻ってこなければ婿を取って……ということになるのだろう。老舗書店とは比べ物にならないかもしれないが、置かれた立場はかすみと変わらない。

でも、桜乃は自分が誰かの妻になることも、もしかしたら婿を取ることも、星花亭を継ぐことも深く考えたことはなかった。家業を手伝い、級友たちと女学校生活を送り、そしてカーリングを始めた。その間、いつも隣にいる親友は優しい笑顔の下に、ずっと自分の気持ちを抑え込んでいた。

(かすみだけじゃない。一華も、香子も)

女に自分で選択できる生き方は少ない。自分で自分の道を選ぶことは難しい。それができるのは結木校長のような、才覚と行動力のあるほんの一握りの女傑だけだった。

(でも、わたしも今を一生懸命に生きたい。かすみと一華と香子と)

かすみの横顔を見つめている桜乃に、喜代子の声が聞こえた。

「好きになさい」

その場の全員が喜代子の顔を見た。喜代子は厳しい表情ではなく、やわらかな微笑を浮かべていた。その表情は「やっぱり親子」と思わせるほど、かすみととても良く似ていた。

「あなたの言い分はわかりました」

「お母様……では……」

かすみは顔を上げた。

「あなたが学友の皆さんとなにをしようと、それに干渉するほどわたくしはお節介な母親ではありません。運動一つまともにしたことのないあなたがいきなりスポーツ……驚くのが当たり前でしょう」

母親のあたたかなまなざしはすぐに消え、老舗書店の内儀の厳しいものへと戻った。

「ただし、怪我や体調には十分に留意なさい。あなたはこの店の跡取りです。充分に務められない体になってはお客様、取引先、奉公人の皆に迷惑をかけます。改めて自覚なさい」

「はい、肝に銘じます」

「それから、桜乃さん」

「あ、はい」

いきなり喜代子から話を振られて、桜乃は咄嗟に返事をした。

「貴女にはこの間から随分と失礼なことを言ってしまいました。許してくださいね。一華さん、香子さんもご勘弁ください」

「それじゃあ、かすみはカーリングを続けられるんですね」

桜乃に向かって喜代子は微笑み、そして頷いた。

「かすみ！」

桜乃はかすみに思いきり抱きついた。一華と香子もかすみの名を呼んで駆け寄った。

「みんな、わたくしなんかのためにごめんなさい」

「なに言ってるの。わたしはかすみと一緒にこれからもカーリングができて嬉しい」

桜乃は涙が込み上げてきた。かすみの目にも涙が滲んでいた。

(これでブロッサムは本当にスタートできる。絶対に強くなる。強くしてみせる)

桜乃はかすみの華奢な体を抱きしめて、強く決意を固めた。

七エンド

「汽車は曠野を走り行き」

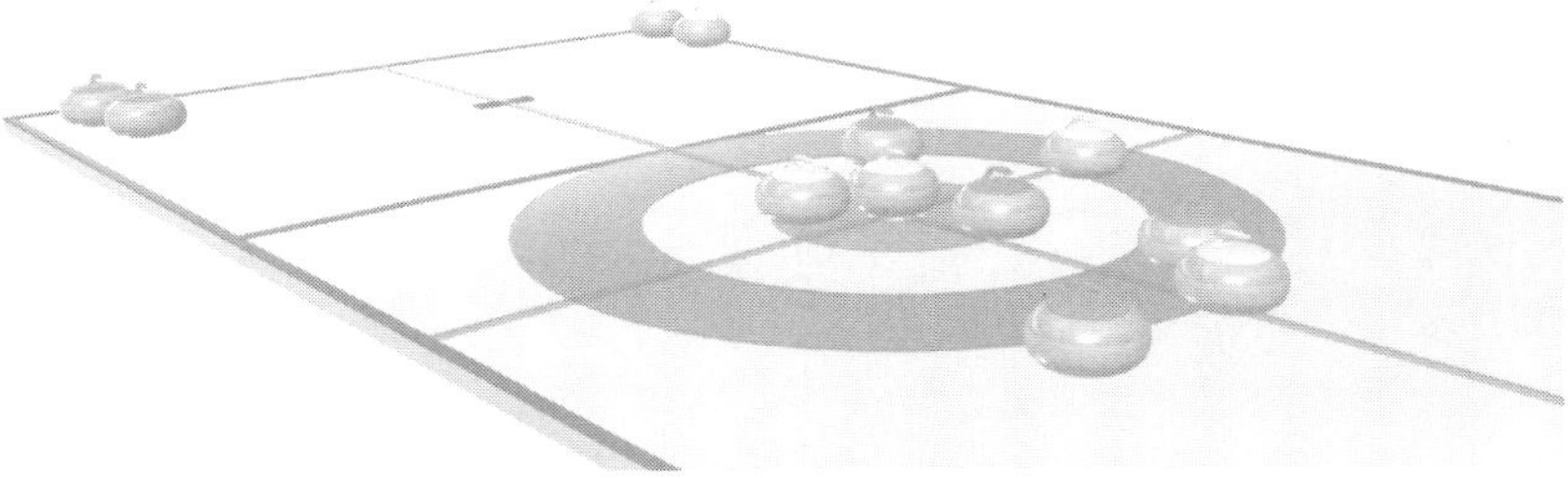

I

かすみがまた登校するようになった月曜日、桜乃は改めて校長室を訪れた。

今度の顔ぶれは桜乃、かすみ、一華、香子、そしてミアの五人である。

「改めまして、カーリング部設立の報告に参りました」

桜乃は代表して結木校長の前で、前日に香子にまとめてもらった「氷上滑石《カーリング》部設立趣意書」を読み上げた。

「一つ、我々明治高女カーリング部はカーリング精神に乗っ取り、勝って奢らず、負けて相手を見下さずプレーする」

「一つ、明治高女カーリング部は不正があればみずからこれを申告する」

「一つ、明治高女カーリング部は不当に勝つなら潔く負けを選ぶ」

「一つ、明治高女カーリング部は常に高潔であるべし」

「一つ、明治高女カーリング部は来季の明治神宮競技大会に出場し、そしてオリンピック札幌大会への出場を果たす」

読み終えて桜乃は「失礼します」と、多満子の机の上に趣意書を置いた。

「精神は素晴らしいのでしょうけれど。ですが、神宮競技にオリンピックなんて」

机の横に立った武原秘書は眉をひそめた。

明治神宮競技大会はスポーツの頂点ともいえる大会で、冬の競技もスキーとスケートがある。二年後の昭和十五年大会は「紀元二六〇〇年記念大会」と銘打たれており、新しい競技が採用予定との噂があった。もっとも、カーリングを新競技として採用するとの確実な情報は今のところなかった。

「だいたい、オリンピックに出場なんて大それたことだとは思いませんか？」

「誇り高き明治高女の学生として、志はなお高くあるべきだと思います」

「本当に採用されるかどうかもわからない競技の、創部を本学で認めるなど……」

「お待ちなさい」

多満子が話を止めると、机の上に置かれた設立趣意書を手に取った。

「市野井さんが主将とありますね」

「はい」

「では、貴女に訊ねましょう。私はカーリングというスポーツを詳しく知りませんが、ここには不正はみずから申告する、不当に勝つなら負けを選ぶ……とありますね」

「はい。それがカーリング精神です」

「ただの綺麗事ではありませんか？」

多満子は正面から桜乃の目を見た。仮にも日頃は「誠実にあれ」と教える女学校の校長の言葉に、武原秘書が「先生、それは……」と困惑顔をしたが、多満子は続けた。

「私は十歳で両親を亡くし、家を継ぐべき弟とも死に別れ、川越の呉服問屋に奉公して……この学校を立ち上げてからも夫に先立たれ、戦争では従軍看護婦として教え子を軍に送ったこともありました。きっと死ぬまで私の人生は困難の連続でしょう」

波乱の半生に思いを致したのか、多満子は小さく息をついた。

「ただ、親を亡くした時も、奉公先で辛い目にあった時も、この学校が幾多の危機に陥った時も、『負けるものか』『なにほどのことか』との精神できました。勝たねばならぬ、負ければ命を奪われる、それが武士の習いゆえに」

「もちろん、わたしたちも勝つためにプレーします」

桜乃は多満子の目を真っ直ぐに見た。

「これから全国の学校にカーリング部はできます。オリンピックに出場するには国で一番にならなくてはなりません」

「こんなお題目を掲げて勝てると本当に思っているのですか？」

「先生、この間も気になったのですが、そこにあるのは新田義貞公の銅像ですか？」

桜乃は校長室の片隅にある小さな銅像に目を向けた。調度品一つない質素な校長室で、それはちょっと目立つ存在だった。

それは台座の上に乗った、八十センチほどの小さな鎧武者の銅像だった。

この銅像は新田義貞――鎌倉幕府を倒し、後醍醐天皇の建武の中興（新政）の覇業を支えた武将だ。

女学校の校長室に武将の銅像なんて似つかわしくないが、こんなところも明治高女らしい。

「義貞公は合戦に及んでは略奪、婦女子への乱暴などは決して許さず、退却に際してもみずから殿《しんがり》を務めた武将と聞いています」

「我が郷土の誇りの名将です。貴女に言われずとも知っています」

「その義貞公が撤退する時、敵に橋を残したそうです。敵に追われて慌てて橋を落として逃げたとあっては、武士として末代までの恥となる……と」

桜乃の後ろで香子が少し渋い顔をした。これは昨日、香子から聞いた話で「受け売り」だ。武士の娘である校長と対峙するために、校長室の銅像の主の逸話を覚えておいたのだ。

「市野井さん、義貞公は勝者には成れませんでしたよ」

多満子は桜乃の付焼刃の知識など見透かしたように言った。

新田義貞は鎌倉幕府を滅ぼして一躍歴史の表舞台に躍り出たが、後醍醐天皇に叛いた足利尊氏と戦って敗れた。

「いくら武士道を貫いたとて、私は本校の生徒に敗者への道を歩ませるつもりはありません。大事なことを覚えるのを忘れていましたね」

「校長先生も一つお忘れです」

桜乃はそう言い、多満子に笑みを向けた。

「カーリング精神を貫き、わたしたちは勝てばいいんです。たとえ相手が卑怯なやり方であっても、わたしたちは高潔に戦い、そして勝ちます。この明治高女の誇りを胸に」

そう言い切った桜乃を見る多満子の目が、少しだけ優しく緩んだ。

「いいでしょう」

多満子は頷いた。

「貴女たちの活動を本校校長として認めましょう。明治高等女学校の運動部として氷上滑石部を承認します」

多満子は机の下段の引き出しからなにか取り出した。机の上に四つ並べられたものはベルトのバックルだった。

「チーム名はブロッサム……花開くの意味でしたね」

明治高女の制服ベルトのバックルは、通常のものは「明女」の二文字だ。それに対してこれはローマ字の「M」一字の周りに、桜の花があしらわれていた。

「この学校を高等女学校として校章も改めた時、いくつか候補がありました。中にはこうしてバックルまで作ったのにお蔵入りになったものもあります。オリンピックを目指すのなら英字の校章がいいでしょう。創部の記念に貴女方に進呈しましょう」

「ありがとうございます、校長先生！」

桜乃が勢い良く頭を下げると、かすみ、一華、香子もそれぞれ一礼した。

「武運を祈ります」

多満子はミアと目線を合わせる。そうして凛然として微笑した。

Ⅱ

明治高等女学校氷上滑石部ブロッサムは、結木校長の承諾を得て正式に発足した。

今後、各大会には学校名を名乗って出場できるようになった。少ないながらも部費も支給されるので、他校の見学や練習試合などにもこれで出かけられる。そして、他の運動部と同じように学校の運動場の正式使用許可も下りた。

「平日の放課後は運動場で体力強化のための練習。土曜日は学校が早く終われば榛名湖で氷上練習。そのまま桜乃さんのお宅に泊めていただいて、日曜日も続けて練習。雨の場合は戦術の研究をする」

香子が「練習日程」を作った。そして、学校を通じて正式に一つの連絡が届いた。

「三月十三日に榛名湖において『榛名湖カーリング選手権大会』が開催される」

対象は大学、高校、中学校、女学校、男女師範学校など。他の競技と異なり、大会は男女別ではないが、これはスコットランドやカナダには男女混合の大会が多いこと、まだ参加校数が少ないことが理由であるという。

そして、大会要項には見逃せない一文があった。

「本大会を札幌オリンピック大会の代表参考大会とする」

桜乃はさっそく参加の手続書を大日本体育協会宛てに送った。

「大会まであと二か月。わたしたちにできることは全部やろう。目指すはもちろん優勝」

日曜日の氷上練習で、桜乃は三人を前に宣言した。

学校、そしてそれぞれの家族の協力が得られたことで練習はずっとやりやすくなった。土曜日も菜穂子たちクラスメイトが「練習に行ったらいかが？」と、掃除当番を代わってくれたので、土曜日の午後も氷上練習ができるようになった。その代わり、平日はかすみとふたりで教室や御便所の掃除をすることになったが。

平日の午後は運動場を走り、土曜日の午後と日曜日――この限られた時間を桜乃たちはすべて氷上練習に当てた。そうは言ってもミアを入れても五人しかいないので、練習は創意工夫が求められた。

まずは基本である投石の練習。

その投石に合わせてスイープの練習。

前々から繰り返しているこの練習を続けていると、二月になる頃にはみんな投石が安定してきた。以前は投石の度に転んでばかりいたかすみも、ハウスに正確なストーンを投げられるようになった。みんな毎日走っている成果からか、ミアの言うフィジカルストレングス――身体的な強さ――が身について、スイープの時も足を滑らせたりしなくなった。

それを見計らったように、ミアが氷上練習を中断して四人を集めた。

「ただ、投げるだけというのも面白くありませんね。そろそろ本格的にテイクアウトショットの練習をしましょう」

テイクアウトショット――つまりハウスに入ったストーンを弾き出すショットだ。これまでも練習はしたし、チームジャック戦でも使ってみたが、狙って成功したものはまだなかった。

「テイクアウトショットはストーンを弾くものですが、いくつも種類があります。ストーンを弾いてハウスに押し込むレイズショット、投げたストーンもハウスから弾くピールショット、ガードストーンを弾いてハウスに入れるランバック……選択は様々です」

ルールブックで桜乃も名前は知っていたが、まだ練習さえしていないものが大半だった。香子といえども和訳が追いつかず、名前も原文のままだった。

「種類を聞いただけで目が回りそうです」

「まだあります。難しいショットなのですが、ハウスに相手のストーンが二つあり、こちらは残り一つのストーンだけ。これを一投で二つ出すダブルテイクアウトというショットがあります」

「ダブルテイクアウトショット……」

ルールブックにもそのショットは載っていた。そしてそれを投げる可能性があるのは、ストーンがハウスに溜まっている状態……つまりスキップの桜乃が一番高い。桜乃は俄然興味を持ったが、今の自分では決められる自信はまだなかった。

「テイクアウトショットを完璧にマスターすれば、多くのショットに応用できます。ただし、ストーンに当てる場所をより繊細にコントロールしなければなりません」

「う……もう時間がいくらあっても足りないわ」

桜乃は頭を抱えたくなった。できるなら週末だけでなく一日中、氷の上に乗って練習したい。でも、それはみんなの家族にも、そして活動を許してくれた校長先生にも学生としての「筋」を違えることになる。この限られた時間で、できることを精一杯やろうと決めた。

Ⅲ

二月に入って二度目の日曜日、桜乃たちが榛名湖にいくとカーリングの練習をしている男子のチームがいた。伊香保では見かけなかったので桜乃が首を捻っていると、そこに湖畔亭の老女将が通りかかった。

「あれは長野県の諏訪の中学校のチームだよ」

「中学生ですか？」

「名越《なごえ》中学校と言ったかね。一昨日からうちに泊まっているよ。なんでもあんたたちも出る今度の榛名湖の大会に出るので、氷の様子を確かめに来たとか言っていたかねぇ」

「聞いたことがあります。確か先月行われた諏訪湖の大会で三位に入ったチームですね」

「香子、どこでそんなこと知ったの？」

「ミス・ミカエラに大会の記録を取り寄せてもらいましたから」

香子は眼鏡の縁を持ち上げた。

桜乃は彼らが練習する様子を見てあることを思いついた。

「練習試合できないかな？」

彼らの練習する様子は、帝文館大学などよりもずっと真面目そうで、顧問らしい男性教師も傍で熱心に指導していた。

「でも、女子と試合ができるかとか言われませんこと？」

かすみが心配そうな顔をした。女子のチームにいきなり試合を申し込まれても、了承してくれるとは限らなかった。

「頼んでやろうか？」

老女将が言った。

「あの中学生たちと試合がしたいんだろう？　なら、あたしから頼んでやるよ」

「いいんですか？」

「ありゃあ、うちに泊まっているお客だからね。拝み倒してやりゃあいいさ」

老女将は着物のまま氷の上に下りると、そのまま顧問のところまで歩いていく。三言、四言、なにか言葉を交わすとすぐに戻ってきた。

「あんたらと試合してくれるそうだよ」

「本当？」

「ああ、あの先生は酒好きでね。今夜の膳に酒は出さないよと言ったらすぐに試合するとさ」

「拝み倒すというよりも、むしろ張り倒したんじゃないのか、それ？」

一華が苦笑いすると、老女将も「まあねぇ」と笑った。

桜乃がすぐに挨拶にいくと、名越中学の顧問と選手の面々は、「女子のチームがあるとは知らなかった」とめずらしそうな顔をしている。聞けば選手は四人とも中学四年生だそうで、桜乃とかすみの一つ上だ。三浦という名前の顧問は元々大学時代はスピードスケートの選手で、今は郷里の諏訪で教鞭を取っているらしい。

「私はガルミッシュ・パルテンキルヘン五輪の選手団が行った、競技紹介でカーリングを見てね。これを地元で教えようと思ったんだよ」

聞いた通りの酒好きらしく、赤ら顔だが人は悪くなさそうな顧問は、すぐに練習試合の用意を部員たちに指示した。ストーンはブロッサムの白御影ストーンを使うことになった。ただ、空模様が怪しいので、試合は六エンドまでと事前に決められた。

(前の試合からわたしたちがどこまで力を伸ばせたか試す、いい機会)

コイントスの結果は名越中が先攻でブロッサムが後攻。

まずは様子見という感じで両チームのセカンドまで投げた。相手はチーム結成一年らしいが、チームジャックの子供たちの方が正確にストーンを投げていた。だが、さすがに十五、十六歳の男子なので、投石の速度、そして強い威力は数投でわかった。

一エンドは桜乃の最後の投石を残すだけになった。

(ハウスには相手のストーンが二つ。そして、ブロッサムが一つだけ)

(この位置なら一つ出せば一点取れる。だけど……)

桜乃は蹴り台から、相手のストーンの片方を箒で指し示して投石した。投げたストーンは狙い通りに相手のストーンに当たり、もう一つのストーンに飛んだ。

ゴーンと甲高い音を残して、相手のストーンは二つともハウスから出た。ハウスに残っているのは桜乃が投げたストーンと、あと一つ。どちらもブロッサムのストーンだ。

「やった！　ダブルテイクアウト成功！」

桜乃は氷の上で飛び上がると、すぐに仲間のもとに駆け寄った。

たとえハウスの中央ががら空きでも、相手のストーンがなくなり、どんなにボタンから遠くても、自軍のストーンだけ残ればそれでも得点だ。なによりも、練習していたダブルテイクアウトが成功したことが嬉しかった。

一エンドが終わってブロッサムが二―〇と幸先よくリードした。

でも、試合はそうそう思い通りには進まない。

二エンドになると相手に攻められた。男子選手の腕力でスイープすると、ストーンは伸びる。一華が何人もいる感じだった。

二エンドにあっさり二点を取り返されると、試合の主導権もそのまま奪われた。三エンドはブロッサムは後攻だったが、最後のドローショットで一点を取るのがやっと。そして、先攻に回った四エンドも相手に二点を奪われた。

四エンドまで終わって三―四。

五エンドは後攻。このエンドも劣勢だったが、ここでようやくチャンスが訪れた。相手のサード、スキップの投石でミスが相次いだ。桜乃の最後の投石を前にして、ボタンに相手のストーンが一つ。そして、ハウスの後ろの方にブロッサムのストーンが一つ。

（ここでわたしがボタンのストーンを出せば二点が取れるけど……）

一エンドのダブルテイクアウトよりも難易度は低いはずだ。でも、前のエンドあたりから、桜乃はストーンと氷に違和感があった。

（届いたと思ったストーンが届かなかったし、逆もあったりだけど）

それでも、チャンスにスキップの自分が弱気になるわけにはいかない。「エイヤ」と思って投石した。

ストーンが氷の上を進む。

（これ……弱いの？　強いの？）

すぐに判断がつかない。ストーンを追って両脇で見ている一華、香子も迷っているようだ。ハウスから見ていたかすみに、「桜乃ちゃん！」と指示を求められて、「ウォー」（掃くな）と指示した。

だが、ハウスに入るとストーンは失速する。桜乃は慌てて「ヤップ」（掃け）と指示を変えた。それを受けて一華、香子がスイープを始めたが……

ゴッ！　とストーンとストーンが当たったが速度が足りなかったのか、相手のストーンはほとんど動かない。ボタンのストーンは変わらず名越中のままだ。

カーリングでは先攻で得点することを「スチール」という。このエンドは名越中が一点取って得点は二点差。

桜乃は「ゴメン」と謝ったが、一華が「いいよ、惜しかった惜しかった」と笑った。

最終エンドとなる六エンド。桜乃は今度はラストのドローショットを決め、なんとか一点を獲得したが、ここで試合終了。終わって見れば四対五でブロッサムは敗れた。

「あと二エンド」

桜乃はそう言いかけたが口を噤み、「ありがとうございました」と、相手の主将に勝利を称えるコンシードの握手を求めた。試合前の予想に反して雨は降らず、あと二エンドくらいなら天気は持ちそうだった。でもそれは、「高潔たれ」と教えるカーリング精神に反すると、口惜しさを胸の中に押し込んで握手をした。

Ⅳ

ブロッサムはこれでチーム結成から二連敗となった。

それでも、手も足も出なかった初陣と違い、四―五とスコアでは接戦となった。三浦顧問も「いい試合だった。我々も学ぶものが多かった」と、試合後に桜乃に告げに来たほどだ。桜乃としても手ごたえを感じた試合だったが、満足できない点も数多くあった。

公衆浴場で一日の疲れを癒し、桜乃の部屋に集まった頃になってようやく雨が落ち始めた。雨が瓦に跳ねる音が部屋の中にまで響いた。

「いいお湯でしたね」

ミアも今日は浴衣姿だった。一緒に公衆浴場に行ってみて、桜乃は一華や香子を見て、くよくよしていた自分が馬鹿らしくなった。「食べているものが違うとやっぱり違うんでしょうかねぇ」とかすみがしみじみ言ったが、桜乃としては自分がなにを食べてもあんな体になれそうな気はしない。浴衣越しでも充分にわかる豊かな胸はなるべく見ないことにして、咳払いの真似をした。

「先生、今日の試合のことなんですけど」

「はい。今日はみなさんとてもいい試合をしました。ショットも安定していましたし、スイープも良かったと思います」

「でも、負けは負けだからな」

一華は両腕を組んだ。かすみも香子も今日の試合については納得のいくところがあるのか、前の試合の後とは雰囲気が大分違う。それでも接戦に持ち込んだだけに、誰もが悔しさを募らせていた。

「桜乃の一エンドのダブルテイクアウトが決まった時は、今日は勝てると思ったんだけどな」

「う〜ん……でも、結局あれ一度しか決まらなかったし」

桜乃はまだ少し濡れている髪に手をやった。

あの後、何度かダブルテイクアウトのチャンスはあった。でも、一つ打ち出すのが精一杯で、一エンドのような投石はできなかった。

「ダブルテイクアウトはひとりで成功するものではありません」

ミアが言った。

「今日のミス・サクラノのショットはどれも悪くありませんでした。ですが、カーリングはひとりではショットを成功させることはできません」

「そのためのスイープですか？」

香子の言葉にミアは、「その通りです」と答えた。

「ストーンがストーンに当たるまでの数秒でどうスイープするかで、当たる速度、角度が一センチ、二センチは変わります。その一センチがストーンを大きく動かすことになります」

「スイープなら私は自信あるぞ」

一華は力こぶを作る真似をしたが、ミアは笑って首を横に振った。

「ミス・イチカは女子にしては抜きん出た腕力ですが、ひとりで男子チームを圧倒できるわけではありませんね。それは今日の試合で自分でもわかったのではないですか？」

一華が怒り出さないか桜乃は心配になった。でも、一華は「それは……」と呟いて、また両腕を組んだだけだった。

男子と女子ではどうやっても埋められない腕力の差があった。投石でもスイープでもそれははっきりと現れた。

（男子の投石はやっぱり強いし速さもある）

（わたしたちのスイープでストーンが一メートル伸びたら、男子は二メートル伸びていた）

確かに一華は男子顔負けの腕力をしているが、何人もいるわけではない。スイープでコンビを組むリードの香子は、薙刀の名手だが筋力は女子の平均と変わらない。それは桜乃もかすみも同じだった。

「スイープや投石で男子に対抗するには限界があります。いい試合でしたがミス・イチカの言う通り負けでした。それはミナサンがショットを成功させることと同じように、まだ覚えることがあるからです。ミス・サクラノ、なんだかわかりますか？」

「投石を成功させる以外に……？」

「それができなければ試合には勝てません」

「えっと……」

「先生、どんな場面でどんな投石をするかではないでしょうか？」

かすみが小さく手を上げると、ミアは「正解です、ミス・カスミ」と頷いた。

「つまり、局面によってどんな投石を選択するか、ということですか。例えば私たちのストーンをハウスに残す、残さない。相手のストーンも弾き出すか、後ろに下げるか……その細かい選択をしなければならない」

香子が一つひとつ言葉を確認するように言うと、ミアは「ＹＥＳ」と頷く。

「ミナサンはもうそれを意識しているはずです。これからはより高度な戦略《タスティング》が必要になってきますね」

「戦略……」

スキップは自分だが桜乃はあやうく話においていかれそうになった。一エンドのダブルテイクアウトの成功で、浮かれていたのが今更ながら恥ずかしくなった。

「ショットの正確性を高め、戦略を磨けばゲームの質はもっと上がります。スキップのミス・サクラノが投げる時により有利な布陣が出来上がっているはずです」

「わたしが投げる時に……」

「スキップが最後に投げたいストーンを投げるのがカーリングです」

かすみ、一華、香子の三人はそれに納得したように頷いたが、桜乃はなにか肩に重しが乗った気がした。改めてスキップというポジションの重要性を認識した。

（でも、それだとまだ帝文館大学や他の男子チームに勝てない気がする）

桜乃は下を向いて考えた。相手は大学生や師範学校の男子だ。今日の中学生よりも腕力はずっと強いはずだ。

(私には男子みたいな投石はできない。力には限界がある)

(でも、投石の技術は練習で高められる。戦略は学べば理解できる)

(スイープの差を埋めるには？　腕力の差を埋める方法は……)

「それから、ミス・サクラノ」

「え、はい」

桜乃が顔を上げるとミアと目が合った。

「貴女はショットは上達しています。ですが、ラインコールにはまだまだ課題があります」

「ラインコールって……えっと……つまり、投石の指示とストーンの誘導ですか？」

スキップの桜乃は自分の投石以外――つまり香子、一華、かすみの投げる時はハウスの後ろ側に陣取る。そうして投石者と相対して、ストーンの軌道を正面から見て指示を出す役割を担っていた。自分の投石の時は蹴り台側から指示を出していた。

「スイープのヤップ（掃け）、ウォー（掃くな）を、もっとはっきりと指示するべきです。スキップはそれが役割ですよ」

「わかっていますけど、それは掃いている一華や香子の方がわかる気がして……」

五エンドのことを言われているのはわかっていた。あの時は指示が遅れたことによって、二点のチャンスを逃してしまった。

でも、かなり打ち解けたとはいえふたりは桜乃よりも年上だ。自分が指示を出すとなると、やっぱり少し気が引けるところがあった。それに「スイーパー（掃き手）の方がストーンに近い分、状況がわかる」気がするのも確かだった。

「桜乃らしくもない。遠慮せずに言いたいことを言えばいいだろう」

「そうですよ。榛名湖の氷に一番馴染みがあるのは貴女なんですから」

一華と香子が口々に言った。

「わたしももっとラインコールも戦略も勉強が必要だけど……頑張ってみるわ」

桜乃はひとまずそう答えた。

V

二月の半ばを過ぎると明治高女の学内は例年通り騒がしくなった。

中学校では進級のたびに試験が行われ、これに不合格だと落第か退学勧告が待っている。対して女学校は平時の成績が進級の材料とされ、進級試験は一部の成績下位の生徒に限られた。試験の科目は修身、国語、英語、歴史、地理、数学、理科、図画、裁縫、習字、音楽、体操とかなり多い。

「私は数学と理科がいつも悪いの。今年は試験を受けなくて済んだけれど」

「私は英語が試験になってしまって。お母様に叱られてしまうわ」

「私なんて三つも試験だわ。もう泣きそう……」

進級試験に回るか否かが告げられると、教室は喜ぶ生徒、ぼやく生徒、泣き出しそうな生徒、そんな級友に気を遣う生徒と様々だ。菜穂子などは「日頃からやることをやっていれば、困ることなどないはずですよ」と呆れ顔をしている。

とにかく、試験期間中は成績上位組は登校も実質自由となる。そんな時期に桜乃は前橋駅から汽車に乗った。

「いや、意外でしたね」

汽車が動き出すなり、隣の席の波宜亭先生が口を開いた。

「桜乃さんは優秀ですね。僕は中学で一回、高校で三回落第の上に最後は慶応の予科を退学ですから」

「わたしが優秀なんじゃなくって、波宜亭先生に学問の資質と根気がないだけじゃないですか？」

「学問の資質とは上手いことを言いますね。いまだにマンドリン馬鹿と陰口を叩く者が多いですが」

波宜亭先生の「落第伝説」は今更語るまでもない。あまりの本人の向学心の薄さに、岡山六高の教授が実家に「将来の望みなし」と手紙を書き送ったという。

桜乃も特に優秀でもなく、去年は地理と理科の試験を受けていた。今年は「カーリングを始めたからまた進級試験」と言われるのも癪なので、ここ数か月は勉強にも力を入れた。どの教科もかなりギリギリ通過だったが、なんとか試験を免れることができた。

「それで、桜乃さんが僕のお目つけ役で東京行きに同行するわけですか？」

「わたしの家は大谷家とは遠縁なので。他のみんながいないので練習も限られますし」

「おや、貴女以外が進級試験組とはそれはそれで意外ですが？」

「まさか。かすみなんてクラスで一番ですけど、あの子は優しい子なので」

かすみは「みんなで一緒に進級しましょう」と、試験組の勉強の面倒を見ていた。菜穂子もなんのかんのと言いながらそれにつき合っていて、桜乃たちのクラスは団結力が強い。

「香子の師範科は日頃の成績に限らず進級試験がありますし、技芸科の一華は試験はないけど、こういう時は家の仕事をやらないといけないし」

「みなさん、しっかりしているものです」

「はい。ですので、波宜亭先生のお守りはわたしでご納得くださいませ」

波宜亭先生はこの週末、講演のために上京した。ただ、近年は足元が些か覚束ないので、波宜亭先生の家族がひとりでの上京を心配した。生憎と今回は手の空いている者が誰もいないといい、桜乃に一緒に上京してくれないかという話が来たのは先週のことだった。

講演は「日本への回帰」という、おおよそ波宜亭先生らしくない演題だったが、桜乃はこの状況をむしろ好機《チャンス》と捉えて引き受けたのである。

伊香保電車には通学で毎日乗っているが、汽車に乗るのは随分と久々だ。東京に行くのは明治高女に入学する春に、今回もお世話になる大谷家に挨拶に行って以来なのでもう三年近く前になった。

「わが故郷を旅立つ日、汽車は春寒《しゅんかん》の中を突き行けり、ですね」

桜乃が口にしたのは波宜亭先生が妻と離婚して、前橋へ帰る時に詠んだ詩である。「わが故郷に帰れる日、汽車は烈風《れっぷう》の中を突き行けり。ひとり車窓に目醒《めざ》むれば、汽笛は闇に吠え叫び、火焔《ほのほ》は平野を明るくせり。まだ上州の山は見えずや」――「帰郷」と題したこの詩は波宜亭先生の代表作だった。今は汽車は東京に向かっているので「旅立つ日」に、少しだけ感じる肌寒さを「春寒」と読み替えた。

「前から思うんですけど、波宣亭先生のこの詩って『上州の山は見えずや』のところで終わった方が綺麗で格好よくありません？」

「貴女はどうにも僕の詩作に対して寛容さに欠けるのがいけない」

「だってそう思うもの。未来は絶望の岸に向へりだとか、さびしくまた利根川の岸に立たんやとか、ぜんぜん楽しく感じないわ。大渡橋《おおわたり》だってそうですよ。利根川に橋がかかったから、わたしは女学校に通えるようになったのに」

波宣亭先生が大正十年に発表した「大渡橋」は、利根川にかかる大鉄橋を題材にしていた。地元では名所にもなった堂々たるトラス橋を、先生は「われこの長き橋を渡るときに、薄暮《はくぼ》の飢《う》ゑたる感情は苦しくせり」と詠んだ。

「利根川に橋が架かって街と鄙《ひな》が結ばれたことになります」

波宣亭先生は肘掛けに頬杖を付いた。

「そして街からは人が、自転車が通うようになった。今は自動車とて珍しくないでしょう。しかし、橋の向こうは鄙《ひな》に変わりはありません」

「わたしが伊香保の田舎者だと言いたいんですか？」

「橋は町と鄙を結ぶ。この汽車は前橋という地方都市と東京を結んでいます。僕が子供の頃は、前橋はまだまだ長閑なところでしたよ。しかし、橋が架かり、道が開かれれば人は都市へと誘われる。発展と文明を求めて鄙を捨てる」

「それが悪いことばかりとは思いませんけど？」

「そうして川の向こうに渡り、戻ってきたのがこの僕の生涯《ライフ》です」

波宜亭先生は笑った。それはいつもの気障なものではなく、どこか達観したようであり、日頃のこの人には無縁にも思える無念さも、ほんの少し感じた。

「桜乃さん、川の向こうは、この汽車の終着駅は、希望に満たされているとは限らない。人も国も同じです。だから僕はあの詩で書いたんですよ、絶望の岸と」

『嗚呼また都を逃れ来て、何所《いづこ》の家郷に行かむとするぞ。過去は寂寥《せきりよう》の谷に連なり、未来は絶望の岸に向へり。砂礫《されき》のごとき人生かな！』――詩はそう続いていた。

まだ十五歳の桜乃には波宜亭先生の歩んだ、人生の挫折も屈折も理解はできなかった。学業を放棄し、詩壇で認められてからも郷里では後ろ指を差されて、なお飄々と生きる。それがわかるようになるには、人生経験がまったく不足していることは自分でも自覚していた。

「でも、先生は幸せな人だと思います」

「僕がですか？」

波宜亭先生は意外そうな顔をした。

「だって川を渡り、また郷里に戻ってきたり、もう一度汽車で旅に行けたりする。そんな自由な生き方ができる人ばかりではないもの」

家つき娘のかすみ、家族の面倒をみる一華、両親の期待を背負った香子……他にも明治高女の級友たちで、「選択できる人生」を持つ生徒なんていないだろう。親が、家が、周囲が行く先を決めた一本のレールの上を走るしかない。多くの女学生には「川を渡る日」なんて一生来ないに違いない。

「わたしはきっと先生のいう鄙で生きるんだと思う。家業を継ぐのか、お嫁にいくのか、まったく違ったなにかなのかはわからないけれど」

「だから、その前に貴女はカーリングで輝きたいと？」

「汽車に乗れずとも、川を渡れずともわたしはわたしに絶望したくない。今はカーリングで大会に出たいけれど、それが終わってしまって鄙に生きる身でもわたしはそこで輝きたい」

桜乃は「生意気ですか？」と、波宜亭先生の顔をじっと見た。

「貴女の情熱の日は暮れることはありませんか？」

「暮れて夜になってもいずれまた必ず朝になります」

桜乃は波宜亭先生に笑ってみせた。

VI

汽車は定刻通りに上野駅に到着した。

上野駅は関東大震災で全焼し、現在の二代目駅舎が完成したのはまだ六年前のことだ。三階建て鉄筋コンクリートの駅舎は東京の新名所にもなっていた。

波宜亭先生は上京すると、世田谷の大谷家を常宿にしていた。この家は元は福島で酒造業を営んでいる家の分家だが、市野井家とは縁続きに当たった。

翌日、桜乃は講演会会場だという神田駅東口近くの「丸石ビルディング」の前まで波宜亭先生を送った。

「桜乃さんは僕の講演はお聞きにならないわけですね」

「はい。せっかく東京……しかも神田に来たので神保町に行こうと思って」

「では、ひとまずここでお別れしましょう。帰りの迎えは大谷家の娘さんに頼んでおきましたから心配いりませんよ」

そういえば、大谷家には美津子という二十代半ばの娘がいて、昨日の夕食の後に桜乃も少し話をした。詩の心得があるらしく、波宜亭先生と話す方が盛り上がっていたが。

「そうそう、それからこれを貴女にお願いしたいのですが？」

波宜亭先生は手にした古い鞄から、海成堂書店の紙袋を取り出して桜乃に渡した。

「うっかり大谷家の娘さんに頼み忘れてしまいました。これを届けてほしいところがあるのですが」

「お届け物ですか？」

「世には稀有なことに僕にもファンという方がいましてね。直接、届けたいのだが生憎と訪ねる暇がなさそうです」

「いいですよ、お使いくらい」

「なら、お願いします。中に住所を書いた紙が入っていますから」

波宜亭先生が丸石ビルディングの中に入っていったので、桜乃は神田駅へと向かった。

駅前は上野駅以上に人で溢れ返っていた。東京市電の車輪の金属音、車掌が電車の発着を告げる声、そして轟音のような無数の足音が切れ目なく、絶え間なく続いている。伊香保はおろか、前橋でも縁のないものばかりだ。

今日は休日なのに詰襟の男子学生や、セーラー服の女学生の姿も目立った。波宜亭先生には「鄙でも輝く」なんて大見えを切ったものの、桜乃は東京の女学生と比べて、自分のセーラー服の着こなしが野暮ったくないか気になって仕方なかった。

駅前に置かれた「街頭ラジオ」の前には背広姿の男性だけではなく、女性の姿も多い。なにか面白い番組でもやっているのかと耳を傾けると、聞こえてきたのは演説だった。

『我々全国民が国家再興のために一丸となれば、前途に恐れるものはなにもないので……』

ラジオからは朗々とした声が流れた。

『……国民諸君の発奮に期待するものであり、爾後《じご》国民政府を相手とせず東亜新秩序の……』

「近衛侯の演説はいつお聞きしても素敵なことですわね」

桜乃の隣でラジオから聞こえてくる声に耳を傾けていた、正絹の小紋を着た良家の若奥様らしい女性ががうっとりした顔でそんなことを言った。

「近衛侯」とは昨年六月に総理大臣に就任した近衛文麿のことだ。公家の近衛家の当主として華族の頂点に立ち、長身と端麗な容姿、そして明快な演説で女性からも絶大な人気を博した。桜乃のクラスでも近衛のファンを公言して、まるで宝塚のスターでも見るように「お熱」な生徒も何人かいた。香子などは、「公家出身の総理など気骨に欠けます。難事になれば投げ出しますよ」と、まるで評価していなかったが。

昨年の七月に勃発した盧溝橋《ろこうきょう》事件に端を発した「日華事変」（日中戦争）は、日本軍の連戦連勝が伝えられていた。近衛は昨年の十一月に「東亜新秩序」を発表し、「国民政府を相手とせず」と、中国国民党と全面対決の姿勢を取った。これまでの総理と違って国民に直接語りかけることを好み、たびたびラジオに登場して演説をしていた。

（東京も三年前と違う。さっきも兵隊さんの行進と出会ったし）

（映画館も、もう最近はずっと戦争映画ばかり）

途中の新聞社のビルには昨年十二月の南京攻略を祝して、「奉賛　聖戦勝利」「南京攻略」「神兵勇《しんぺいゆう》躍《やく》」の横断幕が翻っていた。どれも三年前には見なかったものばかりだ。

東京は変わらず華やかだった。でも、桜乃は言葉には言い表せない「なにか」を感じた。人が、言葉が、流れる空気が重く、苦しい。地方の町に暮らしていては気がつかないことだが、華やかな色彩のままに東京は「色」を失っていた。

（川の向こうは希望とは限らない）

波宜亭先生の言葉が頭を過った。歩き出しても背中の方から、ラジオの明朗な声がまだ聞こえた。

Ⅶ

神保町《じんぼう》の書店街を訪れた目的は、カーリングの専門書を探すためだった。

これは香子から頼まれたことだった。海成堂書店を通じて探し、ミアも横浜の知己を当たってくれたが、日本ではまだまだ競技人口が少ない競技だ。

「戦術書や試合の記録書がもっと欲しい」

香子は毎日のようにぼやいていた。だが、国内で出版されているものは望み薄で、あるとすれば輸入された原書か、前にミアが手に入れてくれた個人が作成したものだけだろう。

神保町には輸入書の専門店や、スポーツ書を取り扱う店が何軒もあり、事前にかすみから教えてもらった店を桜乃は順に回った。さすがに全国に知られた神保町の書店街には、スポーツ関係の洋書も数多い。野球の専門書を開いたら、「Slider（スライダー）」なんて変化球が紹介されていた。

（タカ兄ちゃんがこんなの投げてたっけ）本人は新型のカーブとか言っていたけど）

でも、カーリングに関する本はみつからなかった。そもそも、どこの店主からも「カーリングってなんだ？」と聞かれ、競技の説明から始めなければならなかった。

「そういえば、一軒スケートかなにかの本だかを扱っている店があったかな」

かすみから紹介された最後の店の店主がそう教えてくれた。

桜乃は教えられた店に行くと、そこは本棚の本が他の店よりもずっと少ない。代わりに壁に絵が掛けられたり、棚に重ねて大量に置かれていたりした。

「うちは古い洋画や洋地図を扱う店でね」

暇そうに店番をしている、少々不愛想な中年の店主に本日数度目となる説明をすると、「本はないが、冬の競技が描かれた絵はあのあたりにあったな。スケートだったと思うがね」と、店の隅っこの方を指差した。

（絵だけ見てもねぇ）

教えられた方にいくと油絵は額に入れて壁にかけられているが、それ以外の絵は無造作に棚に平済みにされていた。

「あれ……」

桜乃は足を止めた。

壁にかかった油絵は雪山の狩人を描いた絵のようだ。狩人が見つめる凍った池には、店主の言う通りスケートをする村人と、小さな石を囲む人たちがいた。それは明らかにストーンと、カーリングを楽しむ光景を描いていた。

それ以上に桜乃の目を釘づけにしたのは、その隣に飾られた絵だった。

「あの、この絵は？」

「それは『雪中の狩人』という絵だ。ルネサンス時代のもので、まあ、女学生のお嬢さんにもわかると思うがその模写絵だ。それでもかなりできのいい模写だな」

「それもそうなんですけど、あの、こっちの絵は？」

「ああ、それは俺の知り合いの素人が描いたもんだ」

桜乃が店主に訊ねた隣の絵……それは凍った冬の川を描いたものだった。隣の『雪中の狩人』と比べて色も人も構図も、今一つパッとしない印象だ。店主の言う「素人が描いた」というのも頷けた。

その凍った川では軍服らしい服を着た何人かが、カーリングのストーンを囲んでいた。箒を手に持ち、投石の姿勢を取るなど、隣の絵のカーリングが「風景の一部」なのに対して、明らかに「カーリングを競技する人々」を描いていた。

「その絵を描いた奴は絵画好きの記者でね。従軍記者として大陸へ行った。この間、帰国して自分で描いたとその絵を置いていった。向こうで親しくなった軍人たちの絵だとかで、仕方なくそこに飾ってある。まったく、お国のために出征して、この連中もなにをやっているんだか」

「あの、これって中国のどのあたりでしょう？　この絵の軍人さんたちってどこの国の方ですか？日本の兵隊さんには見えない方もいるような……」

桜乃は軍服にはまるで詳しくないが、そこにはいくつかの国の軍服が交じり合っているように見えた。

「さあねぇ。満州のどこかとか言っていたかな。どこの国の軍人かまでは知らんが、まさか殺し合っている支那《しな》人とスケートなんてやるまい」

その絵に描かれているのはスケートだと思い込んでいるらしく、店主は気のないような返事をしただけだった。

Ⅷ

山手線の目黒《めぐろ》駅で下車すると、周囲は東京にしては緑が多く目についた。

元々は「江戸五色不動《ごしきふどう》」の一つ、目黒不動尊の門前町として栄えたのが目黒である。もっとも、桜乃としては目黒と聞くと落語の「目黒のさんま」の方が先に頭に浮かんだ。

目黒川の両側には近年に植えられたとかで、桜の若木が目についた。まだ固く色づいてもいない蕾だが、チーム名の「ブロッサム」を思い出して少し嬉しくなる。

もっとも、桜乃はさっきから川下、川上から、右岸、左岸を行ったりきたりしていた。

「まったくもう、これも波宜亭先生が住所しか書かないせいだわ」

神保町を出てから紙袋の中を見ると、確かに著書と紙が一枚入っていた。ところが紙には行く先の住所しかなく、地図はおろか相手の名前すらない。別れる時にきちんと確認しなかった自分の不備を恨みつつ、桜乃はもう一時間近くも目黒川の周囲をうろうろしていた。

「恐れ入ります。こちらの住所をご存じないでしょうか？」

少し前に散歩中らしい初老の男性に住所の紙を見せた。でも、その男性は「こんなところに娘さんひとりでなんの用事だ？」と眉をひそめた。桜乃が説明しようとすると、場所は教えてくれずにそそくさと行ってしまった。

「東京の人って冷たい！　というか、ここってなにがある場所……？」

いくら波宜亭先生でも、まさか桜乃を危険な場所にひとりで行かせはしないだろう。そう信じてはいるものの、また同じ反応をされたらと思うと人にも聞きづらい。

「もしかしてわたしって迷子になっている？　女学校の三年生にもなって……」

思い出したくないことがあった。あれは隆浩の応援に甲子園球場に行った時に、アルプススタンドで志摩とはぐれて迷子になった。あの時はもう尋常小学校に上がっていたのに大泣きして、絶対にブロッサムのメンバーや今の級友たちには知られたくない過去だ。

川に沿って歩いていると、一木だけ花の咲いている桜の木が見えた。この木は少し大きいので、きっと関東大震災前からあるのだろう。近くまでいくと花の加減は七分から八分という感じだった。

「寒緋桜《かんひ》……熱海桜《あたみ》かな。綺麗」

見知らぬ町でも花を見ると、不安な心が少し和らぐ気がした。

桜は近年は染井吉野《そめいよしの》が人気らしく前橋の城址跡にも植えられていたが、桜乃はこの桜のように花びらの白い、早咲きの桜が好きだった。「桜乃」という名前も伊香保の山桜からつけられたと、前に志摩から聞いたことがあった。

「桜のしたに人あまたつどひ居ぬ、なにをして遊ぶならむ。われも桜の木の下に立ちてみたれども、わがこころはつめたくして、花びらの散りておつるにも涙こぼるるのみ」

桜乃はふと波宜亭先生の「桜」という詩を口ずさんでみたくなった。

「冷たくはないと思うけれど、波宜亭先生は」

桜乃も時々、桜が舞い散る様を見て不意に涙が零れ落ちそうになることがあった。それが悲しいのか、寂しいのか、辛いのか、どんな感情なのか自分でもわからないが、そんな時は決まって胸が締めつけられる思いがした。

(心の冷たい人は桜が散るのを見ても、きっと涙なんて流さないに違いないのに)

もう一つ、気になるものがあった。桜の木の側を流れる目黒川には、一艇のボートが係留されていた。長さは八、九メートルほど。船体は灰色でなんの飾り気もないカッターボートが、ゆらゆらと川に浮かんでいた。

「桜乃さん?」

不意に後ろから名前を呼ばれた。桜乃がびっくりして振り向くと、海軍の制服を着た男が立っていた。

「義治さん？　どうしてこんなところに」

「いや、それは自分が聞くことだと思いますが」

義治が真面目な顔をしているので、桜乃は恥ずかしさにまた顔が赤くなる。どうにもこの人と会うと体の温度が上がる気がする。でも、東京にいて不自然なのは確かに桜乃の方だった。

「波宜亭先生が東京に講演にいらして。ご高齢なのでわたしがご一緒させていただいたんです」

「波宜亭先生がこちらにですか？」

「いえ、先生は今頃は神田です。わたしはその間に頼まれたお使いにきたのですけど、その……行く先のお宅が見当たらなくって」

まさか「迷子になりました」とは言えないので、桜乃はそう説明した。

「自分がわかるようならご案内しますが？」

住所の書いてある紙を「ここなのですが」と渡すと、義治は「ここは……」と呟いた。

「波宜亭先生のお知り合いですから文人のお宅だと思うのですけど、ご存じないですか？」

「失礼だが届け物はなんですか？」

「これです。波宜亭先生はご自分の著書だと」

桜乃は紙袋から本を取り出した。表題には『無からの抗争』とあった。

「拝見してもよろしいですか？」

義治がそう言うので桜乃は本も渡した。表紙をめくって義治はすぐに桜乃の顔を見た。

「大島義治君に謹呈する……と書いてありますが？」

義治は表紙の裏を桜乃へと見せた。

そこには、確かに見覚えのある波宜亭先生の字――まるで女学生の書くような丸い文字で――義治の名前が記されていた。

「それって……どういうことですか？」

桜乃は訳がわからなくなった。

「この間……正月に帰郷した時にまた市野井先輩にお会いしたのですが」

「タカ兄ちゃ……いえ、兄にですか？」

「その折、波宜亭先生が新しい著作をお出しになると聞いて。是非、読んで見たいものだと先輩に話をしたんです。先輩がそれを波宜亭先生に伝えてくれたのでしょう」

「でも、それをどうしてわたしに？　だって、わたしは知り合いのところにこれをって……」

そこまで口にしてやっと桜乃も気づいた。そもそも、著書を届けるだけなら郵便でもいいし、隆浩に預けてもいいはずだ。でも、波宜亭先生はわざわざ桜乃をここに来させた。

（つまりそれって、義治さんが今日ここにいるって知っていて……）

桜乃は自分が緊張してくるのを感じた。

「よ、義治さんはここでなにをしていらっしゃるんですか？」

黙っていると胸の鼓動を義治に聞かれそうなので、桜乃は誤魔化すように早口でしゃべった。

「あ、もしかしてあの住所は義治さんの東京のお住まいですか？」

「自分は東京に家を構えられる身分でも、構える必要もありませんよ。その住所ですが、そこには海軍の施設があります」

「海軍さんの……ですか？」

桜乃は驚いた。波宜亭先生は桜乃が知る限り、軍隊や軍人の類に縁のある人間ではない。

「軍機密により仔細は申し上げられませんが、自分は数日前から上陸してそこにいます」

「あの、どうして波宜亭先生は義治さんが今日ここにおいでなのをご存じなんでしょう？」

「さて……軍務ですので自分が上陸していることなど、郷里に報せなどしません。自分の家族も市野井先輩も今頃は横須賀にいると思っているでしょう」

「じゃあ、なんで先生は？」

「詩人ゆえのインスピレーションでしょうか」

笑っている義治に対して、桜乃は波宜亭先生に騙されたような気がした。こうなると、上京の同伴者が桜乃になったのも波宜亭先生本人の指名で、ここに来させるための策謀に思えてならない。

(まあ、あの先生に関しては考えるのも怒るのも時間の無駄かな)

桜乃は話を変えることにした。

「それで、今はなにをなさっているんです？　軍務中には見えませんが？」

「ええ、ちょっとそこのカッターボートの様子を見にきまして」

「カッターボート？　ああ、これですね」

桜乃は目黒川に係留してある、カッターボートを改めて見た。

「この近くにある中学校の校長は海軍を退役した元軍人で、江田島で自分の教官でした。その教官が生徒のためにボートを一艘学校に寄贈したいというので、艦で用済みになった古いものを運んできたものです」

「これがこの間のお話のカッターボートですね。でも、中学生なら真っ直ぐ進ませるだけで喧嘩になりません？」

「前に言った通りです。喧嘩しなければ前に進まない代物です。校長もわかった上で学校で使うつもりなのでしょう」

「確かにそうですね」

まだブロッサムが「真っ直ぐ進んでいない」のなら、それは船の指揮官の――スキップの桜乃に問題があるのだろう。そういえば海軍兵学校では合格年齢の関係で、年長者が後輩になることもめずらしくないと聞いた。義治も年上の後輩を指揮して、カッターボートを動かしたのかもしれない。

義治は「さてと」と、軽快な仕草で川に浮かぶカッターボートの上に飛び乗った。

「春から使うというので点検しないといけない。中学生が乗るのでよく見ておかないと」

「この目黒川で桜を見ながら船を漕ぐというのも素敵ですね」

「屋形船ではないのですが……乗ってみますか？」

「わたしが……でも、いいんですか？　海軍さんのカッターボートに女のわたしが乗ったりして？」

「貴女でもそんなことを気にするんですか？」

「しますよ、それはわたしだって」

桜乃が少しふくれっ面をすると、義治は「すみません」と右手を差し出した。

少し迷ったがここは東京で顔見知りがいるはずもない。義治の手に自分の手を重ねると、ぐいっとカッターボートの上に引っ張られた。

桜乃は勢い余って前に倒れそうになったが、義治に体ごと受け止められた。軍服越しに軍人らしく厚い胸板に触れ、顔がどんどん熱を帯びてくる。父や兄以外で、男性の胸に抱かれたことなんてこれまで一度も記憶にない。

「け、けっこう揺れるものですね」

自分で自分の声が上擦るのがわかると、余計に恥ずかしくなった。

「川ですからね。でも、海の揺れ方はこんなものじゃない。空はもっとかもしれませんが」

「空ですか？」

「希望が通りましてね。高雄を下艦して茨城の霞ケ浦《かすみがうら》航空隊への入隊が決まりました。四月から訓練を受けます」

「それはお祝いの言葉を言った方が良いことでしょうか？」

「貴女にそうしてもらえれば自分としては嬉しい。希望した道ですから」

義治は軍人だ。国に命を捧げたその身は、軍艦でも飛行機でも危険な任であることに変わりない。でも、この国がどこか違う方向に向かおうとしている空気の中で、桜乃はすぐに祝辞を言うことを躊躇った。

（この人はなにか特別な任務のある人ではないのだろうか。わたしなどが知らないなにかが）

それは考えても答えなど出ないことだ。桜乃は義治と向かい合って立つと、彼の希望に沿うべく清々しく笑顔をつくった。

「おめでとうございます。大島少尉のご活躍を祈念申し上げます」

「お国のために精一杯働いてまいります」

義治は晴れやかに笑った。

少し風が吹いて桜の花を舞い散らす。白い花びらが桜乃の制服の肩にも、義治の軍帽の上にも舞い落ちた。

「さて、自分はこのカッターボートを掃除しなければなりませんので」

「わたしでよければ手伝わせてください」

「波宜亭先生の迎えはよろしいんですか？」

「構いません。わたしよりも大谷家の娘さんの方が、大人の色香を備えていて波宜亭先生もお好みでしょうし」

「色香ですか」

「ええ、わたしには欠けているものでしょうけれど」

僻みっぽいのはわかっていたが、どうも一華たちやミアと毎週のように一緒にお風呂に入るたびに桜乃は日々、女としての自信を削り取られていく気がした。

「女性の魅力は色香だけではないと自分は思いますが」

「つまり、わたしにはやっぱり色香がないとおっしゃるんですね。あんまりじゃありません？」

「い、いや。自分はそんなことは一言も言っていません」

義治の慌て方は妙に滑稽に見えた。はじめて義治がかわいらしく思えて、桜乃は少し拗ねた表情を作って「いいんです」と続けた。

「所詮は化粧気一つない女学生だもの……ああ、それで思い出したのですけど、ご存じでしたら後で三越か白木屋《しろきや》への行き方を教えてください」

「三越か白木屋……百貨店に用事ですか？」

「波宜亭先生のお供で東京にいくと言ったら、クラスのほとんど全員から『ケヤキの美白クリーム』を買ってきてちょうだい、と頼まれてしまって」

「ケヤキの美白クリーム」は東京の女学生の間で大人気のクリームだが、前橋では麻屋百貨店でも置いていない。『少女の友』や『少女画報』でみんなその存在だけは知っており、上京すると言った途端に桜乃はちょっとした輸入業者扱いになった。

「なので買って帰らないと、わたしは級友たちからそれこそ逆賊とでも呼ばれかねなくって……って、なにかおかしかったですか？」

義治が笑いを堪える顔をしているので、桜乃は首を傾げた。

「いや、色香にクリーム……貴女も女学生みたいだな、と」

「だからわたしは女学生です。いったいなんだと思っていたんですか」

「いや、失礼」

義治は取り繕ったような、真面目な顔をした。

「では、早く掃除をしてしまいましょう。少し水を使いますが」

「大丈夫です。これが道具ですか？」

桜乃は舳先の方にあった棒に手を伸ばした。てっきり箒かと思ったが、先端部分の形が少し違う。

アルファベットの「T」の形をしており、そこには均一に毛がついていた。

「これって……」

「そのデッキブラシを使ってください」

「デッキブラシというんですか？」

「ええ、軍艦の甲板《デッキ》を掃除するのに使うのでそう呼びます」

「デッキブラシ……」

桜乃はもう一度、その名前を反復してカッターの床を擦ってみた。スーと滑るように毛先が床を掃く。引き戻して、また押して、それを何回か試した。

その様子を見ていた義治は口元を緩めた。

「なんか思いつきましたか？」

「はい、とても素敵なことを。帰りの買い物が少し増えそうです」

桜乃はデッキブラシの柄を握りしめて、義治に笑顔を返した。

八エンド

「天景をさへぬきんでて　祈るがごとく光らしめ」

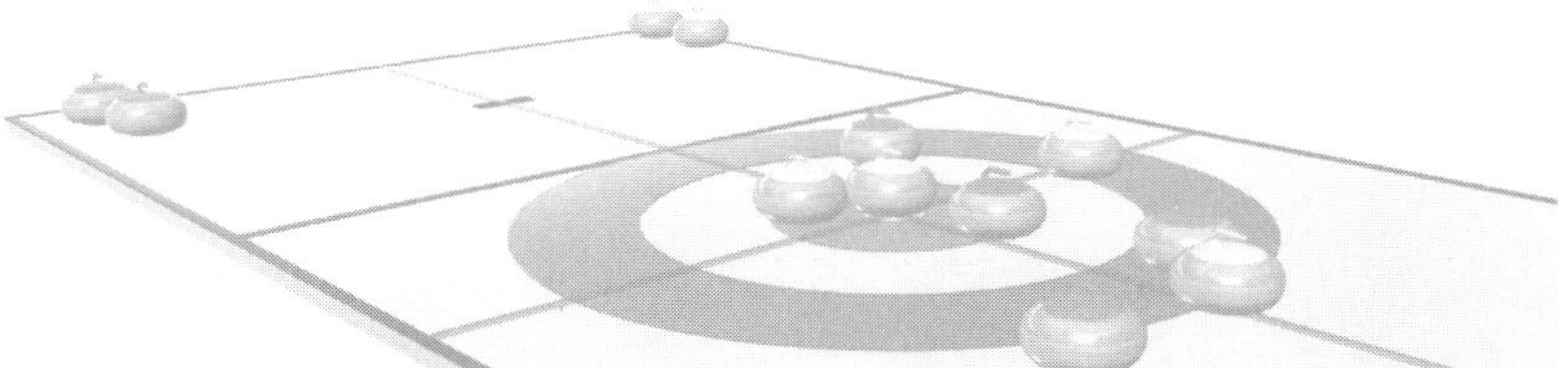

I

桜乃は三日間を東京で過ごして帰路についた。

波宜亭先生は帰る直前になり、「僕はもう少しこっちにいることにします」と言い出した。前橋の家族も了承しているというので桜乃はひとりで汽車に乗り、前橋駅についた時は深夜だったので、その日はかすみの家に泊まった。

翌朝、桜乃はかすみと一緒に伊香保電車に乗った。家に寄って正彦と志摩に帰宅挨拶だけして、さっそく伊香保ケーブルカーで榛名湖に向かった。

桜乃がいない間に、湖畔亭の隣に木造の平屋が建てられていた。それに氷の上には防寒具姿の何人かが、測定器やらを持ち込んで距離を測ったりしている。

氷上では香子と一華がドローショットの練習をしていた。

「なんか大層なものが建ったね」

「東京からいらした大日本体育協会の方ですって」

香子の息は白い。やっぱり東京と比べると榛名湖は寒く感じた。

師範科も試験が終わり、もう決まり事のように香子は成績筆頭者だった。後顧の憂いなく、前日から桜乃の家に止まって一華とふたりで氷上練習をしていた。志摩曰く、「ふたりとも家事を手伝ってくれるので助かるわ」とのことで、それは娘としては少々心苦しい。

「カーリングの専用シート（試合場）を設営するそうです。まずは場所から選んでいるようですね」

「あの小屋は？」

「選手と運営員の控室らしいぞ」

一華の額には汗が滲んでいる。ふたりとも早朝から練習していたらしい。

「ところで桜乃、東京はどうだったんだ？」

「そうそう、かすみには先に渡しちゃったけど、一華と香子にもお土産。『ケヤキの美白クリーム』を特別に二つずつ」

桜乃は手さげ鞄から白木屋の包装紙に包まれた、美白クリームの小箱を取り出した。ちなみに、かすみの近所に住む何人かのクラスメイトにも渡してきたが、白木屋の包装紙ともどもとても喜ばれた。

「私の日焼け顔に今更こんなもの塗ってどうするんだ？」

「それがね、白木屋の化粧部の店員のお姉さんによると、アイススケートの女子選手も使うって。氷の上は肌が荒れるからわたしたちにこそ必須！」

「一華さん、それ塗っておきなさいよ。これ以上、宝の持ち腐れになる前に」

香子がため息交じりに言ったが、意味のわからないらしい一華は首を傾げた。

「なにが持ち腐れなんだ？」

「自分で気がついていないでしょうけれど、師範科にも貴女のファンは多いのよ」

「私のファン？」

「制服で通学するようになってからは特にね。羽川先輩とエスになりたいって後輩から、手紙を渡して頼まれたことがあるくらい」

「私のどこがいい。そんなものを渡しても鼻紙になるだけだと伝えておけ」

「つれないこと。それも離れて見ている子たちには魅力に映るのでしょうね」

「ちょっと聞き捨てならないことを言ってないか、香子？」

「あらあら。なにかわたくしにはおふたりがエスに見えてきますわねぇ」

かすみが言うと、「どこが！」とふたりの声が揃った。なんのかんの言って三人とも機嫌が良いということは、美白クリームの効果は絶大らしい。

「え～……ところでお土産はもう一つあります」

桜乃は咳払いの真似をした。

「東京で波宜亭先生にお使いにやられた先でね、海軍のカッターボートに遭遇しまして」

「カッターボート？　なんで東京の真ん中に海軍がいるんだ？」

一華が不思議そうな顔をしたので、桜乃は内心でちょっと慌てた。義治のことは誰にも話していないので、「それは……そうそう！」と誤魔化した。

「近くに海軍の施設があったらしいんだけど、そこでわたしはこれを発見しました！」

かすみに持っていてもらったデッキブラシを受け取ると、桜乃は一華と香子の前に突き出した。

「これは海軍さんで軍艦の甲板を掃除する時に使うデッキブラシ！　これでスイープしようと思うんだけど、どう？」

「大会まであと二週間で道具を変えるのはあまり賛成できませんけど……」

「まあ、桜乃がせっかく持ってきたんだ、試してみようよ」

香子は気乗りしない顔をしたが、一華はデッキブラシを受け取って氷の上を軽く掃いた。何回か掃いてから「うん」と頷いて、ハウスの方へ移動した。

「ちょっと投石してくれ。すこし弱めがいいかな」

かすみが「はい」と返事をして、投げたストーンを一華はデッキブラシでスイープした。弱いストーンだったものの、ハウスを通り抜けて後ろ側まで伸びていった。

戻ってきた一華はちょっと顔が紅潮していた。

「桜乃、これいいぞ。これまでの倍近く伸びるような感じがする。でも、デッキブラシなんて使っていいのか？」

「問題ないでしょう。ルールブックのどこにも『デッキブラシの使用不可』なんて一行も書いてないんですから。これも『書かれざるルール』ですよ」

香子も効果を見てか、興味深そうにデッキブラシの毛先に目を凝らした。

「一つ心配は私たちが使うには少し大きくて重いことですね。投石の時に邪魔にならなければいいんですけど」

「それなら心配ご無用。今朝、かすみとふたりで学校の近くの雑貨屋さんに寄ってきたんだけど、これと同じものを四人分、それもわたしたちの手の大きさに合わせて作ってくれるって」

「昨日駅に着くと聞いていたのに、榛名湖にくるのが遅かったのはそういう理由ですか」

香子は得心したような顔で頷いた。

箒を何種類も扱っている雑貨屋でデッキブラシを見せると、「海軍さんのものか、へえ」と興味を持ってくれた。事情を説明すると、「海軍の男連中が使うもんだから大きいな。おまえさんたちに合わせて四本作ってやるぞ」と、作成してくれることになった。

「香子が言った通り、これまで箒で練習してきてみんなその感覚で馴染んでいる。今から変えるのは確かに一か八かだけど」

「いいじゃないか、一か八」

一華がデッキブラシで、ビシッと榛名富士の山頂を差した。これでブロッサムのデッキブラシの採用が決まった。

「それより練習しよう、練習。やっぱりスキップの桜乃がいないと練習にならない」

一華はそう言ってハウスの方へ歩いていった。それを見て、香子は苦笑いした。

「まったく一華さんはずっとあんな調子です。誰よりも張り切っていますね」

「家の仕事は大丈夫なのかな？」

「今は農閑期だから問題ないでしょう。それにご家族もずいぶん協力してくれているようなので、結果を出して恩返しをしたいんでしょう」

「そっか……」

「ところで、桜乃さん」

急に香子の顔が桜乃を向いた。明らかに「武士の娘の顔」だったので、桜乃は「なにかある」と瞬時に体が強張った。ずっと一緒に練習していると、チームメンバーの感情の機微——つまり機嫌の良し悪し――もわかるようになるものだ。

「東京はどうでしたか？」

「あ、ごめんなさい。神保町の書店を回ってみたけど、カーリングの戦術書は一つもなくって。見つけたら送ってくれるように頼んできたんだけど」

「それは残念ですが仕方ありませんね。それで貴女、私になにか隠して上京しましたね」

「え……隠して？」

桜乃は考えたがなにも思い当たらない。でも、今回の上京は急に決まったので、かすみ以外には詳細を話す時間がなかった。それでも隠し事と言われるようなものはないはずだ。

「えっと……上京用にお母さんが靴を新調してくれたこととか？」

「それは良かったですね。とても良くお似合いですよ……他には」

「他は、えっと……ズロースも新しいのを……」

「誰がそんな話をしていますか！　波宜亭先生のお供で上京など聞いていませんよ、私は！」

まるで青筋が見えるような勢いの香子に、桜乃は「あ、え……ごめんなさい」と謝った。

「それで、汽車の中で波宜亭先生はどのようにお過ごしでした？」

「どのようにって……特に普段と変わったことは。絶望の崖だの川だの……正直言えばなんだかよくわからない話ばっかりで。ああそうだ、小出新道《こいで》ってどこですか？　って聞いたかも。そんな道、あのあたりにはないって前から気になっていて」

「小出新道」も波宜亭先生の代表作だが、そんな名前の道はないと前々から言われていた。それを聞いたところ、「ああ、あれはですね……」とあっさり教えてくれたのだが、その説明をしようとすると香子の「なんですってー」との大声に遮られた。

「波宜亭先生と詩論を交わしたのですか、桜乃さんが？」

「え、え〜と……香子…さん？」

「知りません！」

香子はハウスの方に行ってしまったので、桜乃は肩を落とした。

「う……香子に説明しなかったのがまずかったかなぁ。嫌われたかも。でも、言えば言ったで怒りそう。香子は波宜亭先生のこと嫌いだし……」

「嫌いって桜乃ちゃん、鈍いにもほどが過ぎませんこと？」

かすみが少し呆れ気味に微苦笑した。

「いや、嫌いでしょう？　東京までふたりで一緒にいくなんて言ったら、どんなに怒るか」

「確かに一緒に行ったことに怒っているけど、それは香子ちゃんが波宜亭先生をね……」

「なにをいつまでもおしゃべりしているんですか、貴女たちは！」

「練習するんだろ！」

ハウスから香子と一華が叫んだ。かすみは「は〜い」と返事をしてそちらに行ってしまったが、桜乃はさっきの話の意味がさっぱりわからない。首を傾げてその後ろを追いかけた。

Ⅱ

二週間はあっという間に過ぎた。

桜乃のクラスはかすみや菜穂子、それにわざわざ師範科から出向してくれた香子のお陰もあり、該当者全員が進級試験に合格することができた。晴れてクラス全員で、無事に四年生になれそうだった。

「出場チームが決定しましたよ」

大会を週末に控えた火曜日、桜乃はミアに呼ばれて英語教官室に行った。渡されたのは「大会要項」で、一行目に「第一回榛名湖カーリング選手権大会」と書かれてあり、その下に出場校の名が列記されていた。

東亜《とうあ》大学　（東京）
帝文館大学　（東京）
久米川《くめがわ》中学校　（埼玉）
名越中学校　（長野）
金沢《かねさわ》第一師範学校　（神奈川）
極楽寺《ごくらくじ》工業学校　（神奈川）
チームGLASGOW《グラスゴー》　（神奈川）

明治高等女学校　　（群馬）

八チームの内、「チームGLASGOW」は横浜外国人街のスコットランド人でつくられた男女混合チームで、スコットランドの都市であるグラスゴーをチーム名にしていた。他は大学が二校に、中学校二校、師範学校一校、工業学校が一校で選手はみんな男子だ。女子だけのチームは明治高女一チームだけだった。

「どこのチームも大会の二、三日前に榛名湖にやって来るようです」

「わかっています、いよいよですね」

桜乃は実は出場校についてミアから聞く前に少しだけ知っていた。大学や中学の名前で予約が入ったと、星花亭まで知らせてくれた旅館の番頭さんがいたり、公衆浴場で「お座敷がかかったんだけど秘密ね、桜乃ちゃん」と、こっそり教えてくれる芸者さんもいた。

「試合前日に予選の組み合わせ抽選会の予定ですが、桜乃さんが行ってくれますか」

「わたしがひとりで？」

「ワタシは学校の仕事がありますので、キャプテンのアナタにお願いします。東京帝国大学や東京高等師範学校は出ていませんが、山中湖や諏訪湖の大会で上位に入ったチームもいます。どこと当たっても、ワタシたちには強敵でしょう」

「はい」

ミアの説明を聞きながら、桜乃は「大会要項」のある一文に目を落とした。

『本大会で二位入賞チームまで札幌オリンピック代表選考大会出場権を与える』

その一行を読んで桜乃の胸は高ぶった。

(オリンピック)

それは今のブロッサムには高すぎる目標かもしれない。でも、頂の遥か上だと思っていた場所が、見える位置に立てたのも確かだった。

「それからこれですが。今日、学校宛てに届きました。カーリングの戦術書です」

ミアは机の上に置いてあった一冊の分厚い洋書を桜乃に手渡した。

それは桜乃が神保町の書店に探してくれるように頼んでおいたものだった。桜乃はさっそく開いてめくってみたが、中身は英語の上に挿絵もないのですぐに理解できそうにない。

「この大会には間に合いそうにないので今後の参考にします」

桜乃はひとまず本を閉じた。

III

大会を翌日に控えた金曜日、「第一回榛名湖カーリング選手権大会」の組み合わせ抽選会が、榛名湖畔の湖畔亭で行われることになった。

桜乃はまず学校に行きクラスの朝会にだけ参加して、正午の抽選会のために伊香保電車で戻ることにした。志摩は「無理しなくても休んでいいのよ」と言ってくれたが、学校生活を疎かにしないのも、桜乃の学生としての「筋」だ。

「桜乃ちゃん、待って」

教室を出ようとするとかすみが駆け寄ってきた。桜乃が振り向くと、

「起立！　市野井桜乃さん、里見かすみさんに注目」

副級長の菜穂子の号令にクラスの全員が起立して、扉の前の桜乃とかすみの方を向いた。

「我ら明治高等女学校の名を背負って戦う級友に拍手！」

クラスメイトたちは桜乃とかすみに向かって一斉に拍手した。かすみは事前に聞かされていたらしいが、桜乃は完全に不意打ちだった。

「がんばって頂戴ね、おふたりとも」

「期待しているわ」

「応援いくからね」

級友たちは口々にエールを送った。

「みんなありがとう！」

桜乃はクラスメイトにお礼を言って手を振って見せた。それから、この計画の首謀者であろう、教室の一番後ろにいる菜穂子に向かって声を張った。

「菜穂子さんもいろいろありがとうね！　あとでうちの湯の花饅頭を山ほど持ってくるね」

「お礼だというなら学校の名誉を汚さないために、せめて一勝くらいしなさいな」

「うん、優勝カップ持ち帰ってくるわ」

クラスはドッと沸き返る。桜乃はクラスメイトの歓声に背中を押されて学校を出ると、伊香保電車に乗った。家に寄る時間はないのでそのまま伊香保ケーブルカーに乗り換えて、正午少し前に湖畔亭に到着した。

「おや、来ましたね」

湖畔亭は玄関を入ると広い土間があり、薪ストーブが燃えている。その側で煙草を燻らせた「気障な御仁」が、桜乃に向かって軽く手を上げた。

「波宜亭先生？　東京から戻ってきていたんですか？」

「三日ほど前の汽車でね。早速に伊香保の湯につかりにきたのですが、僕でもそれなりに世間に名を知られているのか、とりあえずの大会立会人というのを頼まれましてね」

波宜亭先生は肩を竦めた。

湖畔亭の土間にはすでに他の七チームの代表者一名が集まっていた。どうやら、桜乃が最後のようだ。

「あと一チーム遅れてくるというのでどこかと思えば、なんだ化粧でもしていたか」

上がり框にどかっと腰を下ろしていた、帝文館大学の仁木が桜乃の顔を見て笑う。この薄ら笑いは、桜乃にはずっと下品なものに思えて仕方なかった。

「まさか本当に大会に参加してくるなど、女学生のお嬢さんは身の程知らずだな」

「遅れて申し訳ありません」

桜乃は仁木の前を素通りして残りの六チームの代表に頭を下げた。無視された仁木は露骨に顔を歪めて舌打ちした。

「出場チーム揃いましたね」

背広を着た割腹の良い中年の男が、波宜亭先生の隣に立った。

「大日本体育協会の一色《いっしき》です。今大会の運営員、及び審判は私が務めます。では、これより組み合わせ抽選会を行います。この籤《くじ》には一番から八番まで番号が振ってありますが、一と二、三と四、五と六、七と八がそれぞれ対戦とします。勝ち上がり同士がまた対戦……それで異議はありませんか？」

「我々は昨年の山中湖大会で三位、今年の諏訪湖大会は二位だ。それが女学校や師範学校、工業学校と同列に扱われるのか？」

仁木が不満を露わにした。これには桜乃のみならず、金沢第一師範学校と極楽寺工業学校の主将も抗議の声を仁木に上げかけた。

「黙っておやりなさい。それが大学生の教養《リベラルアーツ》というものですよ」

波宜亭先生が煙草を燻らせて笑うと、仁木はまだ面白くなさそうな顔をしていたが、おとなしく引き下がった。小さな声で「詩人風情が」と毒づいたのが、桜乃にも聞こえた。

「どれ、面白そうなのでその役は一つ僕が引き受けましょう」

波宜亭先生は一色運営員から三十センチほどの竹ひご八本を受け取った。その先端に描かれた数字を確認すると、右手でそれを隠すように握った。

各チームの代表は波宜亭先生を囲むように、端から順に籤の竹ひごを引いた。桜乃も引くと、すぐに自分の数字を確認した。

一色運営員が各番号を確認して回る。桜乃の籤には「五」と赤字で書かれていた。

籤引きによって決まった一回戦は、

第一試合　名越中学校　対　金沢第一師範学校
第二試合　極楽寺工業学校　対　チームグラスゴー
第三試合　明治高等女学校　対　帝文館大学
第四試合　東亜大学　対　久米川中学校

となった。

「帝文館大学と……」

ブロッサムにとって楽な相手などないが、相手は桜乃をカーリングに向かわせた原因の一つを作ったチームだった。

「気の毒な組み合わせになったな」

仁木はニヤニヤしている。こんな男でも山中湖、諏訪湖の両大会ではそれぞれ上位に入っていて、チームの実力は十分だ。スキップとしてもきっと桜乃よりも経験豊富だろう。

でも、今日も赤ら顔に酒臭い息をしている。帝文館大学の名でお座敷が入ったと桜乃は聞いていたので、夕べも飲んでいたのか、朝まで遊んでいたのか知らないが、それは桜乃の思い描く「カーラー」の姿とはほど遠い。

そして、対戦の約束はこの大会で果たされることになった。

「いい試合をいたしましょう」

桜乃は浮かんだ感情をすべて胸の奥に仕舞い込み、仁木に向かって右手を差し出した。

Ⅳ

夕方になって学校を終わらせた、かすみ、一華、香子が星花亭へ到着した。

三人は対戦相手を聞いて驚きはしたが、「どこが相手でも関係ない」「私たちの練習してきたカーリングをしましょう」と口々に言った。

「ところで、ミア先生は？」

「学校の仕事で遅くなるそうですわ。終電には間に合わせるっておっしゃっていましたけれど」

かすみが答えた。

「湖畔亭の女将さんが今夜は雨だからって言っていたから、終電前に来てもらいたいのに」

心配だったが今更伝える術もない。この日の終電の時刻を過ぎてもミアは星花亭に姿を見せなかった。

みんなで公衆浴場に行った後で、夕食は正彦、志摩も一緒に取ることになった。志摩が用意したメニューは惣菜鍋、鶏肉の竜田揚げ、マカロニのトマト煮、豆腐の味噌汁、そしてカツレツが並んだ。

「このカツレツはお母さんが作ったの？」

桜乃は首を傾げた。正彦が食べないので志摩は普段は豚肉料理はあまり出さない。

「さっき、一華ちゃんたちが持ってきてくれたキリン食堂のよ。明日の試合に『勝つ』ようにって、お春ちゃんの伝言つきで」

ご飯をつぎながら志摩は笑った。

夕食も終わると一華はさっさと寝てしまった。香子は「私は本を読んでいる方が落ち着く」と、電気スタンドの下で戦術書を読んでいた。

眠るのにも早い時間なので桜乃は売れ残りの湯の花饅頭を失敬して、家の前の石段にかすみとふたり並んで腰かけた。幸いにして雨はまだ落ちてこない。三月の半ばにしては暖かさを感じる夜だ。

「なんか暇だよねぇ」

「わたくしもいつもこの時間はお店の在庫の確認をしたり、売り上げの計算を手伝ったりしてますわ」

「わたしも明日の朝はお店を手伝わなくていいって言われてる。久々かも」

親友との他愛の無い話が、桜乃は楽しかった。

雨の予報のためか人通りはない。石段からはぼんやりと温泉旅館や料理屋の灯りが見える。それは淡く揺れて、寂しさと切なさを感じさせた。

「やっと大会まで来たね」

「来ましたわね」

「正直、まだまだ足りないことの方が多いと思う。でも、初練習から三か月半でやれることはやれたかな。投石、スイープ、ドロー、ガード、テイクアウト……」

「この間まで名前さえ知らないものばかりですわね」

「そう。そう考えるとわたしたちってかなりすごいことをしているよね」

「後は……お手洗いの近い桜乃ちゃんの対策くらいですわね」

「だ、大丈夫だって。ちゃんとそれも対策しているから！　もう、かすみの意地悪」

桜乃は肘でかすみを突いた。かすみは「ごめんなさい」と笑って、また大階段の灯を見ていた。

桜乃もすぐに同じ灯に目を戻した。

「明日の試合、勝てるかな」

桜乃は素直な思いを口にした。練習試合の経験は二試合だけで、しかもどちらも負けている。男子ばかりの大会に出て勝てる自信も、そのイメージさえも沸かなかった。

「勝ちますわよ」

かすみは事も無げに言った。それから突然、歌を口ずさみ始めた。

「勝って来るぞと勇ましく、誓って故郷《くに》を出たからは、手柄たてずに死なりょうか」

「露営《ろえい》の歌？」

『露営の歌』は最近流行している軍事歌謡曲で、作曲を古関裕而、歌唱を伊藤久男《いとうひさお》が担当した。最初はさっぱり売れなかったそうだが、日華事変が長引くにつれて瞬く間にヒット曲になった。桜乃も東京の町を歩いていて、兵隊ごっこをしている男の子たちが、この歌を歌っているのを何度か聞いた。

かすみは腕を振り上げて、その歌を歌った。

「進軍ラッパ聞く度に、瞼《まぶた》に浮かぶ旗の波」

「ねえ、かすみ。かすみが浴衣に縕袍で軍事歌謡曲なんて歌っている姿を見たら、下校するところをわざわざ見物にくる男子学生が泣くわよ？」

「あら、女に幻想を抱きすぎなんじゃありませんこと？」

かすみは悪戯っぽい目をした。

「わたくしは明日、男子チームをコテンコテンに倒すと決めていますのに」

「勝つ気なんだ」

「わたくしは負ける戦はしない主義ですの。桜乃ちゃんのお誘いに応じた時からずっと勝つつもりですわ。桜乃ちゃんに内緒でキリン食堂を祝勝会のために予約してありますのよ」

「祝勝会って……」

「楽しみですわね」

にっこりと笑った瞳の奥に、燃えるような炎を見て桜乃は呆気に取られた。かすみは最初から……どれだけ氷の上で転んでも、母親に反対されて家に閉じ込められても、やり抜く覚悟を固めていた。

その決意を今になって桜乃は再認識した。

「祝勝会、なにか出し物をしましょうか？　誰か手品とかできません？」

「……とりあえず、かすみは歌は止めておいた方がいいよ」

「あら、どうしてですの？」

「今の歌唱力ならファンの男子でなくても親友のわたしも泣きたくなるわ」

「そんな、桜乃ちゃんこそ酷い」

今度はかすみが桜乃の体を押した。桜乃が押し返したのでふたりで抱き合うようになり、思わず顔を見合わせて笑い合った。

「おい、おまえたち」

突然、店の表戸から正彦が顔を出したので、桜乃は少し乱れていた浴衣の襟元をあわてて直した。

「そんなところでなにをしてるんだ?」

「えっと……ちょっとのぼせたので冷ましていて」

公衆浴場に行ってから二時間以上経っているので、下手な言い訳にもほどがあると自分でも思った。でも、父は「そうか」とだけ答えて、桜乃たちの前まで石段を上がってきた。

「ちょっとこれを食べてみろ」

「なにこれ、試作品?」

正彦が手にしている皿には、湯の花饅頭が一つだけ乗っていた。

他の店は創業以来、その味を守り続けているところが多いが、星花亭は毎年のように微妙に味に変化をつけていた。それは砂糖の配合や、水加減といった類の微妙なものなので、よほどの常連でないとまず気がつかない。でも、それが新参ながら星花亭が、伊香保の街に根づいた正彦の努力だった。

最初に持って出た湯の花饅頭はもうとっくにお腹に収まっていた。桜乃は一つの饅頭を二つに割り、片方をかすみに渡す。もう片方をまた半分にして口に入れるとまず餡の味が広がったが、いつもの味とちょっと違う。

「どうだ?」

めずらしく正彦が桜乃の感想を聞いた。

「うん……ちょっと甘すぎるけど、これ……」

父の味に意見するのは勇気がいることだが、それを聞いた正彦は頷いた。

「それならいい。おまえの舌は確かだ。明日、作って置くから持っていけ」

「え？」

「売り物にはならない代物だが、スポーツは糖分を補給するのがいいと詳しい奴から聞いた。なら、このくらいでちょうどいいだろう」

「これはわたしたちのために……？」

「早く寝ろ」

最後はいつものように短く言うと、正彦は店の中へ戻っていった。

（スポーツに詳しい奴って誰だろう）

頭の中に隆造の顔が浮かんだ。父と会わないままのはずだが、母とは手紙のやり取りをしているはずだ。母から聞いたのか、手紙をこっそり見たのか。

「ありがとうございます、お父さん」

桜乃は食べかけの「甘すぎる湯の花饅頭」を、両手に包み込んでお礼の言葉を紡いだ。

V

雨は深夜になって降り始め、明け方前には上がった。

「大会の開催に支障なし」

星花亭にも連絡が入ったが、その頃に桜乃は氷の状態を確認するため、ブロッサムのメンバーよりも一足早く榛名湖に向かっていた。

林道が開けて湖畔に出ると、薄っすらと雪を残した榛名富士が目に飛び込んできた。

「あ……」

山も、湖も、すべてが薄明の青に染まる頃だ。もうじき、榛名富士の向かって右側から太陽が昇る。その刹那だった。

(光った)

どうして山の頂が白く光るのか、それを子供の頃から何度か見ている桜乃も理由は知らない。

(その絶頂《いただき》を光らしめ、峰に粉雪けぶる日も、くろずむごとく凍る日に)

本人に伝えたことはないし伝える気もないけれど、波宜亭先生の「榛名富士」は桜乃が一番好きな詩だった。雨の日も雪の日も風の日もあった。そして、この日のように雲一つない朝を迎えた。

太陽が昇る。白い光も幻想であったかのように消えていく。

桜乃に遅れて、かすみ、一華、香子が榛名湖へ上がってきた。湖畔の仮設小屋は男子選手が使用して、ブロッサムとチームグラスゴーの外国人女子選手ふたりは、女将の計らいで湖畔亭の客室が更衣室になった。外国人選手とは別室なので、桜乃たちは落ち着いて着替えることができた。

「このタイツ良いですね」

香子が黒のバルキータイツを穿いて感想を言った。

「礼なら技芸科のみんなに言ってくれ。桜乃の東京土産の複製品だけどな」

一華が少し自慢気な顔をした。カーリングは氷の上に乗っている時間が長いため、どうしても腰やお尻が冷える。通学で穿く長靴下でも寒く、ある意味で最大の難敵になっていた。

桜乃は白木屋百貨店に行った時に、婦人肌着売り場でこのバルキータイツというウール毛のタイツを見つけた。とはいえ、一足しか買えないくらい高価なものだったのだが、これを技芸科の一華のクラスメイトたちが、この日まで四足だけ作成して揃えてくれた。

「氷の上で何時間でも平気だとうちのクラスの連中の自信作だ」

「本当に暖かいですわね」

かすみはそう言ってから桜乃の耳元で「良かったですわね」とささやいた。お手洗いの近い桜乃としては、これで後顧の憂いなく試合に集中できた。

土間に下りた四人は紺の制服に黒のバルキータイツ、足元は短靴、腰のベルトには結木校長からもらった桜花を模ったバックルをつけた。

最後に桜乃とかすみ、一華と香子でお互いのタイを結んだ。どんな時でも明治高女の学生として誇りと品格を己の胸に刻み、「誠実　礼節　勤労」の精神を忘れず――カーリング精神にも通じる校訓を、タイを結んで再確認した。

「よく考えて見ると、セーラー服で試合って妙な感じがするな」

一華がタイをつまんで言った。

多くのスポーツはユニフォームがあるが、カーリングは特に決まっていないので、他の出場校もスキー用外套、学生服など様々だ。

「いいじゃない、セーラー服といえば元は英国海軍の水兵服でしょ。それを日本海軍が採用して、女学校の制服として広まったっていうし」

桜乃が言うと、三人は顔を見合わせている。

「な、なによ……」

みんなの反応を訝しむ桜乃に、かすみが小首を傾げる。

「桜乃ちゃん、どうして詳しいんですの？　デッキブラシのこともそうですけど、海軍に興味があるなんてわたくしも知りませんでしたけど」

「いや、ほら。タカ兄ちゃんが戦闘機をつくっているし、そんな関係でね……」

「隆造さんは陸軍の飛行機を造っているっておっしゃってませんでした？」

「え、いやね、それは試合に臨むわたしたちにピッタリな服じゃないかなって意味で」

「その通りです。戦う準備はできましたか、ミナサン？」

試合前なのに早くも窮地の桜乃を救うその声に全員の目が向く。

クロッシェも、赤いロングコートもずぶ濡れになった女性が玄関に立っていた。髪が金色であるので、知らない人が見たら榛名湖から妖怪女が這い出した……そんな騒ぎになりそうだ。幸い、老女将と顔見知りなので通報されることはないだろうが。

「ミア先生？　どうしたんですか？」

桜乃の「どうしたんですか？」には二つの意味があった。一つはその姿のこと、もう一つは昨日の夜に到着予定のはずのミアが、なんでいきなり榛名湖にいるのかということだった。

ミアは「スミマセン、お湯と何か着替えはありませんか」と、湖畔亭の仲居に頼むと帽子を取る。

濡れ髪には日本人とは違った趣の美しさがあった。

「ストーンを投げていました」

「ストーンですか？」

「はい、大会で使うストーンをミナサンは使ったことがありませんね。なのでワタシが昨晩、大会本部から借りて投げて見ました」

「あの雨の中でそんなことを……」

「ミナサンに個性があるように、ストーンにも一つひとつ個性があります」

金色の髪から水を滴らせて、ミアは白い歯を見せて笑った。

「いいですか、時間がないので良く聞いてください。今日の試合で使用するストーンはミス・サクラノは三番と七番を、ミス・カスミは一番と五番を……」

そうミアは四人それぞれの癖、適正にあったストーンを指示した。

湖畔亭の仲居が運んできてくれた白湯《さゆ》を口にして、ミアは「Phew（ふう）」と一息ついた。

「以上です。それでは皆さん、『Every man is the architect of his own fortune.』」

いきなり、ミアは英語を口にした。

「ワタシの母国で有名な言葉です。意味はわかりますか、ミス・サクラノ？」

「えっと……設計者……『人生の設計者であれ』」

「その通りです。ここから先の道を切り開き、人生を築いていくのはアナタたちです」

「ありがとうございます、ミア先生」

桜乃、かすみ、一華、香子はそれぞれミアにお礼を言い、抱き合ってから湖畔亭の玄関を出た。ミアはそれを見送って、また笑った。

「Blessing the girls.（少女たちに祝福を）」

Ⅵ

榛名湖の湖岸にはテントが張られて、万国旗が揺れていた。

今日はこの時期にしては暖かく風もないので、観客は学生の他に伊香保温泉からの物見遊山の観光客も合わせて百五十人近くいた。桜乃たちと同じセーラー服の級友たちも五十人くらい見えていた。一華と香子のクラスメイトも来ているようだ。

「これより、第一回榛名湖カーリング選手権大会を挙行します」

一色運営員の声と共に、甲高い楽器の音が榛名湖に響き渡る。まず氷の上に現れた男は、管が三本ある奇妙な楽器を演奏していた。

選手たちはそれに続いて歩くように言われていたが、桜乃は楽器よりもその男の衣装が気になった。上着は詰襟に似ているが下は緑と黒の格子柄の膝まである布だったので、桜乃は我が目を疑った。

「あれ男の方だよね……えっと……スカート？」

「まったく貴女はカーリングには熱心ですが、他のことには興味がないのですね」

香子が呆れた顔をした。

「以前、キリン食堂で紅茶をいただいている時に、ミス・ミカエラがおっしゃられたでしょう。あれはスコットランドの民族衣装でキルトです」

「……スカートにしか見えないね」

それも日本人女子はまず穿かないであろう膝上の長さだ。この長さのスカートで外を歩いたら、かすみでなくても家から出してもらえなくなりそうだった。でも、今着ている制服だって、ほんの三十年前にはこの国に存在していなかったものだ。

「そのうち、日本の女学校のスカートもあんな柄でもっと短くなったりしてね。膝が全部見えるくらいの」

「あんな派手な柄で短い丈のスカートが制服ですか？　そんな時代など来るはずがないでしょう」

「わからないわよ。六十年、七十年後くらいには」

そんな時代になったら、それはそれで楽しいこともあるのだろうかと桜乃は想像した。

「ねえ香子、あの曲ってなんだかわかる？」

「カーリングの試合前には母国であるスコットランドの国歌を演奏するそうです。曲名は『勇敢なるスコットランド』とか」

「あの楽器は？」

「バグパイプというそうです。私も実物を見るのは初めてです」

香子は物めずらしそうな顔をして、眼鏡の縁に手をやった。

（波宜亭先生が東京から演奏者ごと探してお連れしたとかじゃないのかな？）

桜乃はそんな気がした。あの先生は本業よりも音楽をこよなく愛しており、マンドリン以外にも様々な楽器に通じている。大会の「立会人」らしいが、見回しても姿はどこにもない。

（まあ、そういう方だけど）

きっとこの様子をどこか遠くから見て、煙草を燻らせてでもいるのだろう。いろいろと波宜亭先生にはお世話になった。まだオムレツもご馳走していないが、お礼の意味でも勝利を見せたい。

（あとは……期待するだけ無謀かな）

桜乃はもう一度、氷上から観客までぐるりと見まわした。

「桜乃ちゃん、誰かお探し？」

なにか言いたそうなかすみに、桜乃は「クラスのみんなをちょっとね」と誤魔化した。

バグパイプの演奏が終わり、第一試合の「名越中学校　対　金沢第一師範学校」が始まった。練習試合でブロッサムが惜敗したチームだが、試合は一エンドから金沢第一師範学校がリードした。その後も手堅くリードを保ち続け、五対四で金沢第一師範学校が勝利した。

第二試合は「極楽寺工業学校　対　チームグラスゴー」の対決。この試合はスコットランド人の男性ふたり、女性ふたりの混合チームであるチームグラスゴーが、極楽寺工業学校を終始圧倒した。七エンドが終わって十対二となったところで、極楽寺工業学校の主将が相手の勝利を認めるコンシードとなる握手を求めた。

「力も速さも段違いね」

初めて見る大人の外国人の試合に、桜乃は少し興奮した。

チームグラスゴーの男子選手は速いストーンを投げる時は、立ったまま腕を後ろに振り上げて、遠心力を利用して投石していた。ただでさえ体格の良い男子選手なので、ストーンは高スピードで氷の上を滑っていた。

（あの投げ方が出来れば速いストーンが投げられるけど、わたしには無理かな）

桜乃の腕力と体格では、投げることは出来ても狙いが定まらないだろう。一華なら出来るかなと思って隣を見ると、彼女は制服の胸元を扇いで風を入れていた。

「今日は暖かい……というか暑いくらいだ。これだけ暑いと氷が溶けて割れるんじゃないかな。ねえ、桜乃」

「割れたら大惨事だけど、溶けてはいるよね」

桜乃は第二試合の途中から一度も目は離さずに試合を、そして氷面を見ていた。今日は暑いだけでなく風もない。この時期の榛名湖がここまで無風というのも滅多になかった。

（ストーンの動きが練習の時と違う）

昼食の時間を挟んでいよいよ第三試合となった。

正午の電車に乗ってきたらしい観客は更に数を増し、ざっと数えても二百人はいる。

「明治高等女学校、帝文館大学の両校は氷上へ」

氷の上に進み出た一色運営員が両校の校名を告げた。

「行こう」

桜乃は先頭で氷の上に飛び出した。それに一華が続く。

「かすみさん、お待ちなさい」

一華の後ろから氷の上に出ようとした、かすみを香子が呼び止めた。

「貴女、この大会でヴァイス・スキップを務めなさい」

「わたくしがですか？」

「ここまで大会を見ましたが、大半のチームはサードがヴァイス・スキップ……参謀役のようです。私たちのチームもそうした方がいいでしょう」

「でも、それで香子ちゃんはよろしいんですか？」

かすみは訊ねた。桜乃はこのチームの参謀役にと口説いたはずで、香子もその役割に誇りを持っていた。ここまでブロッサムの戦略を組み上げたのも香子の役割が大きい。

「ヴァイス・スキップはスキップたる桜乃さんの相談役です。桜乃さんの親友である貴女が元から適任です。貴女はどんな局面でも冷静沈着で、人の心の機微も知っています。それに戦術の研究にも熱心です」

香子に肩を軽く抱かれて、かすみは「はい」と返事をして頷いた。

氷上にはこの日のために鋲が打たれ、それをロープでつないで長方形のシートが作られた。ハウスも工具ではっきりと円が削られていた。

対戦相手の帝文館大学はスキップの仁木以外の三人は、前に石段で会った時と顔ぶれが違う。三人とも身長は百七十センチ以上の長身で、リードの選手など百八十センチ近い。このチームは唯一、全員がスキー用外套を着ているが、布越しでも腕の太さがわかるほどだ。

「メンバー変わっているね」

「さっき名越中の選手に聞いたんだけどさ」

一華は前の練習試合で名越中の男子選手と仲良くなったらしい。というよりも、大会前に「姉御」「一華御前」とか呼ばれていた様子だと、一方的に好意を寄せられているようだが。

「あの三人はそれぞれ柔道、陸上、闘球《ラグビー》からスカウトしてきた選手らしいぞ」

「つまり、力でスイープしてストーンを伸ばしてくるわね」

「両チーム整列を」との声に、ブロッサムと帝文館大学は一色運営員を中央に向かい合う。一華以外は身長は百五十センチそこそこなので、相手に見下ろされる格好になった。

「なんだ、その格好《なり》は？」

仁木が鼻で笑ったような声をした。

「スカートで出てくるなど競技に対する冒涜に外ならん。だいたいそれはデッキブラシか？　卒業後は船の掃除婦にでもなるつもりか」

「あら、仁木主将はそこにいらしたんですの。周りの方があまりに大きいので、どちらにおいでなのかと心配しておりましたわ。ほほほ」

取って付けたような桜乃の女学生言葉に、ブロッサムのメンバーだけでなく、帝文館大学の選手たちまで噴き出した。あまりに高身長のメンバーを揃えたために、百六十センチほどの仁木は他の選手の中に埋もれるようになっていた。

仁木が「貴様ら」とにらむと、帝文館のメンバーは急ごしらえの真面目な顔に戻る。

「コイントスを」

かすみと帝文館のサードが前に出ると、一色運営員がコインを弾く。

「裏だ」

「表です」

コイントスの結果はブロッサムが後攻。帝文館が先攻。香子が「かすみさんはやっぱり勝負強い。コイントスで負けたことがない」と得心したように頷いた。

両チーム試合前の握手を交わす。桜乃が仁木の手を握ると、またあの薄ら笑いをした。

「貴様らのような女学生の相手をしている暇はない。我々は優勝しか狙っていない」

「奇遇ですね。わたしたちも優勝しか考えていません」

「女学生の分際でなにを抜かす。貴様らはそのブラシで掃除でもしているのが似合いだ」

「そのつもりです」

桜乃がそう言うと、仁木は怪訝な顔になる。

「榛名湖にネズミの死骸があっては龍神もお怒りでしょう。今日はそのお掃除も兼ねています。忙しいこと」

笑って桜乃は手を放す。憤怒で真っ赤になっている仁木にさっさと背中を向けた。

「桜乃ちゃん、カーリング精神はどうしたんですの？」

「まだ、試合前だからいいじゃない」

側に寄ってきたかすみに桜乃はそう応えた。

Ⅶ

一エンドから試合は思いもよらない流れになった。

まず、両チームともストーンが真っ直ぐに進まない。帝文館が誇る筋骨逞しい選手が投げ、スイープしてもストーンは途中で失速してしまう。

「なにをやっているか！」

開始早々、仁木は焦れて大声を張り上げた。

「ストーンが滑りませんわね」

両チームサードの一投目まで終わったところで、かすみが首を傾げた。

「午前中の二試合で氷がかなり傷ついている。それに今日の気温だとやっぱり氷が溶けている」

氷が溶けて「緩く」なればそれだけストーンの進みは遅くなる。遅くなれば途中で曲がってしまい、予定通りに伸ばすことが難しい。相手はそれで焦れているらしい。

「わたしたちにとっても好ましくはないけれど、スイープで伸ばそうにも力はやっぱり男子には敵わないし……本来なら」

「本来なら？」

「このくらいの気温の日は前にも何回かあったじゃない」

桜乃がそう言うと、かすみは「了解」と敬礼の真似をして蹴り台に向かった。

ハウスの前には両チームのストーンが一つずつあったが、かすみの投げたストーンは針の穴を通すようにその間を抜ける。ブロッサムのストーンをガードにして、ボタンの真上に止まった。

このストーンを仁木は弾き出そうとしたが、二投とも狙いを大きく外れた。

桜乃の最後の投石を残して、ハウスはブロッサムのストーンのみ。桜乃はドローショットの指示を出すと、蹴り台を蹴って投石した。

緩い氷だが一華と香子のスイープのお陰もありストーンは滑ると、ハウスに入って止まった。

ハウスにはブロッサムのストーンが二つ。

一エンド終わってブロッサムが二点獲得。

「ナイスショット、桜乃」

「ナイススイープ、一華」

一華が駆け寄ってきたので、軽く手と手を合わせた。スコットランドの試合ではこうして喜びを表すと、前にミアから教えてもらった。

（わたしたちはずっとここで練習してきた。どのチームよりもここの氷を知っている）

二エンドは帝文館が一点を取って、得点は二対一。

三エンドはブロッサムがまた後攻になったが、ハウスの中にストーンが溜まらない展開になった。桜乃は最後の一投で一点取るよりも無得点――ブランクエンドを選択。ストーンを意図的にハウスを素通りさせて、両チーム無得点とした。

続けて後攻になった四エンドは、桜乃の最後の投石を残してボタンに帝文館のストーンが一つ。少し離れてブロッサムのストーンが一つ。

（ここでわたしが帝文館のストーンを出せば、こっちが二点取れる）

桜乃が蹴り台に足をかけると、視界の端で仁木が審判席に行きなにか話している。「邪魔だな」と思ったが、それで集中力を失っては意味がない。気を引き締め直して投石した。

ストーンは氷上を軽やかに滑り、相手のストーンをハウスから弾き出す。投げたストーンもハウスの中に止まった。

観客からはやんやと拍手が起こる。

応援席のクラスメイトからも、「桜乃ちゃーん」「市野井さーん」と声が飛んだ。最前列で菜穂子が声を張り上げていたので、桜乃は手を上げてそれに応えた。

四エンドまで終わって四対一でブロッサムがリード。試合は折り返しの休息時間――ブレイクタイムに入った。

「みんないい調子ね」

氷から上がって桜乃はみんなに湯の花饅頭を配った。

特別製の「甘すぎる湯の花饅頭」は、疲れて冷えた体に染み渡るように感じられた。

一華が「今日はストーンが滑らないな」と手を擦った。もっとも、声の調子は力強く明るい。

「正直言えば、このブラシがなければかなりしんどかったけど」

一華が手にしたブラシは、桜乃が東京から持ち帰ったデッキブラシを雑貨屋で改良してもらったものだ。柄は桜乃たちの手の大きさに合わせて、毛も余計な部分を切り揃えた。桜乃はこれを「カーリングブラシ」と名づけたが、「そのままじゃないか」とメンバーから容赦ない突っ込みを浴びた。

「向こうはこの氷に苦労しているみたいですね」

香子もめずらしく声を弾ませていた。冷静な彼女が少し頬を上気させているのは、寒さよりも興奮からだろう。

「わたしたちはここで練習している回数なら誰にも負けないわ。それに、ミア先生がわたしたちに合うストーンを選んでくれたのも本当に大きい」

桜乃が言うと、全員が頷いた。

「あと四エンド……わたしたちのカーリングをすれば絶対に勝てる」

桜乃は確信していた。

（後半の五エンドは相手に一点なら与えていい。次の六エンドは二点は取りたい）

先攻の時は相手を一点に抑え、後攻で確実に二点を取る。好機があるなら三点、四点を狙っていく
……練習とチーム会議を重ねて、桜乃たちはそう結論付けた。ここまでの三点のリードを生かせれば、勝利までの道筋は見えていた。

「とにかく、相手にストーンを溜めさせない方がいいでしょうね。一歩間違うと大量点を与えてしまいます」

「スイープも投石も相手は腕力がある。あの仁木ってのはともかく、他は後半になっても疲れない体力もあるだろうから、ストーンを伸ばしてくるぞ」

香子、一華から口々に意見が出る。それを「いい雰囲気」と桜乃は思った。

「ねえ、かすみもなにか気づいたことはない？」

唯一、黙っているかすみに桜乃は声をかけた。かすみは湯の花饅頭を手にしたまま、氷上を見ていた。

「ストーンは……」

「どうかした？」

「ストーンはどうしたんでしょうか？」

「ストーンって？」

桜乃が氷上に目をやると、両チームのストーン十六個がいつの間にかどこにもない。第一、第二試

合を見ていたが、ブレイクタイム中はシートの端に寄せてあったはずだ。

桜乃はストーンと一緒に、帝文館大学のメンバーの姿も消えていることに気がついた。

(なんだろう)

嫌な予感がした。急いで残っていた湯の花饅頭を口に放り込んでブラシを手にすると、運営員の姿を探した。

そこに一色運営員が桜乃たちの方に歩いてきた。その後ろには仁木がいた。

(なんでこのふたりが一緒にいるんだろう)

桜乃は疑問に思った。

「明治高女の選手に通達があります」

一色運営員はいきなり「通達」と言った。声の調子も少し強い。

「先程の四エンド終了後の確認でストーンが割れていることが発見されました」

「ストーンが割れた?」

「なので、ストーンを交換して後半を再開します」

「誰か気がついた?」

桜乃は三人に確認したが全員が首を横に振った。そもそもストーンに使われているエイルサイト石は、日本の御影石よりもなお固い。簡単にヒビが入ったり、割れたりするようなことはないはずだ。

「ストーンが割れたのならそのストーン一つを交換するのがルールのはずでは?」

香子が言ったが、一色運営員は首を横に振った。

「ストーンは両チーム使用の複数が割れており、すべて交換した方がいいとの判断です」

「そんなに多くのストーンが割れるなんて……」

あり得ない……桜乃はそう直感した。

「ストーンを交換するとして予備のストーンの用意はあるんですか？」

「それなら心配いらない。こちらで予備の一セットを用意してあり、後半からすぐに試合を再開できるようにします」

「わたくしからも質問があります。よろしいでしょうか？」

黙っていたかすみが桜乃の前に出た。

「その予備のストーンはどなたがお持ちになられたものですか？」

「無論、大日本体育協会で管理しているものだが？」

「これまで一度も使用したり、どこかに貸し出されたりしてはいませんか？　それを証明することはできますでしょうか？」

桜乃は最初、かすみの言っている意味が良くわからなかったが「あ……」と思い、帝文館の仁木の顔を見た。協会はストーンを購入して、それを各大学に貸し出していた。帝文館大学もそのストーンで練習していたはずだ。

「我が大学がストーンを事前に使用していると疑っているのか？」

仁木は不遜な顔をして両腕を組んだ。

「言いがかりだ。我が大学の名誉を損ねる発言は許しがたい」

「では、その破損したストーンをお見せください。わたくしたちは誰もそれを確認していません」

「もう運営の方でシートから運び出した。今から戻せば次の試合にも影響が出る」

一色運営員の声が大きくなり、語調もより強くなった。

「これは決定事項である。ストーンはすべて交換して後半を再開する。異議を申し立てるなら明治高女は試合放棄と見なす」

「そんな、乱暴です」

桜乃は抗議したが、一色運営員は聞く耳は持たないとばかりに続けた。

「それから、これは四エンド最終投前に帝文館大学側から申し出があった。なので、明治高女スキップの最終投は無効とする」

「それって……」

桜乃は一瞬、なにがどうなったのかわからなかった。香子でさえ言葉を失う中でかすみだけがまた口を開いた。

「得点はどうなるんですか？」

「最終投が無効。四エンドの明治高女の得点は取り消しとなり、後半は二対一で再開する。通達は以上とする」

一色運営員は踵を返す。話がよく理解できていなかったらしい一華が、得点を聞いて「ちょっと待て！」とその背を追いかけようとした。それを香子が「駄目です！」と腕を掴んで止めた。ここで運営員に掴みかかるようなことをすれば、本当に失格にされかねない。

「仁木さん」

桜乃は仁木を呼び止めた。

「これで貴方はカーラーとして、スポーツマンとして恥ずべきことはなにもありませんか？」

「我らに疑いを持っているのなら心外極まるな」

仁木は振り返り、そして口元にいつもの薄ら笑いを浮かべた。

「カーラーは不正に勝つなら負けを選ぶだったか……まったく潔く、尊く、そして馬鹿馬鹿しい。スポーツなどなんであれ遊びだ。だが、遊びは勝ってこそ面白い」

「貴方はカーラーとしてスポーツマンとして氷の上に立ってはいけない人間だ」

「なら、お嬢さんたちの高潔な精神とやらで我々に勝ってみるがいい」

仁木はそう言い放つと、桜乃たちの前から歩き去った。

IX

「こんなふざけた話があるか！」

一華の大声は怒りに溢れていた。

運営員に急かされるように五エンドが始まったが、ブロッサムはすぐに異変に襲われた。まず、変わったばかりのストーンに対応できない。これまで通り掃いてもストーンの伸び方、進み方がまるで違う。予想できない動きに翻弄された。

それに対して帝文館大学はやはりこのストーンに慣れていた。なんとか相手に得点を与えないようにしようとしたが、失投が重なってこのエンドでブロッサムは三点を失った。

得点は二対四。残り三エンドで帝文館に二点リードを許す展開になった。

「相手は新しいストーンに慣れています。どうします、私たちに残りエンドで対応するのは難しいです」

香子も焦った表情をした。

「桜乃ちゃん、波宜亭先生にご相談できないかしら？」

かすみが提案した。

「先生はこの大会の立会人をお務めでしょう？　波宜亭先生なら……」

「相談しても無駄よ。運営員がストーンの交換も、わたしたちの得点の無効も認めたんだから。それに異議を唱えれば、わたしたちの方がカーリング精神に反する」

「だからって……」

「あ〜悔しい悔しい悔しい悔しい」

突然、桜乃はブラシを頭の上に振り上げた。かすみ、一華、香子はびっくりして桜乃の顔を見た。

「こんなに悔しいのって、タカ兄ちゃんが甲子園で打たれて負けた時以来だわ。松山商は正々堂々とした戦いぶりだったけどさ。なんかもう、あの連中はわたしたちを女学生だと思って舐めやがって。どうせ女だからなにもできないだろうって見下している。夜通しでストーンを投げてくれた、ミア先生の努力まで台無しにして。もう、全部めちゃくちゃにして暴れてやりたい」

「そうしたいなら、つき合うぞ」

一華が言ったが、桜乃はブラシを下ろすと「でもさ」と続けた。

「それに真っ向から正々堂々と戦って勝ったら、わたしたちはすごく格好いいと思わない？」

桜乃は、かすみ、一華、香子の顔を順に見て笑った。

「桜乃ちゃん、結構言っていること無茶ですわよ」

かすみが頬に手を当ててため息をついた。

「初手からおまえは無理筋が多いんだよ」

一華が髪に手をやり軽く頭を振る。

「でも、それは確かに格好いいですね」

香子が眼鏡の縁に手を当てて、そして頷いた。

「あいつらに教えてやろうよ、運営員の大人たちにも。わたしたちの……ううん、わたしたちがカーラーだ。ジス・イズ・カーリング……これがカーリングだって」

それに三人は頷く。

最初にかすみが「誠実」と言って手を出し、香子が「礼節」と手を重ねる。そして一華が「勤労」とその上に手をおいた。

最後に三人の手の上に桜乃は右手を乗せた。

「勝利を！　ウィーアー」

四人の「ブロッサム！」の声が揃うと、手が離れてそれぞれの位置に散る。桜乃はシート全体を見渡せるハウスの後ろ側に立った。

（六エンドは後攻で二点差。残りは三エンド）

（わたしたちの力じゃ逆転はむずかしい状況だ。勝つのは簡単じゃない）

（でも、ストーンを変えられても氷は変えられない。わたしたちが練習を重ねた氷のままだ）

（そして、わたしたちのこの熱い気持ちも絶対に変わらない）

桜乃は空を見上げた。いつの間にか空には厚い雲が垂れ込め、汗ばむほどだったのに風には冷たさが混じっていた。氷に手をふれてから桜乃は「香子」と蹴り台の香子に呼びかけて、ブラシで投石位置を指示した。

場所はハウスの前。桜乃が選んだのは「ガード」だった。

香子が頷いて投石する。その速度を見て一華がスイープしようとしたが、桜乃は叫んだ。

「ウォー（掃くな）」

一華とかすみが「え？」という表情をする。これまでの状況なら確実にストーンの速度が足りない。かすみはすぐに手を止めたが、一華は迷った顔のまま掃こうとした。

「一華、ウォーウォー」

桜乃のラインコールに一華はスイープを止めた。

ストーンは滑り、桜乃の指示した位置で止まった。

このエンドは最初に香子が置いたこのガードストーンが最後まで勝負の鍵を握った。帝文館はこのストーンを弾き出そうとしたがセカンド、サードともに失投になった。ストーンはハウスを通り過ぎるか、もしくは届かないかのどちらかだった。

その隙を逃さずに、ブロッサムはガードストーンを盾にして、隠れる位置に得点になるストーンをおいた。このエンドでブロッサムは二点を獲得。四対四の同点に追いついた。

「まぐれは続かんぞ」

仁木が憎々し気に言ったが、桜乃は聞こえないフリをしてやり過ごした。

七エンドはブロッサムが先攻で、帝文館が後攻。

(帝文館は当然二点を取りにくる)

サードのかすみの二投目は、ストーンはボタンの後ろで止まった。

帝文館のサードの二投目は、かすみのストーンを打ち出しに行ってハウスの中に止まる。

桜乃の一投目は直前で相手が投げたストーンを打ち出す。

仁木の一投目はどれにも当たらずにハウスを通り抜けた。

刻々と局面は変わる。桜乃は神経を研ぎ澄ませた。

(やっぱり、ストーンが伸びている)

桜乃は二投目を投石した。

投げた瞬間に弱い、と判断して「ヤップ(掃け)」の声をかけた。ストーンは伸びてボタンを少し過ぎて止まった。

「どうすると思う?」

桜乃はかすみの側に寄って耳元で声をひそめた。

ハウスにはブロッサムのストーンが二つある。その後ろには帝文館のストーンが一つ。このままなら、このエンドはブロッサムが二点となる。

「わたくしならダブルテイクアウトを狙いますわ。自分のストーンも止めれば二点」

「強気だね、かすみは」

「あら、桜乃ちゃんならどうしますの？」

「同じ。そして決められたらほぼ負け確定ね」

仁木が投げるが、速度が遅い。

（この速度はテイクアウトじゃない。一点狙いのドローショットだ）

ストーンはハウスに入ると、ちょうどボタンの上に止まった。

七エンドは帝文館大学が一点。スコアはこれで四対五になった。

この場面で後攻の一点狙いは「悪手」だが、残るエンドはあと一回。この一点を守り切れば勝てると仁木は判断したらしい。

（相手の一点リード……。けど、この最終八エンドで二点を取ればわたしたちの勝ち）

最終エンドは帝文館が先攻、ブロッサムが後攻。

リードの香子がストーンをハウスに入れると、帝文館はこれを打ち出す。なら、ガードを置くとこれも打ち出しにきた。

セカンドの一華の一投目まで終わり、ハウスにはどちらのチームのストーンもない。相手の投石の間に四人は集まった。この展開に一華が首を捻った。

「相手はこのまま私たちのストーンを打ち出し続けるつもりか？」

「多分、最後までそうするつもりなのでしょうね。このまま行けば最後の投石者は桜乃さんになります」

相手の方を一瞥して、香子が答えた。

「でも、それなら桜乃が決めれば同点だろう？」

「そこで桜乃さんに重圧をかけてミスを誘うつもりでしょう。桜乃さんが決めても同点止まり。延長戦になれば後攻は帝文館なので、有利なのはあちら側です」

「男子の取るべき作戦じゃないな」

一華は軽蔑したという顔だが、桜乃は苦笑いした。

「男だからって正々堂々とした作戦を取るわけじゃないよ」

義治の話を思い出したが、ここで比べたらいくらなんでも海軍兵学校の生徒たちに失礼だろう。

（でも、このまま終わるわけがない。どこかで必ずチャンスは来る）

それは帝文館のサードの二投目だった。

ハウスには帝文館のストーンが一つだけ。ハウスの一番後ろにぎりぎりかかっていた。

そしてハウスの手前には、一華が二投目でガードに投げたストーンが残っていた。

帝文館のサードの投石がガードに掠って二つとも動く。帝文館のストーンはハウスに入った。

（こっちのストーンも入ってくれれば……）

桜乃は願ったが、ストーンはハウスまであと五センチほど残して止まった。

「入ればこっちのチャンスだったけど……」

桜乃はがっくりと肩を落とした。

局面はハウスの中には帝文館のストーンが二つ。ブロッサムにかなり不利な状況だ。

「がっかりすることありませんわよ、桜乃ちゃん」

かすみが隣にきた。

「でも、どうする？　あのストーンをかわしてボタンにドローするか、もしくはストーンを押して中に入れるか……。どっちにしても一つしか入らない。向こうは二つ入っているのに」

「せっかく送っていただいた戦術書は読んでいませんの？」

「あれは一応見たけど英語だし……」

「あらあら、もう少し英語のお勉強をがんばらないと来年は進級試験組の仲間入りですわよ。チャンスがないなら作ればいいんです。ここはね……」

耳元でささやかれて桜乃は思わず「え？」と聞き返したが、その時にはかすみはもう蹴り台の方に行ってしまった。

かすみは一華、香子となにかしゃべっている。香子が、小さく笑った。

かすみが蹴り台を蹴って投石する。右回転のかかった投石を香子がスイープすると、微妙に、あざやかにカーブを描いて、ハウス手前のストーンの端に当たった。

二つのストーンはどちらも動くと、ハウスの中に立つ桜乃から見て「八」の字を描くように両方とも入った。

「なんだ、今のショットは」

試合を観戦していた他のチームの選手も騒いでいる。桜乃もはじめて見る投石だった。

回転をかけた投石でストーンの端を押し、二つともハウスへと入れる——ダブルロールインと呼ばれる高度なショットだ。送られてきた戦術書に乗っていたショットで、おそらくこの大会に出ている選手の大半は知らないだろう。ブロッサムでもあの戦術書を原文で読んだ、かすみと香子だけが知っていたショットだった。

（かすみ、すごいや）

運動などほとんどやったことのない親友の成長に、桜乃は試合中だが拍手を送りたくなった。何度も氷の上で転び、痣だらけになりながらこの三か月半で誰よりも上達したのはかすみだった。

これでハウスには両チームのストーンが二つずつ。ボタンに近いのはブロッサムのストーンだ。

仁木が一投目を投げた。ブロッサムのストーン一つだけ狙って、これをハウスから出す。これを確実に決めた。

桜乃は自分の投石前にストーンの位置を確認した。

（ハウスにはブロッサムが一つ、帝文館が三つ）

（ボタンに近いのは今投げた帝文館だ。でも、ここでわたしがそのストーンを出せば）

深呼吸して桜乃は投石した。

投げたストーンは速度も良さそうなので、「ウォー（掃くな）」の指示を出す。一華も香子もスイープしないでストーンを見ている。

ストーンとストーンが当たる。帝文館のストーンは轟音を残してハウスから出ていった。

桜乃の投げたストーンもそこに留まったので、ハウスはまた両チームのストーンが二つずつの形勢になった。

「ナイスショット」

一華が声を上げたが、桜乃としては少し悔しい投石だった。

「出来れば後ろの相手のストーンも一緒に出したかったところだけど」

「充分です。良い投石でしたよ」

香子も満足したように頷く。

(でも、これでボタンに近いのはわたしたちのストーン二つになった)

残すは両チームスキップの一投ずつになった。

桜乃が相手の動きを見ていると、仁木が狙っているのはブロッサムの二つを出すダブルテイクアウト。狙えるだろうが、ストーンの位置からして簡単な投石ではない。

仁木は蹴り台の前に立つと、チームグラスゴーの外国人選手のようにストーンを大きく振る。男子の腕力を誇示するように勢い良く投石した。

高速でストーンが滑る。突然、仁木の顔色が変わった。

(遅い)

手を放すタイミングを誤ったか、それとも氷面を読み違えたのか。ストーンは勢いを失って急激に失速する。帝文館の選手が慌ててスイープを始めたが、目標のストーンに当たるかも微妙に見えた。

(当たっても動かなければ、わたしたちの二点は変わらない)

そうなれば、桜乃が最後のストーンを投げる前に試合は終わる。それを確信した時、桜乃は自分の目を疑った。

スイープする帝文館の選手の間から、すうっと仁木が箒を伸ばした。それはストーンとストーンが当たる瞬間、ストーンを箒で押した。

鈍い音を残してブロッサムのストーンが飛ぶ。

それはもう一つのブロッサムのストーンに飛ぶと、どちらも弾かれた。

仁木が拳を突き上げて雄叫びを上げた。傍目には完璧なダブルテイクアウトが決まった。

「タッチング!」

桜乃は手を上げた。

カーリングではどちらのチームであれ、ストーンに箒や体の一部でも接触する行為は「タッチング」とされ、投石そのものが無効になった。

だが、仁木始め帝文館の四人は素知らぬ顔でハウスから離れていく。桜乃は運営員の席を見たが、ちょうど立ち上がって席を外すのが見えた。もうこの試合に公正なジャッジを下すつもりがないのは明らかだった。

観客は少しざわついているが、ルールを理解している人間はほとんどいない。出場チームの選手たちも遠目なので、何が起きたのかはっきり見えた人はいないようだ。

「桜乃ちゃん……」

かすみが側にきた。唇が少し震えているのはきっと怒りによるものだろう。

「続けよう」

桜乃は試合続行を選択した。

カーリングの違反は対戦チームからの告発ではなく、あくまで自己申告だ。帝文館のメンバーが認めない以上、今の違反行為も成立しない。

桜乃の最後の投石を前にして、ブロッサムの四人はハウスに集まった。

「ねえ、みんな」

ストーンの配置を確認して桜乃をゆっくりと口を開いた。

「氷の神様はまだわたしたちをご贔屓くださされているみたいよ」

ボタンに近い位置に帝文館が二つ。

そして、ハウスの最後方にもずっとある帝文館のストーン。

その近くにたった今、仁木に弾かれたブロッサムのストーン。さっきの反則でも、完全にハウスからは出ずに辛うじて残っていた。

カーリングはボタンに近い順に点が入る。一番目と二番目は帝文館、そして三番目は……それはほんの一センチ、二センチ。本当に微妙だが、ブロッサムのストーンに見えた。

「どうする？　ボタンに近いのはどっちも相手だ。三番目はこっちかな……」

一華もストーンの位置を確認した。

「なにを投げる、桜乃？　相手が一点でも取ればこっちの負けだぞ」

「一つだけあるじゃない」

桜乃は明るい声でみんなを見回した。

「相手のストーン打って二つともハウスから出すの」

「ダブルテイクアウト？」

「そう。それで投げたストーンと、三番目を合わせてわたしたちの二点」

「難しい角度で距離もありますし、速度も必要です。危険が大きすぎませんか？　一つだけを狙うのは？」

香子がブラシでボタン近くのストーンを示す。ボタンに近い相手のストーン一つだけ出すのは、それほど困難ではなかった。

「このエンドは一点取れば延長戦に入れます。そうすれば……」

「延長戦は向こうが後攻になってわたしたちが不利。それになにをしてくるかわからないわ。ここで勝負を決めたい」

「そうは言っても……」

「桜乃ちゃんは一度言い出したら強情ですからね」

香子の言葉をかすみが遮る。

「ミア先生がおっしゃってましてよ。最後はスキップの投げたいショットを投げるのがカーリングだって」

かすみが微笑む。一華と香子は顔を見合わせたが、すぐに頷き合った。

「わかった。桜乃の好きなの投げな」

「なにが来ても驚きませんから」

ふたりが先に蹴り台の方へ行くと、桜乃はかすみの顔を見た。

「かすみ、このラインの氷はね……」

「わかってますわ。わたくしも途中で気がついたから」

「さすがわたしの親友」

桜乃はかすみの肩を軽く抱いてから、先を行く一華と香子の後を追いかけた。

蹴り台の後ろに立った時に、一陣の風が榛名湖の氷上を吹き抜けた。

(いい気持ち)

誰もが一瞬、体を震わせた中で桜乃は榛名富士を仰ぎ見た。朝の空から一転して、山の上は厚い雲に覆われている。

今、そこになにも光は見えない。

(それでもいいや。晴れの日ばっかりじゃない。あの厚い雲の向こうにはいつも青空がある)

軽く目を瞑る。そうすると頭の天辺からつま先まで、清涼な気で満たされていくような気がした。

(天景をさへぬきんでて、祈るがごとく光らしめ)

好きなその詩のその一節を頭の中に浮かべる。目を開くと桜乃は蹴り台に右足をかけた。

(たとえ渡ろうとする川の向こうが絶望でもわたしは後悔しない……ううん)

ハンドルを握ると、狙いを定める。

(わたしが希望に変えて見せる、必ず)

蹴り台を蹴る。桜乃の手からストーンが放たれた。

遅い――

氷上の両チームのメンバーはそう感じた。勝ちを確信したのか、仁木が顔に薄ら笑いを浮かべた。

桜乃はなんのラインコールもしない。ストーンはハウスまでの半ばを過ぎた。

「ヤップ！」

桜乃は叫んだ。その声に一華、香子がスイープを始める。

「ヤップ！　ヤップ！」

遠慮も躊躇もとっくに消えていた。ブラシが何度も何度も交差し、ストーンは更に速度を増す。

(このラインは伸びる。午後になって気温が下がって氷が堅くなったから)

シート全体の中でもこのラインのストーンは伸びている。桜乃はこのエンドの前半でそれを確信していた。弱めに投げたがその分だけ狙いは定まり、あとはスイーパーに託した。

ストーンとストーンが当たる。

轟音と共に弾かれたストーンは二つ目に飛ぶ。それを弾き、更にハウス最後方のストーンへと。

ゴーン……ともう一度氷の上に甲高い音が響いた。

氷上の帝文館の三つのストーンはすべて弾き出され、ブロッサムの二つのストーンだけがハウスに残った。

「トリプルテイクアウト……」

香子が呟くように言った。

女子の腕力ではまず無理とされる、男子でも滅多に出ない大技だった。最終エンドはブロッサムが二点獲得して六対五。

「勝った！　勝ったぁ！」

一華が両手を上げて、側にいたかすみに抱きついた。かすみの目は少し潤んでいた。

桜乃も飛び上がって喜びたかったが、カーリングは試合結果の確定前に喜びを露わにすることは禁じられているというミアの言葉を思い出し、帝文館の仁木のところへ向かった。彼からの握手を受けてはじめて試合は成立した。

「こんな結果は認めん！」

怒鳴り声と、そしてなにかが折れた音がした。仁木が氷に叩きつけた箒は、柄の真ん中から真っ二つにへし折れていた。

「我らが女学生風情に負けるはずがない。こんな試合など糞くらえだ」

仁木は折れた箒を桜乃の顔に向けた。顔の中でその目は血走って異様にぎょろっとしている。桜乃は恐怖を感じたが、その場で仁木と向かい合った。

「わたしたちの勝利です。祝福していただけませんか？」

「なにが祝福だ。そうだ、カーリングは負けを認めねば負けではない。おい、おまえはここで『負けました』と言え。そうすれば我らの勝ちになるからな」

さすがに問題と見たのか、一度は離席していた一色運営員が氷の上に下りてきたが仁木は収まらない。折れた箒の柄を桜乃に投げつけようとした。

「そこまでにしておけ」

突然、降って湧いたようにその声がした。

観客が割れて誰か氷の上を歩いてきた。濃紺の制服に軍帽――それを見て観客の男の子たちからは
「あ、海軍さんだ」と歓声が上がった。

「義治さん……？」

「な、なんだ、貴様は！」

義治を前に仁木は明らかに怯んだ顔になる。虚勢を張った声が震えていた。

「申し遅れたが、この大会の立会人を務める大島という。軍務のため大会開始には間に合わなかったので、前の二試合は波宜亭先生に代理をお願いした」

そういえば、波宜亭先生が「とりあえずの立会人」とか言っていたのを桜乃は思い出した。義治は桜乃の方は見ずに、仁木の正面に立った。

「カーリングには『不正に勝つなら負けを選ぶ』という精神がある。それは海軍精神に言う『言行に恥ずるなかりしか』に通じる。いずれも崇高な教えだ」

「いや、我々は……」

「それが理解できぬなら仕方ない。これより先は貴様らを競技者として見ず、一日本男子として見る。帝国軍人を前になにか言うことがあるなら聞く。どうだ！」

義治が腰の軍刀に手をかけて叫んだ声は、氷を震わせるように響いた。

仁木始め帝文館大学の四人は完全に「蛇に睨まれたカエル」のようになった。仁木は「わ、我らの負けだ」と早口で敗北を認めると、足早に観客の中に逃げ込んでしまった。義治は軍刀の柄から手を離した。

「無粋な真似をして、失礼。以後、試合に不義不正無きように進行願いたい」

義治はこちらも青い顔をしている、一色運営員に言うと桜乃の方を見た。他の誰も気がつかないほど、ほんの少しだけ口元を緩めたがそれ以上はなにも言わずに背中を向けた。

「桜乃ちゃん！」

かすみが桜乃に抱きついた。

「勝った！　わたくしたち本当に勝ったんですわ」

「勝ったんだ。本当に」

「まだ、信じられません。私たちの勝ちです」

一華が、香子が口々に言う。順番が詰まっているとばかりに次々と桜乃に抱きついた。

桜乃も本当はこの場で踊り出したいくらい嬉しかった。チーム念願の初勝利は、少しだけの後味の悪さなんか吹き飛ばすように、劇的にブロッサムにもたらされた。

「嬉しい……でも、それは今はまだ後回し」

桜乃は喜ぶ三人の顔を見回して、笑顔で拳を握り締めた。

「さあ、明日は準決勝。気合入れていきましょう！」

Eエンド
「月に誓う」

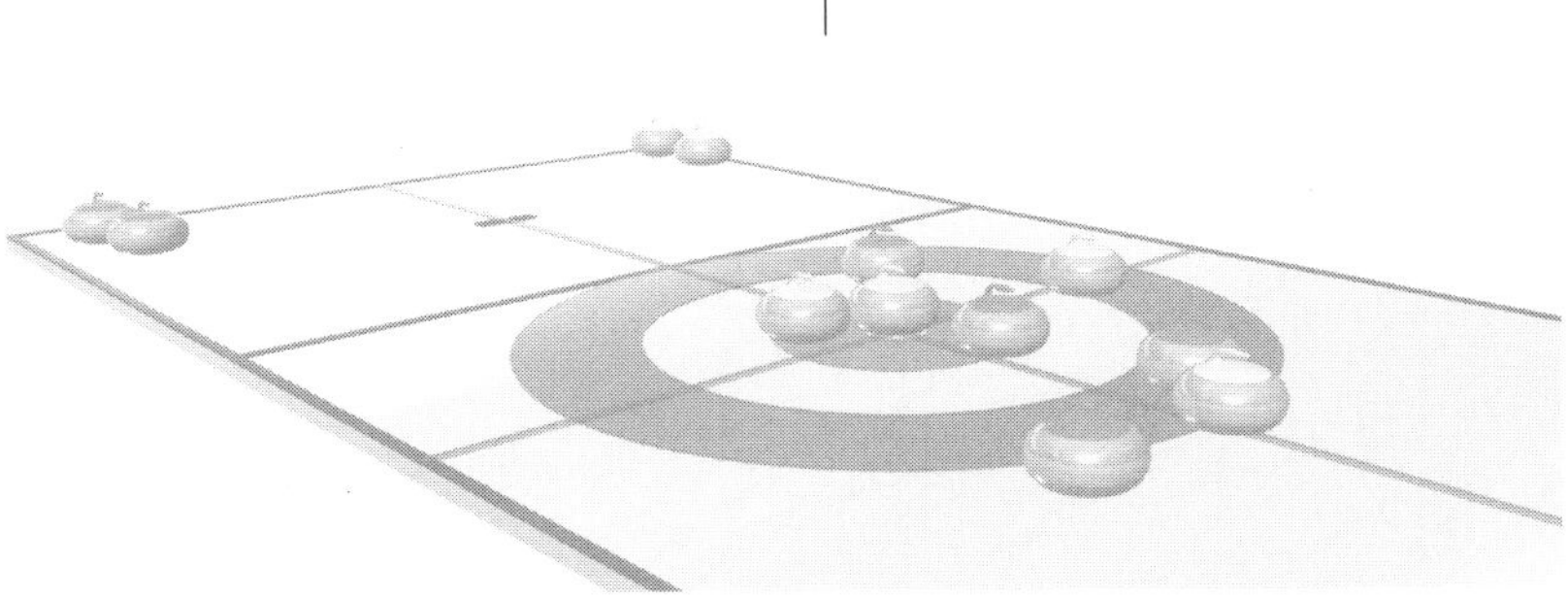

準決勝は翌日の午前に開始された。

前日とは一転して冬が戻ってきたような寒さの中、準決勝第一試合は金沢第一師範学校対チームグラスゴーの組み合わせとなった。途中までは接戦だったがブレイクタイム後はチームグラスゴーが突き放し、九対六で勝利した。

（外国人のチームはやっぱり強い）

男女混合チームだが、女性のふたりも日本人男子学生よりも背が高い。投石もスイープの力強さも男子に引けを取っていなかった。

そして準決勝第二試合は明治高等女学校ブロッサムと、久米川中学を下して勝ち上がってきた東亜大学との一戦になった。

東亜大学は今年の山中湖大会で二位の強豪だった。ブロッサムは終始リードされ、八エンドに追いついたものの、後攻を取られた延長戦（エキストラエンド）で一点を取られて六対七で敗れた。

三位決定戦に回ることになったブロッサムは金沢第一師範学校と対戦した。試合はブロッサム後攻の一エンドに二点を取ったが、四エンドに相手スキップの好投もあり同点に追いつかれた。

後半はどちらもなかなか点が取れない展開になったが、七エンドにかすみの好ショットに相手のミスもあり、ブロッサムは二点を取った。そのまま最終エンドも逃げ切り、五対三でブロッサムが勝利。

榛名湖カーリング選手権大会をブロッサムは三位で大会を終えた。

決勝戦は激戦になったが、東亜大学が八対六でチームグラスゴーを下して優勝した。

「三位ですわね」

表彰台に乗り、観客からの歓声に手を振りながらかすみが言った。

「うん、銅メダルだね」

「嬉しい？　それとも悔しい？」

「正直にいえばどっちもあるかな」

それが桜乃の偽らざる心境だった。

カーリングを知ってから五か月——ここまで来たという小さな満足心もあれば、表彰台の一番高い所に登れなかった悔しさもある。四人で取ったブロンズ色のメダルを誇らしく思えれば、隣で優勝した東亜大学の選手の胸に輝く一番綺麗な色のメダルを羨ましくも思った。

表彰式が終わると一色運営員が桜乃たちのところにやって来た。

「札幌オリンピック代表選考大会に明治高等女学校を正式招待すると決定しました」

なんのことだか誰もすぐにはわからなかった。ブロッサムは二位以内には入れなかったが、優勝した東亜大学は河口湖大会二位ですでに出場権を得ていた。二位のチームグラスゴーは外国人チームなので、選考大会対象チームには含まれていなかった。

「残りのチームで最上位となった明治高女が出場チームと決定しました。代表選考大会の日取りは未定ですが、今年の十一月か十二月に……」

もう、誰も運営員の説明なんて聞いていなかった。四人で抱き合って喜び合った。

（まだ、この四人でカーリングができる）

桜乃にはそれがなによりも嬉しかった。


大会から四日後、キリン食堂には「本日貸し切り」の木札が掛けられた。

会の発案者は意外なことに菜穂子だという。「我が校から全国大会に出場し、オリンピック代表を賭けて戦うチームが出たことは誉れです」と一華、香子のクラスメイトたちまで巻き込んで、結木校長へ「彼女たちの活躍に報いるべき」と訴えた。

これに結木校長は「いいでしょう」と、今日のキリン食堂貸し切りパーティーの許可と、会の費用を「敢闘賞」として出してくれた。

「いや……優勝したわけじゃないし」

桜乃は盛り上がる菜穂子たちに一つ条件をつけた。「祝勝会」はあくまで勝者のものだ。なので、本日の会は「大会終了記念及び五輪代表選考大会壮行会」と、やたらと長いものになった。

四人はドレスにカーリングブラシを持つという、なんとも妙な出で立ちで前に並んだ。一華が「私はドレスなんか持ってない」と文句を言っていたが、こちらはいつの間にか、技芸科のクラスメイトたちが一着縫い上げてくれていた。これでも彼女はまだ、自分がクラスの人気者だと気づいていないらしい。

「それでは僭越ながら、僕が乾杯の音頭を取らせてもらうことになりましてね」

グラスを片手に桜乃の隣に進み出たのは波宜亭先生だった。

「いや、僕はこの歳になるまで一度も郷里の人々に、こんなにも暖かくもてなしてもらったことがありません。彼女たちが羨ましくもあり妬ましくもあり……」

「先生、余計な講釈はいいから乾杯！　とだけお願い。また、その郷里で先生に冷淡にする材料が増えることになるから」

桜乃が小声で言うと、波宜亭先生は「それはそれで退屈なんですがね」と笑った。

「では一つだけ。僕の友人の室生犀星君は一心同体という言葉が嫌いで、二魂一体という言葉を使ったことがあります。僕の見るところ彼女たちはまた違う。四人それぞれ体を持ち、それぞれの人生を持つ。それでも心を一つにして同じ目標へ向かう。それぞれを車輪に例えるなら四輪馬車のようとも言えるでしょう。車輪が一つ欠け落ちても、馬車は天景へと翔けることは叶わないに違いない」

めずらしくもっともらしい話をしているなと桜乃が思っていると、波宜亭先生はふと眉根を緩めた。

「若い彼女たちの旅はおそらく僕にはあまりに遠すぎるものでしょう。その終わりを僕が見ることはきっと叶わないに違いない。さて、せめて彼女たちの旅立ちを見送りましょうか。若草の萌えいずるような彼女たちの旅に幸あることを願って」

波宜亭先生は一度、桜乃に笑みを向けた。そして「乾杯しましょうか」とグラスを掲げた。

「まったく、あの先生の言うことはいつもいつもよくわからないけれど」

桜乃はそう言いながら、一緒に並んだ香子の様子がおかしいことに気づいた。香子の眼鏡の奥の目は潤み――これは未成年なのでみんな同じだが――グレープジュースを注いだグラスを持つ手は小刻みに震えていた。

「香子？　あ……ごめん、香子は波宜亭先生のこと嫌いだっけ？」

「あ、貴女はなにを言って……あれは『旅上』という……大正二年に……」

「香子？」

「もう桜乃ちゃん、だから違うって」

かすみが香子の背を軽く押す。波宜亭先生の前に押し出された香子は、それこそ顔も耳も真っ赤になった。「先生」とかすみは波宜亭先生を呼んだ。

「ご存じと思いますけれどチームメンバーの長岡香子さんです。よくうちのお店で先生の著作を探していらっしゃいます」

「おや、それはありがとうございます。女学生で僕の詩に興味を持たれるとはめずらしい」

「わ、私は……先生のし、詩集を……『氷島《ひょうとう》』を読んでから感動、い、いたしまして。願うことなら、先生のような詩人になりたいと……」

「お嬢さんが僕のような感性を持つのはあまりお勧めできませんがね。まず、人から愛されることがない」

「とんでもありません。先生のお作の感情の自然な発露こそが私の理想です！」

そこまで言って香子の目から涙が溢れ出した。

「わ、私ったら……お見苦しいところを。し、失礼します」

動揺したらしく、香子はその場から逃げ出そうとしたらしいが、後ろにかすみが立って退路を塞いだので退却もできない。

泣いている香子に波宜亭先生はハンカチを差し出した。

「まずは涙を拭いてください。さて、そうしたら僕のマンドリンでも聞いてくれませんか？　それから心ゆくまで詩について語らいましょう」

香子は眼鏡を外して涙でぐちゃぐちゃの顔をハンカチで拭うと、「はい」と頷いた。

「……香子って波宜亭先生のファンだったんだ」

「桜乃がお供で東京に行った時もずっとイライラしていたぞ。あの時がブロッサム解散の最大の危機だったかもしれない」

「知らないのはわたしだけか」

一華に言われて桜乃は口を尖らせた。

「まあ、香子もいろいろ素直に生きることを覚えたと思う。前の香子なら一生、あの先生の前で涙なんて見せるはずもなかったろうから」

一華はそう言うと、給仕をする春江の方へ「母さん、私も手伝うよ」と近寄っていった。

このパーティーには春江の他に、一華の妹ふたり、弟の幹一、祖母、そして父親も参加していた。足の不自由な父親は隅で椅子に座って居心地悪そうにしていたが、一華が側に行って話かけると少しだけ笑顔を見せた。

香子を波宜亭先生に預けて戻ってきたかすみが、それを見て安心したように微笑む。

「最近、一華ちゃんのお父さんはお酒も控えて畑に出ているって」

「そうなんだ。良かった」

「これで一華ちゃんも卒業まで心配事が一つ減ったかもしれないわ」

「素直に生きることは大切……ね」

桜乃は一華にそれを問うたことがあった。その一華も香子も、前のように妙に肩肘を張ったところはなくなった。香子は自分の心中を言葉にし、一華は家族とも笑顔で接している。その外側から、それぞれの級友たちが更に輪を作るようにふたりを囲んだ。

「かすみ」

かすみの母の喜代子が向こうから名前を読んだ。

「行きなよ」

「でも」

「いいから」

桜乃が言うとかすみは「じゃあ、少し」と母親の方へ歩いていく。

喜代子がかすみに紹介しているのは二十歳くらいの青年で、それが誰か桜乃も気になった。もっとも、途中でミアが輪に加わったので、話は別の方に流れたようだが。

少し前にかすみは「まだ誰にも相談していないけれど」と前置きをして、「明治高女を卒業したら、上の学校に進学したいと思っているの。わたくし自身、もっともっと見分を広めたい」と話してくれた。女学校より上の学校となると、東京の学校か留学しかない。それを喜代子にどう話すつもりなのか桜乃にはわからないが、今のかすみを見ていると難しいことではないように思えた。

宴もたけなわ……キリン食堂の空気はまさにそのものだった。

誰がかけたのか蓄音機からは、ディック・ミネの『上海ブルース』が流れる。店ではビールで乾杯する声、ワインのコルクが飛ぶ音があちらこちらから聞こえる。集まった女学生たちは誰一人それに手を出すこともなく……とも思えないが、きっと今日は大人たちも見て見ぬふりをしてくれるだろう。

店のドアを出ると通路から月が見えた。桜乃はひとりで夜風に当たっていた。

桜乃も父を今日のパーティーに招待したが「仕込みがあるのに行けるか」と、もっともな言葉が返ってきた。母も「お父さんが行かないのに行くわけないでしょ」と、こちらも当然とばかりの返答があった。

ならばと隆浩を誘ったのだが、納期が遅れ気味とかで忙しいらしい。「行けたら行く」とは言っていたものの、この時間になっても現れないのだから手が離せないのだろう。

桜乃にだって菜穂子たち級友はいるし、なによりブロッサムの主将である。店内にいれば誰かが話しかけてくるので、暇を持てあますこともない。だけど、お手洗いと言って会話の輪から離れて、そっと店の外に出た。

（わたしは……どうするんだろう）

榛名湖カーリング選手権大会の結果、ブロッサムはオリンピック代表選考大会の出場権を獲得した。学校の許可も得て、今日もいろいろな人が支援を申し出てくれた。少なくとも今冬までカーリングを続けられることが決まった。ブロッサムはオリンピックの出場権を取れるかどうかを期待されるチームになった。

（それから……）

札幌オリンピックには出たい。出れば桜乃たちの名前はオリンピックの、それもカーリング初の日本代表として刻まれることになる。それは何十年経っても消えることのない、輝かしい記録として残るだろう。

（それからは……）

かすみ、一華、香子と違って桜乃にはその先に考えていることがない。だからこそ、カーリングを始めたとも言えたが、先のことが自分でもわからない。強制されているものもないが、自分で他に強く望む道もなかった。

（いっそ、このブラシ一つでスコットランドに行ってカーラーになろうかな）

手にしたままでいたカーリングブラシを顔の前にかざす。今宵は十六夜《いざよい》だ。明るい光が階段の踊り場を照らしている。

誰かが階段を上がってくる靴音がした。

隆造がきたのだろうかと思ってそちらを見た。その途端、胸の鼓動が自分でもはっきり聞こえた。

「義治さん」

「いい月夜ですね」

階段を上がってきた義治も、空に浮かぶ十六夜の月を見ていた。

「今日はこちらで祝勝会だと聞きまして」

「いえ、優勝したわけではないので終了会と壮行会にしてとわたしが頼みました。そんな会です」

「成程、それは桜乃さんらしい」

義治は笑った。

「あ、あの……すぐにお取次ぎしますので、どうぞ中へ」

「折角ですが会に来たわけではありません。今夜の夜行で霞ヶ浦へ立たなければならない」

「なら、いよいよ航空隊ですか？」

「ええ。ここの前を通ったら貴女ひとり外にいるのが見えた。会えて良かったです」

桜乃は義治に言わなければならないことがあった。向かい合って立つと頭を下げた。

「この間の試合ではありがとうございました。お陰で大会を続けられました」

本当は大会が終わったらすぐにお礼を言おうと思っていたのだが、決勝戦が終わると義治はもう姿を消していた。

「自分も野球やスキーをやっていた人間だ。ああいうスポーツを愚弄する輩は許せないだけです」

「まさか立会人が義治さんだったなんて……」

「それは波宜亭先生からちょっと頼まれましてね」

「頼まれた……ということは」

「なにか？」

「義治さんはカーリングをやられたことがありますね？」

「自分が？　どうしてそう思ったんですか？」

義治の表情はまるで変わらなかったが、もう桜乃には確信があった。

「最初にあれ？　と思ったのは麻屋百貨店の時です。兄はカーリングを『ルールくらいしか知らない』と言っていましたが、それなら誰があの野球馬鹿の兄にルールなんて教えたのか？」

「他にルールを知る者くらい居ても不思議はないと思いますが？　波宜亭先生だってお詳しいでしょう」

「兄は後でこうも言っていました。『知人にカーリングをやったことのある奴がいる』って。波宜亭先生は見るだけならお好きでも、ご自分でなされる方じゃありません。まったく、あの兄は機密が守れない人です」

まだ義治の表情は変わらない。桜乃は続けた。

「次は映画館でお会いした後です。広瀬川で貴方はわたしに『腰でも痛めましたか？』とおっしゃいました。どうしてカーリングで痛めやすい箇所が腰だとわかったんでしょう？」

つい詰問のような口調になったが、義治は頭に手をやった。

「参った。口を滑らせたことはないと思ったのですが」

「目黒川の時はもうすべてが不自然です。波宜亭先生のお使い先に義治さんがいらして、そこにカッターボートもあるだなんて」

「あれは自分も『無理があるな』とは思ったんですがね。あ、波宜亭先生の詩のファンであることは嘘ではありません。そこは念のために」

義治は苦笑いした。

「デッキブラシを使うのは自分が考えついたことです。それを市野井先輩に手紙で知らせたら、なら妹が波宜亭先生と東京へ行くと」

「やっぱりタカ兄ちゃんも一味ですか。波宜亭先生といい兄といい……」

桜乃はそれこそふたりを詰問してやりたくなったが、隆浩はこの場にいないし、波宜亭先生はあれからずっと香子が占有していた。

「桜乃さんの自尊心を傷つけてしまったのなら申し訳ありません」

「そんなことではありません。わたしがひとりで小さな子供のようにむくれているだけです」

みんな桜乃のことを想い、動いてくれたことだ。それがわからないほど子供ではないが、許容し、素直に感謝できるほど大人でもない。感情の落ち着くところがない気恥ずかしさを感じていた。

なので、桜乃は話を少し変えることにした。

「カーリングはどちらで？　海軍さんの訓練にあるとは思えませんが？」

「自分が最初に乗艦した磐手は満州国へ派遣されました。そこでスコットランド生まれの英国の軍人、そして彼の地で出会った満州国の若者たちと親しくなりました」

「満州で？」

「彼の地は冬になると川が凍てつくほどの寒冷地だが、ハルピンでそのスコットランド生まれの軍人たちから誘われて、満州国軍の連中と一緒に手ほどきを受けた。スキーもスケートもやりましたが、カーリングはまた違った奥深い魅力があります」

「凍った川……もしかしてあの神保町の絵は……？」

「あれを見たんですか？　貴女にはなにも隠し事はできないらしい」

心底驚いた顔をした義治は、どうやら桜乃があの書店に行ったことまでは知らなかったらしい。

「英国の軍人たちがあれを絵にしていたのですが、我らの方でも従軍していた記者がスケッチしましてね。油絵にしたので見にこいとは言われているんですが……」

「じゃあ、あそこに描かれていたのは？」

「自分と英国の……それから満州国の仲間たちです」

イギリスの軍人たちを、そして満州国の人々を義治は「仲間」と呼んだ。

「彼らとはいずれオリンピックで技を競い合おうと約束しました」

「素晴らしいお約束をしたんですね」

「残念ですが自分にも彼らにも果たすことはできなくなってしまいましたが」

盧溝橋事件に端を発した日中両国の戦争は、すでに八か月余が経過した。戦争は泥沼化し、日本を非難する声は日に日に大きくなった。日本は、国際社会から孤立の道を進み始めていた。

それは軍人である義治たちが、まみえる場所が平和の競技場ではなく、銃弾飛び交う戦場になることを予感させた。

「自分もかつてはオリンピックを夢見ました。再来年、この国でオリンピックが開かれるとしたら……」

義治はそう言って一度、言葉を切った。その目が桜乃の目を見た。

「開かれるとしたなら、桜乃さん。貴女は最後までその夢を追いかけてほしい。自分はそう願っています」

「わたしはそのつもりでいます。カーリングの日本代表としてオリンピックに出場すると」

「貴女の夢が叶うよう自分も願っています」

桜乃の夢——札幌冬季オリンピック及び東京オリンピックが開かれることはなかった。昭和十三年七月、大日本帝国政府は国際情勢と軍部の圧力により、一年半後に迫った札幌と二年後の東京の両オリンピックの開催権を返上した。開催予定だったカーリングは人々の記憶の中に消え、やがて日本は昭和十六年の日米開戦を迎え、多くの若者の運命が変転していく——

「自分はこれで。チームの皆さんによろしくお伝えください」

義治は桜乃に敬礼すると階段を下り始めた。

「待ってください」

桜乃が呼び止めると、義治は階段の途中で足を止めて振り返る。そこはちょうど、ふたりの目線が合う高さになった。桜乃は首にかけたままでいた、銅メダルを外した。

「わたしはまだ映画館の時も、デッキブラシも、それから試合の時のお礼もしていません。これをお持ちください」

「これは貴女とお仲間が勝ち得たメダルだ。自分が受け取れるわけがない」

「構いません。わたしはこれを義治さんに持っていてほしい。それに……」

桜乃は義治の顔を見て、ミアがするように白い歯を見せて笑った。

「次はもっと素敵な色のメダルを取ります。あの十六夜の月よりも輝くメダルを」

桜乃は義治にメダルを手渡すと一礼して背を向けた。そろそろ戻らないと、誰か桜乃を探しにくるような気がした。

「桜乃さん」

その声に思わず振り返る。義治は軍服の上から二番目のボタンを引き千切ると、桜乃に向かって手を伸ばした。

「チーム名はブロッサム……開花でしたね。貴女に進呈します」

桜乃が受け取ったそれは海軍の象徴でもある、「桜に錨」を施した金色のボタンだった。義治は今度こそ階段を下りていった。

桜乃は手の中に収まった金色のボタンを見つめた。そのため、ドアが少しだけ開いていて、自分を見ている視線にしばらく気がつかなかった。

「桜乃ちゃん」

名前を呼ばれて振り向くと、半分開いたドアからかすみがこちらを見ている。その後ろに一華と香子の顔もあった。

「他の人のことには鈍くて、自分のことは違うというのもめずらしいですわね」

「あれが噂に聞いた海軍軍人か。けっこう男前じゃないか」

「なんでも、婚約者と名乗ったらしいですね」

「いや、違う、違うから！」

桜乃が大声を出すと、かすみ、一華、香子は笑いながら店の中へ消えていく。この分だと、もう店中の噂になっていかねない。今からこの店内に入るには相当の覚悟が必要だった。

「もう、みんなったら……」

桜乃は覚悟を決めて店に入ろうとして、もう一度十六夜の月を見上げた。

きっと進む道は平坦ではないだろう。今の自分がおよびもつかないほどの、困難が待ち受けているかもしれない。

（でも、なにがあってもわたしはくじけない。信じる道を進むだけ）

十六夜の月に桜の描かれた金ボタンを重ねて見る。その輝きに桜乃は目を細めると、勢い良くドアを開いて仲間たちのもとへと向かった。

参考文献

『伊香保誌』（伊香保町教育委員会　一九七〇年）
『前橋辞典』（前橋辞典編纂委員会　一九八四年）
三好達治選『萩原朔太郎詩集』（岩波書店　一九五二年）
相葉伸編『近代群馬の女性たち』（みやま文庫　一九七一年）
萩原朔太郎『萩原朔太郎全集　第八巻』（筑摩書房　一九七六年）
牛島秀彦『九軍神は語らず』（頸文社　一九八四年）
『近代オリンピック１００年の歩み』（ベースボールマガジン社　一九九四年）
『思い出のチンチン電車　伊香保軌道線』（あかぎ出版　一九九八年）
弥生美術館　内田静枝編『女學生手帳　大正・昭和　乙女らいふ』（河出書房新社　二〇〇五年）
大谷正雄『萩原朔太郎　晩年の光芒―大谷正雄詩的自伝―』（てんとうふ社　二〇〇六年）
波宜亭倶楽部編『朔太郎と前橋』（前橋文学館　二〇〇九年）
『新みんなのカーリング』（学研教育出版　二〇一四年）
木村正俊編『スコットランドを知るための65章』（明石出版　二〇一五年）
『日本カーリング協会競技規則』（日本カーリング協会　二〇二〇年）

あとがき

子供の頃、萩原朔太郎の「榛名富士」という詩にふれた時、一つの疑問が。

「冬っぽい詩だけど榛名まで行ったのかな。冬に行くのってけっこう大変だよね」

遠景からの榛名富士を詠んだらしいということを知ったのは、ずいぶん後になってからでした。

なるほど……山は場所が違えば、季節が違えば、時間が違えば、いろいろな顔を見せてくれます。

朔太郎は利根川越しの榛名山に「永遠なる夜の世界」を感じたとのこと。彼の鋭敏な感性は素晴らしいです。


同じ景色を見て幼き私が思ったのは、「榛名湖のゴーカートに乗りたい」と「伊香保グリーン牧場のアイスクリームが食べたい」でした。

『氷上の花光らしむ――幻の札幌五輪を夢見たカーリングガールズ――』をお読みいただきました皆様、ありがとうございます。『猫絵の姫君』『銅の軍神』から続けてお付き合いいただけた方、お久しぶりです。今作がはじめましての方はよろしくお願いいたします。智本光隆です。

突然ですが、智本光隆はカーリングが好きです。

最初に見たのはバンクーバーオリンピックでしたが、精緻な戦略、一投一投の緊張感、数センチで決まる勝敗……すぐにカーリングの虜になりました。ちょうど歴史作家としてデビューしたばかりにも関わらず、「カーリングで小説を描きたい」と思ったものです。

「でも、あの緻密なゲームを描き切ることが出来るのか？」

「よし、それならば歴史小説として描くのはどうだろう？」

「一度もやったことないけど、本能寺の変にも関ヶ原の合戦にも参加したことなかったな。なんとかなるだろう」

雑な原点です。やっと機会を得た今作、いざ描き始めてみると「当時のルールがわからない」「当時の投げ方がわからない」など、いくつも難題にぶつかりました。おそらく、不自然な点もあるかと思います。現代のルールに寄せているところも多いです、はい。

様々な問題にぶつかり「えらいものに手を出したかな？」とも思いましたが、最後は桜乃と同じく「エイヤ」で描きました。カーリングファンの皆様、選手、関係者の皆様、お読みくだされたのなら、是非とも寛大なる御心にて本作をお楽しみいただきたくお願い申し上げます。

もう一つ、昭和初期の女学校の生活を描くことも、以前から構想していました。実は、作者の曾祖母姉妹は女学校の校長だったようです。生まれる前に亡くなっているので面識もなく、話を直接聞いたこともありませんし、写真で知るだけです。今作に登場するような大きな学校でもありませんが、女子教育に情熱を注いでいました。

昭和初期の生き方の限られた時代の女学生たちの青春は、窮屈で、諦観として、それでも凛として、愛おしく、そして輝く。そんな姿を少しでも活写できればと思いました。また、当時の文化、文学、民俗なども取り入れてみましたが、如何だったでしょうか？

いくつもの要素が混ざり合った今作ですが、皆様に楽しんでいただければ誉れです。そして、今回も素敵なイラストをお描きいただいたアオジマイコ先生、深謝です。ブロッサムの面々も上機嫌でしょう。作者も額に入れて飾ります。前二作は飾ってあります。群馬県立図書館様、前橋市立図書館様、前橋文学館様、変わらぬご協力御礼申し上げます。編集様、校正、校閲担当者様、いつも本当にありがとうございます。

最後にこの本をお手に取っていただいた皆様。カーリングのストーンがひとりでは伸ばすことも曲げることも出来ないように、皆様の支えと応援のお陰で本作を描くことが出来ました。前作では近いうちにお会い出来れば……と言いましたが、こうなると次もお会いしたい。絶対にお会いしたいです。

そんなわけでまたお会いしましょう。

智本光隆

【著者紹介】

智本　光隆（ちもと　みつたか）

1977 年、群馬県前橋市生まれ。

京都精華大学を経て群馬大学社会情報学研究科修士課程修了。研究成果を生かして歴史小説の執筆を開始する。新田氏と南北朝動乱を斬新な切り口で描いた『風花』で、第 14 回歴史群像大賞優秀賞を受賞。2010 年に『関ヶ原群雄伝』でデビュー。同作はシリーズとなる。以後、『本能寺将星録』『豊臣蒼天録』など戦記物の分野で新機軸を打ち出した。近作は『猫絵の姫君―戊辰太平記―』『銅の軍神 ―天皇誤導事件と新田義貞像盗難の点と線―』。

他に戦中、戦後の歴史観の変遷に迫った論著『新田義貞論―政治の変遷が生んだ光と影―』（別名義）がある。

氷上《ひょうじょう》の花《はな》光《ひか》らしむ
――幻《まぼろし》の札幌《さっぽろ》五輪《ごりん》を夢《ゆめ》見《み》たカーリングガールズ――

2024 年 12 月 1 日　第 1 刷発行

著　者 ― 智本《ちもと》　光隆《みつたか》

発行者 ― 佐藤　聡

発行所 ― 株式会社 郁朋社《いくほうしゃ》

〒 101-0061　東京都千代田区神田三崎町 2-20-4
電　話　03（3234）8923（代表）
ＦＡＸ　03（3234）3948
振　替　00160-5-100328

印刷・製本 ― 日本ハイコム株式会社

装　画 ― アオジ マイコ

装　丁 ― 宮田　麻希

郁朋社ホームページアドレス　http://www.ikuhousha.com
この本に関するご意見・ご感想をメールでお寄せいただく際は、
comment@ikuhousha.com までお願い致します。

 ISBN978-4-87302-835-4 C0093